JULIE LEUZE

Ein Garten voller Sommerkräuter

GOLDMANN
Lesen erleben

Buch

Miriam steht mit Anfang vierzig vor den Trümmern ihres Lebens: Ihr Mann hat eine andere, ihre erwachsene Tochter braucht sie nicht mehr, und ihr Haus wurde bei der Scheidung verkauft. Wie soll es jetzt weitergehen? Da Miriam nichts mehr zu verlieren hat, fasst sie endlich den Mut, einen alten Traum zu verwirklichen. Sie lässt alles hinter sich, um im südenglischen Devon einen Neuanfang zu wagen. Im hübschen Reedcombe mit seinen weißen reetgedeckten Häusern spürt Miriam sofort: Hier will sie bleiben. Ihr Weg in ein neues Leben ist voller Hindernisse – aber auch voller Chancen auf ein neues Glück …

Informationen zu Julie Leuze sowie zu lieferbaren Titeln der Autorin finden Sie am Ende des Buches.

Julie Leuze

Ein Garten voller Sommerkräuter

Roman

GOLDMANN

Dieses Buch ist auch als E-Book erhältlich.

MIX
Papier aus verantwortungsvollen Quellen
FSC® C014496
FSC
www.fsc.org

Verlagsgruppe Random House FSC® N001967

2. Auflage
Originalausgabe August 2017

Neumarkter Str. 28, 81673 München
Umschlaggestaltung: UNO Werbeagentur München
Umschlagfoto: FinePic®, München
Redaktion: Karin Ballauff
BH · Herstellung: ik
Satz: KompetenzCenter, Mönchengladbach
Druck und Einband: GGP Media GmbH, Pößneck
Printed in Germany
ISBN: 978-3-442-48475-1
www.goldmann-verlag.de

Für Susanne

Prolog

Sommer 1955

Phyllis schritt langsam durch den Garten.

Er stand in voller Blüte, und normalerweise machte dieser Anblick sie glücklich. Doch William war krank und Phyllis von Glücksgefühlen weit entfernt.

Ihre Fingerspitzen strichen über den goldbestäubten Salbei. Er hatte nicht geholfen, ebenso wenig wie die Mädesüß-Blüten oder der Holunder. Nicht einmal die starken Abkochungen der Weide, deren Rinde Phyllis im Frühjahr von den jungen Zweigen geschält und sorgfältig getrocknet hatte, zeigten irgendeine Wirkung: William ging es von Tag zu Tag schlechter.

Phyllis hatte Angst um ihn, und zum ersten Mal, seit sie ihre Gabe entdeckt hatte, fühlte sie sich macht- und hilflos.

»Gib nicht auf«, wisperte es ihr zu. »Hab Geduld.«

Erstickt antwortete Phyllis: »Aber ich habe keine Zeit.«

Zwischen den hohen Purpursonnenhüten, deren kräftige Farben William so liebte, ließ sie sich ins Gras sinken.

»Dann hör genauer hin«, raunte es um sie herum. »Du weißt doch, dass du uns vertrauen kannst.«

Konnte sie das?

Phyllis schluckte.

Die Dorfbewohner hatten Zweifel in ihr Herz gesät.

»Man muss seine Grenzen kennen«, sagten sie beim Bäcker, und »es ist eben doch nicht gegen alles ein Kraut gewachsen«, seufzten sie beim Fleischer. »Bei Schnupfen und Halsweh sind deine Kräuter gut, aber doch nicht bei einer solchen Krankheit«, empörten sie sich nach der Kirche. »Meine Güte, Phyllis. Bring William endlich ins Krankenhaus.« Miss Rosing, die Haushälterin des Pfarrers, hatte ihr gestern sogar zugezischt: »Wenn dein Mann stirbt, ist das ganz allein deine Schuld, du Hexe.«

Phyllis legte sich auf den Rücken und schloss gequält die Augen. Die Grashalme unter ihren Händen kitzelten, als wollten sie Phyllis aufheitern und zum Lachen bringen. Doch wie konnte sie lachen, wenn sie eine solche Entscheidung zu treffen hatte?

»Bitte, lass mich hierbleiben«, hatte William sie angefleht, bevor er wieder in den Fieberschlaf gesunken war, der ihn nun beinahe ständig umfing. »Lass mich nicht im Krankenhaus sterben, Liebste.«

Da war sie aus dem Cottage geflohen. Hatte William der Obhut seiner Mutter Jane anvertraut, die gekommen war, um nach ihrem kranken Sohn zu sehen, und hatte Trost in ihrem Garten gesucht.

»Was soll ich nur tun?«, flüsterte Phyllis. »Bei allem, was mir lieb und teuer ist, was soll ich tun?«

Und da gaben sie ihr endlich die Antwort.

Phyllis atmete stoßartig aus. Sie öffnete die Augen und erhob sich aus dem Gras, und Hoffnung durchströmte sie wie eine warme Welle.

»Danke«, hauchte sie.

Dann ging sie zurück ins Cottage, lächelnd, im unverbrüch-

lichen Wissen, dass William gesund werden würde. Ihr war nun klar, welche Medizin ihr Mann so dringend für seine Genesung benötigte, und sie wollte nur rasch Korb und Schere holen, um sich sofort ans Sammeln und Verarbeiten der Kräuter zu machen.

Doch da fiel ihr ein, dass sie keinen Alkohol mehr hatte, um die Tinktur anzusetzen. Sie musste ins Dorf, um ein Fläschchen zu kaufen. Nur gut, dass Williams Mutter noch da war und über ihn wachte.

»Ja, geh du ruhig«, sagte Jane zu Phyllis. In ihren Augen lag ein merkwürdiger Schimmer. »Geh nur. Ich passe gut auf meinen William auf.«

Ein mulmiges Gefühl beschlich Phyllis. Doch sie konnte es sich nicht leisten, ihr Unbehagen näher zu ergründen, denn die Zeit drängte. William war zu krank, sie durfte einfach nicht länger warten. Wenn die Medizin helfen sollte, musste er sie noch heute zu sich nehmen.

Also eilte Phyllis ins Dorf und kaufte den Alkohol für die Tinktur.

Als sie mit erhitzten Wangen zurückkehrte, war es still im Cottage.

Zu still.

»William?«, rief Phyllis beunruhigt. »Jane?«

Niemand antwortete ihr. Als sie zu ihrem Mann ins Schlafzimmer hasten wollte, entdeckte sie den Zettel auf dem Wohnzimmertisch.

»Phyllis, ich habe deine Abwesenheit genutzt und meinen Sohn ins Krankenhaus bringen lassen. Wenn du nicht vernünftig sein willst, muss ich es eben sein. Jane.«

»Nein!«, flüsterte Phyllis, und ihr wurde schwarz vor Augen.
Die Flasche mit dem Alkohol glitt ihr aus der Hand, zerschellte auf dem Boden und zersprang in tausend Scherben.

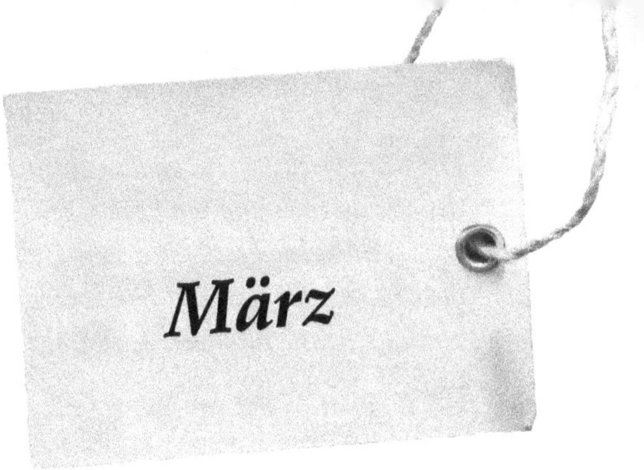
März

Die Küchenschelle (Pulsatilla vulgaris) ist die Blüte der Verlassenen und wird seit jeher mit der traurigen, weinenden Frau assoziiert. Gleichzeitig steht die Küchenschelle für den Neuanfang, wohl weil sie zu den schönsten Blumen des Frühlings zählt.

Aus: Devons umfassende Kräuterfibel (vergriffen)

*

2015

Das Dörfchen Reedcombe lag rund zwanzig Meilen vom Flughafen Exeter entfernt, und da der Überlandbus erst in zwei Stunden fahren würde, leistete Miriam sich ein Taxi. Schweigend saß sie auf dem Beifahrersitz. Draußen ging mit pechschwarzen Wolken und peitschendem Regen die Welt unter, und Miriam zuckte bei jedem Donnerschlag zusammen.

Ihr weißhaariger Chauffeur hingegen schien Kummer gewöhnt zu sein. Stoisch lenkte er das Taxi durch den Sturm. Dass die enge, von Hecken gesäumte Straße teilweise überflutet war und eher an ein Bachbett erinnerte denn an eine Fahrbahn, schien ihm keinen Kommentar wert zu sein.

Devon im März.

Was für eine absurde Idee …!

Miriam seufzte. Sie ärgerte sich über sich selbst. Hätte sie mit ihrer Reise nicht noch ein bisschen warten können, zumindest bis zur Apfelblüte? Aber nein, sie hatte ja unbedingt gleich zuschlagen müssen, als sie das Angebot auf der Website von Ivystone Manor entdeckt hatte.

Es hatte einfach zu verführerisch geklungen. »Feiern Sie mit uns den Frühling und lassen Sie sich verwöhnen – den ganzen März über zu höchst attraktiven Preisen. Genießen Sie entspannt unsere ausgezeichnete Küche, die geschmackvoll eingerichteten Zimmer und den weitläufigen Park. Ivystone Manor und das malerische Dörfchen Reedcombe erwarten Sie!«

Zwölf Regentage pro Monat, kaum vier Sonnenstunden pro Tag und eine Höchsttemperatur von lausigen zehn Grad Celsius. Kein Wunder, dass Ivystone Manor seinen Gästen die Übernachtungen im März hinterherwarf. Was hatte sie sich bloß dabei gedacht, so spontan und unüberlegt zu buchen? Nun würde sie zwei Wochen lang hier festsitzen, allein, in Kälte und Regen, und sie würde sich noch nicht einmal in Ausflüge flüchten können. Denn wegen des Linksverkehrs traute Miriam sich nicht, ein Auto zu mieten, und um wie früher als Studentin zu trampen, fühlte sie sich zu alt.

Sie hätte zu Hause bleiben sollen.

Aber jetzt die Flinte ins Korn werfen, bevor sie auch nur in ihrem Hotel angekommen war? Diese Reise würde toll werden! Schließlich hatte es auch Vorteile, in der Nebensaison unterwegs zu sein. Zum Beispiel beim Sightseeing. Die Museen waren bestimmt wunderbar leer. Diese Vorstellung war ermutigend.

Sie wandte sich an ihren Fahrer. »Sagen Sie, gibt es in Reedcombe ein Museum?«

Der alte Mann warf ihr ein nachsichtiges Lächeln zu. »Selbstverständlich nicht.«

Miriams Lächeln erstarb.

»Aber es gibt die Village Hall«, erklärte er würdevoll. »Dort finden regelmäßig kulturelle Veranstaltungen statt und Yoga und Meditation.«

»Meditation«, wiederholte Miriam schwach, und der Fahrer hob die buschigen Brauen, die wie sein Haupthaar schlohweiß leuchteten.

Miriam fragte sich, ob es eine Altersbegrenzung für den Taxischein gab. Es sah nicht so aus.

»Sie haben's wohl nicht so mit dem stillen Rumsitzen?«, erkundigte sich der Fahrer. »Ich auch nicht, das können Sie mir glauben. Meine Frau hingegen schwört darauf. Sie ist es, die in der Village Hall diese Kurse gibt, wissen Sie?«

Er zwinkerte ihr zu. »Na ja. Zum Glück haben wir in Reedcombe ja auch noch das Black Horse.«

»Ein Pub?«, riet Miriam.

»Richtig. Und ein sehr gutes noch dazu.« Der Fahrer unterstrich seine Worte mit einem energischen Nicken. »Sie können aber auch reiten, wenn Ihnen das lieber ist als ein gepflegtes Bier. Ihr Hotel hält Araberpferde, wussten Sie das? Oder Sie besichtigen Rebeccas Hundeinternat. Ich kenne niemanden, der davon nicht begeistert ist.«

Ein Internat für Hunde?

Willkommen in England, dachte Miriam schmunzelnd.

Vorerst bekam sie jedoch weder Rebeccas Hundeinternat noch das Black Horse zu sehen. Ivystone Manor lag nämlich etwas außerhalb von Reedcombe, und der schnellste Weg dorthin führte um das Dorf herum. Sie fuhren durch eine sanfte Hügellandschaft. Eichenhaine wechselten sich mit Wiesen und Pferdekoppeln ab, und vor einem schlossähnlichen Gebäude hielten sie schließlich an.

Neugierig öffnete Miriam die Tür, stieg aus und blieb in Wind und Regen neben dem Auto stehen.

Was für ein schönes Hotel! Selbst unter dem schwarzen Gewitterhimmel wirkte Ivystone Manor mit seinen hellen Sandsteinmauern, den efeuumrankten Fenstern und den Rosensträuchern ringsum heiter und romantisch. Wie hübsch musste es erst im Juni aussehen, wenn die Rosen in voller Blüte standen. Doch auch jetzt gefiel es Miriam, und ihre Stimmung hob sich.

Vielleicht war es doch kein Fehler gewesen hierherzukommen.

In diesem Moment bog ein gut aussehender junger Mann mit schwarzem Regenschirm um die Ecke. Er erblickte sie, hielt kurz inne und eilte dann auf sie zu.

»Herzlich willkommen auf Ivystone Manor«, sagte er und hielt den Schirm über sie. »Thomas mein Name. Hatten Sie eine gute Anreise, Mrs …?«

»Weiden. Ja, vielen Dank.« Miriam erwiderte sein Lächeln. »Trotzdem bin ich froh, jetzt angekommen zu sein.«

»Und auch gleich im Warmen«, versprach der junge Mann, bevor er sich an den Taxifahrer wandte. »Bob, würdest du das Gepäck der Dame rasch ins Trockene bringen?«

»Geht klar«, antwortete der Fahrer.

Bob also, dachte Miriam.

»Sie kennen einander?«, fragte sie ihren Chauffeur.

»Sie sind nicht der erste Gast, den ich nach Ivystone Manor fahre«, erklärte der Taxifahrer. »Außerdem arbeite ich zwar in Exeter, weil in Reedcombe kaum jemand mal ein Taxi braucht, aber ich wohne im Dorf, schon seit über sechzig Jahren. Da kennt man sich eben und …«

»Bob, das Gepäck«, unterbrach der junge Mann leise den Redefluss des Fahrers. Er warf einen besorgten Blick auf Miriams nassen Koffer.

»Ja, ja. Bin ja schon unterwegs«, brummte der Taxifahrer. Erstaunlich leichtfüßig setzte er sich mit dem Gepäck in Bewegung. Miriam folgte ihm, während Thomas weiterhin den Schirm über sie hielt. Ein Mann, der ihren Koffer trug, und einer, der sie vor dem Regen schützte: So viel Zuvorkommenheit war Miriam nicht gewöhnt. Es machte sie verlegen, und fast war sie froh, als sie hinter Bob durch die hohe Haustür eintrat und Thomas den Regenschirm zuklappte.

Nachdem sie Bob entlohnt und er sich verabschiedet hatte, sah Miriam sich in der Hotelhalle um. Der große Raum war mit üppigen Blumenarrangements geschmückt. In einem steinernen Kamin prasselte ein Feuer, und aus goldenen Bilderrahmen blickten vornehme Damen und Herren aus vergangenen Jahrhunderten auf sie herab. Alles wirkte altehrwürdig, aber zugleich behaglich, und hatte Miriam ihre Spontaneität vorhin noch verflucht, so beglückwünschte sie sich nun dazu. Sie hätte es mit ihrem Hotel nicht besser treffen können. Ivystone Manor war ein Schmuckstück.

Die junge Dame an der Rezeption – dem Schildchen am Revers nach hieß sie Carrie – begrüßte Miriam freundlich lächelnd und händigte ihr den Zimmerschlüssel aus.

»Sie wohnen im Lilienzimmer, Mrs Weiden«, sagte sie mit einer glockenhellen Stimme. »Wenn Sie sich noch eine Sekunde lang gedulden wollen? Ich rufe sofort jemanden, der Ihnen das Gepäck trägt und Sie zu Ihrem Zimmer führt.«

»Nicht nötig«, mischte Thomas sich ein, »das kann ich machen.«

Carries große blaue Augen weiteten sich erstaunt. »Sie? Aber …«

»Schon gut«, winkte der junge Mann ab und griff nach Miriams Koffer. »Kommen Sie, Mrs Weiden. Zum Lilienzimmer geht es hier entlang.«

Carrie sagte nichts mehr, wirkte jedoch regelrecht verstört.

Interessant, dachte Miriam, dass die Zuständigkeiten in diesem Hotel so streng geregelt sind. Jedenfalls schien es nicht zu Thomas' Pflichten zu gehören, den Gästen ihre Koffer zu tragen. Umso netter, dass er ihr trotzdem seine Hilfe angeboten hatte. Miriam beschloss, ihm später ein besonders großzügiges Trinkgeld zu geben.

Über lange Flure und knarzende Holztreppen führte der junge Mann sie durch das Hotel. Als Miriam nach ihm das Zimmer betrat, leuchteten ihre Augen auf. Da stand ein Himmelbett, cremeweiß bezogen. An seinem Fußende befand sich in typisch englischer Manier ein gemütliches Sofa. Vor dem Fenster war ein antiker Sekretär platziert. An den

Wänden hingen, passend zum Namen des Zimmers, künstlerische Fotografien von Lilienblüten. Der Gesamteindruck war …

»Hinreißend!«, rief Miriam aus und strahlte Thomas an, der sie lächelnd beobachtet hatte. Ihr fiel ein, dass sie ihm noch ein Trinkgeld schuldete. Rasch kramte sie in ihrer Handtasche nach dem Portemonnaie und zog einen Schein heraus. Doch bevor sie ihn Thomas in die Hand drücken konnte, wehrte dieser ab.

»Das ist nicht nötig, Mrs Weiden.«

Miriam runzelte energisch die Stirn. »Aber ich bitte Sie, Thomas. Sie haben schließlich meinen Koffer bis hierher geschleppt!«

Die grauen Augen des jungen Mannes blitzten amüsiert auf. Ohne das Geld anzunehmen, wünschte er Miriam einen schönen Aufenthalt, verabschiedete sich und ließ sie allein.

Konsterniert blickte Miriam von der Tür, die er hinter sich geschlossen hatte, auf den Geldschein, den sie immer noch zwischen den Fingern hielt. So wunderschön Ivystone Manor auch war, der Chef dieses Ladens musste ein wahrer Sklaventreiber sein. Nicht einmal ein Trinkgeld durften seine Angestellten annehmen? Wo gab es denn so etwas?

Kopfschüttelnd machte sie sich ans Auspacken.

In der Nacht lag Miriam wach.

Am Abend hatte sie im hoteleigenen Restaurant wunderbar gespeist, und sie war zu Bett gegangen mit der Überzeugung, dass das alles doch schon mal sehr gut angefangen hatte.

Nun aber wälzte sie sich schlaflos hin und her, denn allein in ihrem romantischen Himmelbett fielen ihr die vielen schönen Urlaube ein, die sie gemeinsam mit ihrer Familie verbracht hatte, mit Jürgen und Annabel.

Warum war Jürgen nicht bei ihr? Sie gehörten doch zusammen. Sie hatten doch immer zusammengehört …

Miriam hielt die Augen fest geschlossen, wollte Jürgen aus ihren Gedanken vertreiben und den Schlaf herbeizwingen, doch an beidem scheiterte sie kläglich. Also versuchte sie es mit bewusstem Entspannen. Sie kramte in ihrem Gedächtnis nach den Übungen aus der progressiven Muskelentspannung, die sie gelernt hatte, als Annabel im Trotzalter gewesen war. Doch auch das half nicht. Ihr brach der kalte Schweiß aus. Da war sie endlich in ihrem Traumurlaub, und es regnete nicht bloß Katzen und Hunde, sondern sie quälte sich auch noch mit Schlafstörungen herum. Was, wenn sie mal wieder die ganze Nacht nicht zur Ruhe käme, und morgen Nacht auch nicht? Was, wenn sie immer nur daran denken musste, dass Jürgen und seine Patrizia selig schlummerten, glücklich mit der Welt und noch glücklicher miteinander, während es Miriam nicht einmal am Ort ihrer jahrelangen Sehnsucht gut ging? Vielleicht entwickelte sie ja eine Depression, jetzt, wo die Scheidung durch war, ihre Tochter ausgezogen und sie selbst unendlich einsam. Oder steckte sie etwa schon mittendrin?

Miriam hatte sich immer bemüht, gute Miene zum bösen Spiel zu machen. Sie wollte niemanden mit ihren düsteren Gefühlen nerven, und so versteckte sie Resignation und Trauer für gewöhnlich hinter einem Lächeln. Doch jetzt war niemand da, vor dem sie sich verstellen musste, und unter der Last der stummen, nächtlichen Schwärze tapfer zu bleiben war auf einmal zu viel. Die Tränen liefen ihr über die Wangen.

Ach Jürgen. Es hätte niemals enden dürfen mit uns. Wir wollten doch gemeinsam alt werden, erinnerst du dich nicht? Warum musstest du dich verlieben? Nach all der Zeit? Da kann man doch nicht einfach so gehen und sich in eine andere verlieben wie ein hormongesteuerter Teenager!

Leider doch. Jürgen hatte es gekonnt.

Langsam verwandelte Miriams Trauer sich in heiße Wut. Herrgott, dann schlief sie eben nicht. Dann lag sie eben wach, wälzte sich in diesem blöden Himmelbett herum und heulte ihrem Exmann hinterher. Wen kümmerte es, ob sie wachte oder schlief, ob es ihr gut ging oder beschissen? Ihn bestimmt nicht, den Mistkerl.

Verdammter, untreuer Mistkerl!

Sie tastete auf dem Nachttisch nach einem Taschentuch und schnäuzte sich kräftig. Ein weiteres Mal verwünschte sie Jürgen voller Inbrunst, und weil das erstaunlich guttat, machte sie gleich mit Patrizia weiter. Sie zischte Beschimpfungen vor sich hin, kramte in ihrem Wortschatz nach den unflätigsten aller Beleidigungen und schlief schließlich erschöpft und mit einem Fluch auf den Lippen ein.

*

»Du, ich und das Baby«, hatte Jürgen damals zärtlich zu ihr gesagt, »wir werden ein wundervolles Leben zusammen haben.«

Miriam hatte ihrem Mann ein verliebtes Lächeln geschenkt. Ihrem Mann. Wie schön sich das anhörte!

Seit zwei Tagen waren sie verheiratet, und obwohl Miriams Bauch sich schon kräftig rundete, hatten sie ihre Hochzeitsreise bisher fast ausschließlich im Bett verbracht. Draußen regnete es in Strömen. Venedig war nass, buchstäblich überall.

Sie schauten einander in die Augen. Jürgens waren grün, sie hatten fast dieselbe Farbe wie Miriams. Schon bei ihrer ersten Verabredung hatten sie darüber gescherzt, dass das ein Zeichen sein müsse: Miriam und Jürgen waren füreinander bestimmt.

Ein Jahr zuvor war das gewesen. Hals über Kopf hatten sie sich ineinander verliebt, sie, die 21-jährige Studentin der Anglistik, und er, der fünf Jahre ältere Arzt, der gerade seine erste Anstellung im Krankenhaus hatte. Jürgen brannte für seinen Beruf, war immer für die Patienten da, und das hatte Miriam von der ersten Sekunde an imponiert. Sie selbst hatte ihr Studium mehr aus Verlegenheit gewählt. Sie liebte die englische Sprache, und Lehrerin zu werden erschien ihr als Zukunftsperspektive ganz passabel. Die Leidenschaft jedoch, mit der Jürgen seinem Beruf nachging, war ihr fremd. Sie würde fürs Geld arbeiten, nicht für die Selbstverwirklichung oder gar aus Altruismus.

Wie es aussieht, dachte Miriam und strich sich über ihren Bauch, werde ich vorerst überhaupt nicht arbeiten. Ich kann ja nicht einmal zu Ende studieren … nicht, bis unser ungeplantes Kind aus dem Gröbsten raus ist. Und danach? Ach, mal sehen!

Jürgen legte seine Hand auf ihre, und sie spürten beide, wie das Kind sich bewegte, eine federleichte Welle unter Miriams Bauchdecke.

Ergriffen sagte Jürgen: »Ich werde gut für euch sorgen, Miriam. Mein Leben lang. Das verspreche ich dir.«

»Ich liebe dich«, hauchte Miriam.

»Und ich liebe dich«, sagte Jürgen ernst. »Für immer.«

Knapp zwei Jahrzehnte später, an einem höhnisch sonnigen Tag im Februar, waren Miriam und Jürgen geschieden worden.

Danach hatte Jürgen sich hastig verabschiedet, froh, das Ganze hinter sich zu haben, und auch die Anwälte waren sofort nach dem Termin gegangen.

Nur Miriam blieb auf den Stufen vor dem Gerichtsgebäude stehen, blinzelte in die Wintersonne und wartete darauf, dass sie es begriff. Sie war nicht mehr nur eine betrogene und verlassene, sondern nun auch eine rechtskräftig geschiedene Frau.

Aber Miriam kam es so vor, als passierte das alles gar nicht ihr, und deshalb weinte sie auch nicht. Weder spürte sie Trauer darüber noch Zorn auf Jürgen noch Hass auf seine Neue. Sie verharrte einfach nur auf diesen Stufen – stumm, benommen und vollkommen allein.

Schließlich ging sie langsam die Treppe hinunter und machte sich auf den Weg nach Hause.

Ihr Zuhause war jetzt eine kleine Zweizimmerwohnung, in der noch immer Umzugskisten herumstanden. In der Küche kochte Miriam sich einen Kaffee, setzte sich auf den

Stuhl ans Fenster und starrte hinaus, ihre klammen Finger um die heiße Tasse gelegt.

Der Vorfrühling hatte begonnen, und im Garten der Vermieter blühten Krokusse, weiß, rosa, blassviolett. Schön sah das aus. Ob im Garten ihres Hauses wohl schon die ersten Tulpen aus der Erde spitzten? Miriam schloss die Augen. Es war nicht mehr ihr Haus. Längst wohnte eine andere Familie darin. Nicht daran denken. Am besten überhaupt nichts denken und vor allem nichts fühlen.

Denn nur so war es erträglich.

Es hatte bereits zu dämmern begonnen, als das Telefon die Stille zerriss. Miriam saß mit einem Johanniskrauttee auf der Couch, und immer noch gelang es ihr, so gut wie nichts zu fühlen. Der Tee schmeckte bescheiden, aber Barbara hatte ihn ihr empfohlen, und da Barbara nicht nur ihre Freundin war, sondern auch Apothekerin, trank Miriam gehorsam täglich drei Tassen.

Das Display zeigte Annabels Nummer.

»Du bist ja doch zu Hause!« Miriams Tochter klang besorgt. »Ach Mama. Ich habe dir doch gesagt, du sollst heute Abend ausgehen.«

»Dazu habe ich keine Lust, mein Schatz.«

»Aber wäre es nicht gut, wenn du dich ein bisschen ablenkst? Um auf andere Gedanken zu kommen?«

»Ich bin erst seit vier Stunden geschieden«, antwortete Miriam. »Für andere Gedanken ist es ein bisschen zu früh.«

Annabel zögerte.

Dann sagte sie leise: »Mama … Es geht dir schrecklich, oder?«

Die Traurigkeit in der Stimme ihrer Tochter schnitt Miriam ins Herz.

Annabel war neunzehn, studierte, hatte eine eigene Wohnung und einen festen Freund. Sie war erwachsen. Dennoch hatte Miriam das Gefühl, dass auch Annabel unter der Scheidung litt. Um ihre Tochter nicht noch mehr zu belasten, beschloss sie, die Wahrheit wieder einmal zu beschönigen. Nur ein wenig.

»Mach dir keine Sorgen«, sagte sie leichthin. »Mir geht es gut. Ehrlich, das wird schon.«

»Na ja«, meinte Annabel vorsichtig. »Ihr lebt ja auch schon seit zwei Jahren getrennt, du und Papa.«

»Genau«, bekräftigte Miriam.

»Meldest du dich, wenn du mich brauchst? Ich kann auch vorbeikommen, Mama.«

Schon lag Miriam ein »O ja, gleich morgen?« auf der Zunge. Doch sie wollte auf keinen Fall eine dieser bedürftigen Mütter werden, die um die Gesellschaft ihrer erwachsenen Kinder betteln, und rasch winkte sie ab.

»Ach was, das brauchst du nicht.« Miriam bemühte sich, heiter zu klingen. »Ich muss Schluss machen, mein Schatz. Es hat geläutet.«

»Alles klar«, sagte Annabel. »Tschüss, Mama! Schön, dass du Besuch bekommst, dann bist du nicht so allein.«

Seit Jürgen fort war, war Miriam immer allein, ganz gleich in wessen Gesellschaft sie sich befand. Doch das sagte sie ihrer Tochter nicht.

Vor der Tür stand ihre Freundin Barbara. »Ich dachte, du brauchst vielleicht ein offenes Ohr«, sagte sie und hob eine

Tüte in die Höhe. »Wein und Knabberzeug habe ich auch dabei.«

»Aber ich wollte doch …«

»… in aller Einsamkeit der Grübelei verfallen. Ja, ja, ich weiß.« Barbara schüttelte ihren rotgelockten Kopf und lächelte. »Lässt du mich trotzdem rein?«

*

Verdrossen betrachtete Miriam sich im Spiegel des Lilienzimmers.

Ihre fahle Haut erzählte deutlich von der schlechten Nacht, und die Fältchen um die Augen hatten sich schon wieder vertieft. Nun passte ihr Gesicht wenigstens zu ihrem Haar, in dessen Honigblond sich die ersten grauen Strähnen mischten.

Alles an ihr alterte.

Miriam wandte sich ab.

Auf dem Weg zum Frühstückssaal gähnte sie herzhaft, ohne sich die Hand vor den Mund zu halten. Es gab schließlich niemanden, der sie dabei sehen konnte. Keinen Mann an ihrer Seite, keine Tochter. Und auch keinen anderen Hotelgast.

Anfang März schien auf Ivystone Manor wirklich nichts los zu sein. Im Restaurant war Miriam am Vorabend praktisch allein gewesen. Außer ihr hatten lediglich drei schweigende Ehepaare und ein älterer Herr dort gesessen – nichts im Vergleich zu den vollbesetzten Speisesälen, die Miriam von ihren früheren Urlauben her kannte. Aber Jürgen, Annabel und sie waren auch nie in der Nebensaison verreist, schließlich hatten sie sich nach den Schulferien richten müssen. Wie oft hatte Jürgen sich über die gepfefferten Preise in der Hochsaison geärgert … Ein bisschen geizig war ihr Mann schon manchmal gewesen. Umso verwunderlicher eigentlich, dass er sich ihr gegenüber jetzt so fair verhielt, zumindest in finanzieller Hinsicht.

Miriam runzelte die Stirn. Ob Barbara doch recht hatte, wenn sie sagte, dass …

»Guten Morgen, Mrs Weiden.«

Thomas' dunkle Stimme riss sie aus ihren Grübeleien.

Sie atmete tief durch, verankerte sich wieder in der Gegenwart und antwortete: »Guten Morgen.«

Thomas sah beneidenswert gut aus, jung, ausgeschlafen und entspannt.

»Ich hoffe, unser Hausgespenst hat Sie nicht wachgehalten?«

Trotz ihrer trüben Stimmung musste Miriam lachen. »Was für eine nette Art, mir zu sagen, dass ich übernächtigt aussehe.«

»Aber nein, so meinte ich das nicht!« Er hob abwehrend die Hände. »Sie sind schön wie der junge Morgen.«

Na klar. Miriam verzog den Mund zu einem bemühten Lächeln und schwieg.

»Vielleicht hätten Sie ja Lust auf einen kleinen Gang durch den Park?«, fragte Thomas. »Ich könnte Ihnen die Narzissenwiese zeigen. Sie steht in voller Blüte, und das Wetter ist heute sehr schön.«

Das war Miriam noch gar nicht aufgefallen. Doch nun flog ihr Blick zum Fenster. Durch die noch kahlen Bäume blitzte verheißungsvoll die Sonne.

Thomas sah sie fragend an.

»Das ist ein sehr freundlicher Vorschlag«, sagte Miriam zurückhaltend. »Aber Sie werden doch bestimmt am Empfang gebraucht.«

Er grinste. »Oh, machen Sie sich da mal keine Sorgen. Ich bin sicher, dass meine Angestellten ganz gut ohne mich zurechtkommen.«

»Ihre … Angestellten?« Miriam starrte ihn an. »Dann arbeiten Sie gar nicht an der Rezeption oder … als …?«

»Nein, tut mir leid, Mrs Weiden. Ich bin der Geschäftsführer dieses Hotels. Verzeihen Sie bitte den Irrtum.«

Dieser Jungspund hier war der Geschäftsführer?

Miriam schluckte, als ihr die Szene vom Vorabend wieder einfiel. Sie hatte dem Geschäftsführer von Ivystone Manor ein Trinkgeld geben wollen … Kein Wunder, dass er so seltsam reagiert hatte.

»Ich hoffe, ich habe Sie nicht in Verlegenheit gebracht«, sagte Thomas höflich.

»Ich … nein, nein.« Miriams Wangen brannten. »Aber warum haben Sie denn meinen Koffer getragen, wenn Sie gar nicht …? Und Sie haben sich doch mit Ihrem Vornamen vorgestellt, Mr …?«

»Thomas. Dylan Thomas, wie der Dichter. Wobei ich es nicht so mit der Poesie habe, muss ich gestehen.« Er streckte ihr seine Hand entgegen. »Bleiben wir doch einfach beim Vornamen, was meinen Sie? Ich bin Dylan, und du bist …«

»Miriam«, sagte Miriam schwach und schüttelte seine Hand. Erst gerade auf Ivystone Manor angekommen, und schon duze ich den Geschäftsführer, fuhr es ihr durch den Kopf.

»Nachdem das geklärt wäre, erlaubst du mir nun sicher, dich zur Narzissenwiese zu führen. Wann wäre es dir angenehm?«

»Ja, natürlich, danke«, stotterte Miriam. Sie war immer noch verwirrt, zumal Dylan ihr keine Antwort auf die Frage gegeben hatte, warum er ihren Koffer getragen hatte. »Hm, also … wie wäre es nach dem Frühstück?«

»Perfekt. In einer Stunde an der Rezeption?«

Miriam nickte, und Dylan Thomas schenkte ihr ein strahlendes Lächeln, ganz so, als würde er sich tatsächlich darauf freuen, seinen neuen Gast durch den Park führen zu dürfen.

Ob das alles zum normalen Service von Ivystone Manor gehörte?

Wenn ja, musste der Arme Tag und Nacht beschäftigt sein.

Seite an Seite schlenderten sie durch den Park.

Miriam merkte, wie sie sich langsam entspannte, während Dylan sie mit seiner Plauderei unterhielt. Sie erfuhr, dass das Buchsbaumlabyrinth nach einem Plan aus dem 18. Jahrhundert angelegt worden war und dass der Rosengarten nur Sorten beherbergte, die besonders stark dufteten.

»Und was wächst hier?«, fragte sie, als sie an langen Beeten mit graugrünen Stauden vorbeikamen. »Ist das Lavendel?«

»Lavendel und Heiligenkraut«, nickte der junge Geschäftsführer. »Im Sommer strahlen diese Beete über Wochen in Gelb und Violett.«

»Das stelle ich mir schön vor.«

»Oh, das ist es! Du solltest einmal im Juni herkommen.« Dylan deutete auf eine Gruppe kahler Bäume. »Und natürlich im Oktober. Allein der Fächerahorn ist eine Reise nach Ivystone Manor wert. Sein Laub leuchtet im Herbst in einem unvergleichlichen Rot.«

»Dann bleibe ich am besten gleich ganz hier, was?« Miriam grinste. Dieser Dylan verstand es, seinen Gästen Lust auf Urlaub in seinem Hotel zu machen. Wobei das auch nötig zu sein schien, bedachte man, wie wenige Zimmer im Moment belegt waren.

Allmählich gelangten sie in den hinteren Teil des Parks. Er war wilder, da er im Stil eines Landschaftsgartens gehalten war. Ein blaugrünes Flüsschen mäanderte durch weite Wiesen, auf einem Hügel in der Ferne grasten schwarze und dunkelbraune Pferde. Miriam kniff ihre Augen zusammen. Das mussten die Araber sein, von denen der Taxifahrer gesprochen hatte.

»Magst du Pferde?«, erkundigte sich Dylan, der sie beobachtet hatte.

»Ja, ich bin sehr viel geritten. Allerdings ist das schon ewig her, ich weiß gar nicht, ob ich es noch könnte.«

»Möchtest du es ausprobieren, während du hier bist? Wir bieten Reitstunden an.«

»O nein, nein, nein!« Miriam lachte. »Ich bin nicht nach Devon gekommen, um mir den Hals zu brechen.«

»Mit dem richtigen Lehrer wirst du das auch nicht.« Dylan sah sie aufmunternd an. »Überleg es dir einfach.«

Es reizte Miriam schon, wieder einmal auf ein Pferd zu

steigen. Zugleich aber hatte sie Angst, und so erwiderte sie bloß vage: »Mal sehen.«

Die Märzsonne hatte bereits Kraft, die Luft war frisch und klar, und beim Weitergehen atmete Miriam tief durch. Wie gut das tat! Sie sollte viel mehr hinausgehen in die freie Natur.

Zu Hause hockte sie manchmal von morgens bis abends in ihrer Wohnung, ohne mit irgendjemandem zu sprechen, sogar ohne irgendetwas zu tun. Stattdessen grübelte, grübelte und grübelte sie. Kein Wunder, dass Barbara ihr Johanniskraut empfohlen hatte! Miriam bemühte sich zwar nach Kräften, frohsinnig zu wirken, doch nicht immer mit Erfolg.

»Nur noch diese Anhöhe hinauf«, hörte sie Dylan sagen, »dann sind wir da.«

Neugierig folgte Miriam ihm die letzten Meter. Oben angekommen blickte sie in eine Senke hinab, und ihre Augen weiteten sich. Das ganze Tal wogte zitronengelb im Morgenwind – ein Meer aus Narzissen.

»Ich hoffe, ich habe dir nicht zu viel versprochen«, meinte Dylan zufrieden.

»Absolut nicht.« Miriam schenkte ihm ein dankbares Lächeln.

»Die Seele atmet auf, wenn man in dieses Tal schaut, nicht wahr?«, fragte er.

Miriams Lächeln erstarb.

Spürte dieser junge Mann etwa, wie düster es in ihrer Seele aussah? Hatte er sich deshalb die Zeit genommen, sie hier hinaufzuführen?

Sie wandte sich ab und blickte wieder auf das Narzissenmeer.

Und wenn schon, fuhr es ihr durch den Kopf, dann spürt er es eben.

Langsam nickte sie.

*

Die Nacht nach ihrer Scheidung war lang geworden.

Miriam saß im Schneidersitz auf dem Sofa. Ihren Tee hatte sie gegen ein Glas Shiraz eingetauscht, und mittlerweile war sie ganz froh, dass Barbara sie zu später Stunde überfallen hatte, auch wenn ihr das zuerst überhaupt nicht recht gewesen war. Aber war es nicht lieb von der Freundin, dass sie sich Miriam zuliebe die Nacht um die Ohren schlug? Zumal Barbara unter chronischem Zeitmangel litt. Sie führte eine gutgehende Apotheke und war oft bis spätabends beschäftigt. Selbst ihr Freund bekam sie nur selten zu Gesicht, worüber er sich regelmäßig beschwerte, denn zu allem Überfluss pflegte Barbara diverse Hobbys. Dass sie daneben Zeit für Miriam fand, grenzte an ein Wunder.

Wenn Miriam sich mit Barbara verglich, musste sie zugeben, dass sie ihre Freundin beneidete. Sie schämte sich dafür, denn es war schließlich nicht Barbaras Schuld, dass bei ihr alles wie am Schnürchen lief, während Miriam vor den Trümmern ihrer Existenz stand.

Rasch trank sie einen Schluck Wein.

»Warum hast du nicht vorher angerufen?«, wandte sie sich an Barbara. »Dann hätte ich den Wein und das Knabberzeug besorgt. Aus dem Alter, in dem die Gäste sich ihre

Chips und Cracker selbst mitbringen, sind wir ja eigentlich schon raus.«

»Wenn ich angerufen hätte, dann hättest du mich abgewimmelt. Ich kenne dich doch, Miri. Wenn es dir schlecht geht, verkriechst du dich.«

Damit hatte Barbara leider recht.

»Ich will halt niemandem zur Last fallen«, verteidigte sich Miriam.

»Mensch, Miri.« Barbara verdrehte die Augen. »Wann wirst du endlich begreifen, dass ich immer für dich da bin? In guten wie in schlechten Zeiten.«

Miriam seufzte. »Das ist beruhigend. Wenn mein Ehemann dieses schöne Versprechen schon nicht halten konnte, dann wenigstens du.«

»Wenigstens? Das habe ich jetzt aber mal überhört«, meinte Barbara entschieden. »Im Übrigen möchte ich dich doch sehr darum bitten, dass du mich nicht mit deinem Ex vergleichst.«

»Wieso nicht?«

»Wieso nicht? Weil er dich fallen gelassen hat wie eine heiße Kartoffel! Der benimmt sich wie aus einem Lehrbuch zur Midlife-Crisis. Mit so einem will ich nicht verglichen werden. Jürgen ist ein Arschloch.«

Miriam zuckte zusammen.

»Jetzt übertreib mal nicht«, sagte sie schwach. »Er hat sich schließlich weder ein Motorrad noch eine Freundin zugelegt, die seine Tochter sein könnte. Seine Neue ist immerhin Mitte dreißig, und abgesehen davon, dass er mich verlassen hat, benimmt Jürgen sich sehr anständig. Er zahlt mir jeden

Monat eine ordentliche Summe, obwohl er das wirklich nicht müsste.«

»Na klar, weil er ein schlechtes Gewissen hat«, sagte Barbara verächtlich. Sie tippte Miriam mit dem Zeigefinger gegen die Brust. »Und du, meine Liebe, solltest das Arschloch nicht auch noch verteidigen.«

»Bitte nenn ihn nicht so«, sagte Miriam leise. »Sein einziges Verbrechen besteht darin, dass er sich verliebt hat. Findest du wirklich, dass ich ihm das zum Vorwurf machen kann?«

»Nachdem du für euer Kind dein Studium abgebrochen, auf eine eigene Karriere verzichtet und Jürgen fast zwei Jahrzehnte lang den Rücken freigehalten hast? Ja, Miri. Unbedingt.«

Miriam schwieg. Plötzlich wurde sie sehr müde. Barbara legte ihr den Arm um die Schulter, und Miriam lehnte sich an sie.

»Komm schon«, sagte Barbara sanft, halb mitleidig, halb aufmunternd. »Er hat es einfach nicht verdient, dass du seinetwegen jahrelang Trübsal bläst.«

Tu ich doch gar nicht, wollte Miriam widersprechen, mir geht es doch gut. Aber sie sagte es nicht. Stattdessen schloss sie die Augen.

»Mal ehrlich«, drängte Barbara nun, »findest du die Vorstellung nicht auch ein bisschen reizvoll? Neu anzufangen? Bei null zu starten, noch einmal ganz und gar frei zu sein? Das hat doch was, oder?«

»Nein«, flüsterte Miriam kläglich.

Sie wollte nicht von vorne anfangen, sie wollte ihr altes

Leben zurück! Was Jürgen und sie sich aufgebaut hatten, hatte ihr vollkommen genügt. Miriam war zufrieden gewesen mit ihrer Ehe, sie war vernarrt in ihre kluge, hübsche Tochter, und sie hatte sich wohlgefühlt in ihrem Haus. Das Haus mit dem großen, wundervollen Garten, in dem Pfingstrosen und Rittersporn geblüht hatten, Fliederbüsche und Lavendel. Ihr ganzer Stolz war dieser Garten gewesen, ihre ganze Leidenschaft.

Sie begann zu weinen. Barbara schenkte ihr Wein nach, und Miriam trank das Glas in einem Zug leer. Doch nicht einmal das half. Die Welt blieb düster, und Jürgen liebte eine andere, und der Rotwein konnte daran nichts ändern, ebenso wenig wie Barbaras Umarmung oder ihre hilflosen Durchhalteparolen. Einem untreuen Schwein wie Jürgen dürfe man nicht nachweinen, sagte Barbara, schon gar nicht, wenn man eine so bezaubernde Frau sei wie Miriam, warmherzig und hübsch, was gäbe Barbara nicht alles für Miriams schöne grüne Augen und ihr seidiges honigblondes Haar …

Miriam glaubte ihrer Freundin kein Wort. Sie fühlte sich hässlich, alt und verbraucht, und deshalb trank sie weiter. Was sollte sie auch sonst tun? Als sie gegen vier Uhr morgens mit verquollenen Augen ins Bett fiel, schlief sie wenigstens auf der Stelle ein.

Doch keine Stunde später wachte Miriam wieder auf, mit bohrenden Kopfschmerzen, einem pelzigen Geschmack im Mund und geplagt von fürchterlichem Durst.

Stöhnend stieg sie aus dem Bett und goss sich in der Küche ein großes Glas Wasser ein. Im Gegensatz zu ihr hatte

Jürgen sich bestimmt nicht mit Rotwein betrunken oder gar eine Träne vergossen, sondern mit Champagner angestoßen und gefeiert, seine Patrizia zuerst im Arm und später unter sich. Denn klar, mit *der* hatte er Sex!

Miriam wankte ins Wohnzimmer. Starrte auf die leeren Rotweinflaschen, die schmutzigen Gläser, die Flecken auf dem Sofa, die Krümel auf dem Couchtisch. Sah das dicke Buch auf dem Boden, das sie vor Monaten angefangen und noch immer nicht beendet hatte. Sah die braunblättrige Topfpflanze, die eingegangen war, weil Miriam vor lauter Kummer das Gießen vergessen hatte.

Und plötzlich begriff sie, dass sie so nicht weiterleben konnte.

Am nächsten Tag hatte Miriam sich ungeachtet ihres miserablen Zustands aufgerafft und die Wohnung verlassen.

Ziellos streifte sie durch die Stadt, trank Coffee to go gegen den Kater, was nicht half, und ging eine Runde um den See im Park, der zu dieser Jahreszeit einen eher trostlosen Anblick bot. Sie wartete auf eine Eingebung. Auf ein Zeichen.

Da beides ausblieb, versuchte sie es mit Vernunft. Wie sollte ihr Leben weitergehen, was könnte sie ändern? Denn dass sie etwas ändern musste, war ihr in der vergangenen Nacht klar geworden.

Sich bei einer Partnerbörse anzumelden, was Barbara nach dem vierten Glas Wein vorgeschlagen hatte, kam für Miriam nicht infrage. Aber vielleicht konnte sie sich endlich einen Job suchen. Dank Jürgens monatlicher Unterstützung war sie zwar nicht auf ein eigenes Einkommen angewiesen. Doch auf Dauer von ihrem Exmann abhängig zu bleiben war eine beklemmende Vorstellung.

Wobei sie, beruhigte Miriam sich, auch ohne Jürgens Zuwendungen nicht völlig mittellos war. Im Zuge der Scheidung hatten Jürgen und sie das Haus verkauft, und Miriam war die Hälfte des Erlöses zugesprochen worden. Außerdem hatte sie geerbt, denn ihre Eltern waren bereits tot. Sie starben kurz nacheinander, ihr Vater an Lungenkrebs, ihre Mutter an einem Schlaganfall. Es war keine geringe Summe, die nun auf Miriams Konto lag.

Doch dieses Geld war ihre Rücklage für später, deshalb hatte sie beschlossen, es nicht für Lebenshaltungskosten anzutasten.

Arbeiten zu gehen war sicher nicht die schlechteste Idee. Doch Miriam war bewusst, dass ihr Lebenslauf auf potenzielle Arbeitgeber wenig Eindruck machte: ein abgebrochenes Anglistikstudium, gefolgt von zwei Jahrzehnten als Hausfrau und Mutter, dazu keinerlei Berufserfahrung – erbärmlicher ging es wahrscheinlich kaum.

Angestrengt dachte Miriam über ihre Möglichkeiten nach. Könnte sie nicht Nachhilfe in Englisch anbieten? Sich in einem Lernstudio anstellen lassen, oder in der Nachmittagsbetreuung einer Schule? Oder irgendwo kellnern? In einem Café, das nicht nur auf die jungen Studentinnen setzte. Doch wollte sie mit über vierzig wirklich noch anfangen zu kellnern?

Miriam ließ den matschigen Park hinter sich, bog rechts in eine kleine Straße ein und links in eine noch kleinere, und erst als sie merkte, dass der Weg nicht weiterging, hob sie den Kopf.

Leicht verwirrt registrierte sie, dass sie sich am Ende einer Sackgasse befand, direkt vor einem Laden mit grün-weiß gestreifter Markise. »Rosie's English Bookshop« stand in altmodischen Lettern über dem Schaufenster. Die Auslage war mit einer Zinkgießkanne, Gummistiefeln und bunten Primeln so üppig dekoriert, dass die Bücher dazwischen fast verschwanden. Rosie, wenn die Inhaberin des Bookshops wirklich so hieß, schien ein Gartenfan zu sein. Und ein Fan von Südwestengland, denn zwischen den Bildbänden über Traumgärten standen Reiseführer für Cornwall, Somerset und Devon.

Unwillkürlich lächelte Miriam. Devon … Seit sie diese Grafschaft als Studentin kennen- und lieben gelernt hatte, träumte sie davon, noch einmal hinzufahren. Damals hatte sie eine mehrwöchige Tour durch ganz England unternommen. Sie war der Meinung gewesen, das wäre sie ihrem Anglistikstudium schuldig. Gefallen hatte es ihr fast überall.

Verliebt aber hatte sie sich nur in den rauen Charme Devons.

Warum tust du's nicht?, fragte eine leise Stimme in ihrem Hinterkopf.

»Quatsch«, murmelte Miriam.

Doch die Stimme in ihrem Hinterkopf ließ sich davon nicht beirren.

Warum nicht jetzt, warum nicht genau jetzt diesen Traum in die Tat umsetzen? Annabel ist ausgezogen, Jürgen hat eine andere, und du besitzt noch nicht einmal ein Haustier, das du irgendwo unterbringen müsstest. Du bist frei wie ein Vogel, auch wenn du dir die Umstände so nicht ausgesucht hast. Dein Englisch ist immer noch nicht eingerostet. Hey, du wirst völlig problemlos damit zurechtkommen!

Wie ferngesteuert betrat Miriam den Bookshop.

Sie kaufte einen Reiseführer und einen wunderschönen Bildband über Devon.

Am nächsten Tag buchte sie zwei Wochen Urlaub auf Ivystone Manor.

*

Die ersten Tage ihrer Traumreise vergingen, und Miriams emotionale Verfassung glich einer Achterbahnfahrt. Mal war sie froh, weit weg von allem zu sein, dann wieder überfiel sie die Trauer mit voller Wucht, und sie blieb weinend in ihrem Zimmer.

Sie schlief unruhig, und morgens erwachte sie mit Tränen in den Augen. Doch immer wenn sie dachte, dass es so nicht weiterging, dass Devons Einsamkeit ihr nicht guttat und dass sie wohl besser nach Hause fliegen sollte, schlug ihre Stimmung um. Dann schöpfte Miriam neuen Mut, wünschte Jürgen zum Teufel und richtete ihre Aufmerksamkeit entschlossen auf das, was sie schön fand: die graugelben Mauern des Hotels im Morgenlicht. Den Anblick des Narzissentals, wohin sie inzwischen auch allein wanderte. Den Nachmittagstee, den sie vor einem gemütlich prasselnden Kaminfeuer im Salon einnahm. Den Duft der frischen Blumen, mit denen das Hotel so verschwenderisch geschmückt war. Die

Plaudereien mit dem charmanten Geschäftsführer, wenn Dylan und sie sich drinnen oder draußen zufällig über den Weg liefen. Ja, dachte sie in solchen Momenten, das Leben war schon okay.

Manchmal.

Und manchmal eben nicht.

Nach ein paar Tagen beschloss Miriam, ihr Schneckenhaus zu verlassen. Es konnte doch nicht angehen, dass sie zwei Wochen lang in Devon weilte und vor lauter Kummer hauptsächlich im Hotel herumhockte. So hatte sie sich ihren Urlaub nicht vorgestellt.

Also brach sie zu einem Spaziergang nach Reedcombe auf. Bestimmt hatte das Dorf eine Kirche und ein paar nette kleine Geschäfte. Und wenn es kein Museum gab, dann mussten eben Bobs Geheimtipps als touristische Attraktionen herhalten – Village Hall und Hundeinternat.

In Reedcombe duftete es nach Kirschblüten.

Das Dorf wirkte wie aus einem nostalgischen Film: weißgetünchte Cottages mit Dächern aus braungrauem Reet, Gartenzäune und Türen in verblichenem Grün, hölzerne Wegweiser, die nach Exeter, zum Fluss oder zu irgendeiner Farm wiesen.

Die Fassaden der Häuser bröckelten, und überall blätterte die Farbe ab. Nur eine grellrote Telefonzelle sorgte für den Kontrast in dieser stillen Szenerie, die von leicht morbidem Charme zeugte.

Das Geräusch eines Motors erinnerte Miriam daran, dass

dies doch keine Filmkulisse war und die Fahrbahn auch im verschlafenen Reedcombe den Autos gehörte. Sie sprang zur Seite und wäre um ein Haar überfahren worden, da das Auto von hinten links kam. Sie schrie erschrocken auf und wich zurück auf die Fahrbahnmitte, doch der Fahrer des Kombis hatte bereits scharf gebremst.

»I'm sorry«, stammelte sie in Richtung des jungen Mannes, der nun das rechte Seitenfenster herunterkurbelte und sie musterte.

»Nein, mir tut es leid. Ich hätte wirklich langsamer fahren sollen«, sagte er freundlich. »Sie sind wohl vom Kontinent?«

»Ja.« Ihr wild klopfendes Herz beruhigte sich wieder. »Aus Deutschland.«

»Dann wohnen Sie auf Ivystone Manor«, stellte er fest.

Miriam nickte. »Das stimmt, aber woher wissen Sie das? Gibt es kein anderes Hotel hier?«

»In Reedcombe?« Der Mann lachte.

Eigentlich war er fast noch ein Junge, nicht viel älter als ihre Tochter, mit unordentlichen braunen Locken und einer etwas zu großen Nase. Er sieht sympathisch aus, dachte Miriam.

»Nur das Hundehotel«, meinte er dann verschmitzt. »Doch da Sie auf zwei Beinen gehen, kann ich Ihnen leider kein Zimmer anbieten.«

»Ein Hundehotel?« Miriam grinste. »Reedcombe scheint ja extrem hundefreundlich zu sein. Der Taxifahrer erzählte mir schon von einem Hundeinternat, und jetzt gibt es auch noch ein Vierbeinerhotel?«

»Ist ein und dasselbe. Meine Mutter bietet rund um den Hund so ziemlich alles an. Sie ist verrückt nach den Viechern, müssen Sie wissen.«

»Dann ist Ihre Mutter Rebecca …?«

»Wicklow«, nickte er. »Und ich bin Brandon Wicklow.«

Miriam stellte sich ebenfalls vor, und durch das offene Seitenfenster schüttelten sie sich etwas ungelenk die Hände. In diesem Moment dröhnte hinter ihnen ein ungeduldiges Hupen. Brandon Wicklow sah in den Rückspiegel.

»Oje, das ist Megan.« Er wandte sich wieder an Miriam. »Ich muss weiter, die Dame hinter uns versteht keinen Spaß. Kann ich Sie irgendwohin mitnehmen?« Er verzog den Mund. »Nicht dass es hier viel zu sehen gibt …«

»Also, ich wollte Ihrer Mutter sowieso einen Besuch abstatten«, sagte Miriam. »Mein Taxifahrer meinte, man könne das Hundeinternat besichtigen. Stimmt das?«

»Selbstverständlich. Sie sind herzlich …«

»Brandon!«, keifte es aus dem Wagen hinter ihnen. »Nicht jeder von uns hat den ganzen Tag Zeit! Und Sie da, wer auch immer Sie sind, müssen Sie unbedingt mitten auf der Straße herumstehen?«

Brandon seufzte.

»Immer gut gelaunt, die liebe Megan. Kommen Sie, steigen Sie ein.«

Hastig folgte Miriam seiner Aufforderung, und kaum saß sie auf dem abgewetzten Polster, gab Brandon Gas. Miriam warf einen Blick in den Rückspiegel auf »die liebe Megan«, eine verkniffen dreinblickende Dame mittleren Alters mit schlechter Dauerwelle. »Elliston's Farm Shop« stand auf der

Kühlerhaube ihres Wagens. So viel zu den netten kleinen Geschäften, dachte Miriam und lachte in sich hinein.

Das Hundeinternat lag am anderen Ende des Dorfes. Während der knapp drei Minuten, die sie für die Fahrt brauchten, erfuhr Miriam bereits Brandons halbe Lebensgeschichte: Er studierte Veterinärmedizin, besuchte am Wochenende und an freien Tagen jedoch stets seine Mutter und half ihr bei der Arbeit mit den Hunden. Seit sein Vater fort sei, manage seine Mutter nämlich alles alleine, sagte Brandon, und das sei nicht ganz einfach.

Miriam wagte nicht nachzuhaken, doch Brandon warf ihr einen Seitenblick zu und erklärte: »Er hat uns verlassen, als ich zwölf war. Seitdem haben wir nichts mehr von ihm gehört.«

»Das tut mir leid«, murmelte Miriam. »Auch für Ihre Mutter.«

»Ach, sie kommt zurecht. Ist ja lange her«, sagte Brandon pragmatisch. »So, da wären wir.«

Er parkte den Wagen am Ende einer Sackgasse vor einem großen, alten Haus. Überall blühten wilde Primeln, und hinter dem Gartenzaun tummelte sich ein ganzes Dutzend Hunde. Einige buddelten Löcher, andere jagten einander ausgelassen über die Wiese.

»Mum, ich bin wieder da!«, rief Brandon und stieg aus.

Prompt rannten alle Hunde zum Gartenzaun und fingen an zu bellen.

»Hey, ihr Racker, macht mal halblang.«

Neben der Haustür wurde ein Fenster geöffnet, und eine Frau rief: »Komm rein, Brandon, ich bin gerade am Backen. Oh, du hast Besuch mitgebracht, wie schön!«

Die Frau nickte Miriam lächelnd zu. Sie besaß die gleichen wilden Locken und die etwas zu groß geratene Nase wie ihr Sohn, und sie wirkte ebenso sympathisch auf Miriam.

Im Hausflur duftete es nach Kuchen. Ein schwarzer, mittelgroßer Mischlingsrüde lief schwanzwedelnd auf sie zu und schnupperte an Miriams Hand.

»Wer bist du denn?« Miriam ging in die Hocke und kraulte den Hund hinter den Ohren.

»Das ist Percy, unser Sorgenkind«, erklärte Brandon. »Oder eher Sorgenopa.«

Miriam blickte zu ihm hoch. »Warum Sorgenopa? Er wirkt doch ganz gesund.«

»Ist er auch. Aber seine Besitzerin ist vorigen Herbst verstorben, und die Erben wollten Percy einschläfern lassen.«

»Darf man das?«, fragte Miriam erschrocken. »Einfach so, ohne Grund?«

»Leider ja, solange es schmerz- und angstfrei vonstattengeht.«

»Gibt es in England denn keine Tierheime?«

»Doch, natürlich. Wenn die Vermittlungschance jedoch gering ist, werden die Tiere auch dort eingeschläfert. Und bei Percy mit seinen elf Jahren wäre das ziemlich sicher der Fall gewesen.« Brandon grinste. »Aber es gibt ja meine Mutter, den Engel aller entrechteten Vierbeiner. Sie hat beschlossen, den armen Percy aufzunehmen und ihn so lange zu behalten, bis sich ein neues Zuhause für ihn findet.«

»Dann ist Percy doch eher ein Glückspilz als ein Sorgenkind.«

»Wie man's nimmt. Das Problem ist, dass er sich mit unseren Pensionshunden nicht versteht.«

»Ist er denn aggressiv?«

Stirnrunzelnd blickte Miriam auf den alten Rüden, der gerade den Kopf in ihre Hand schmiegte. Er wirkte so gar nicht bedrohlich.

»Aggressiv nicht, nur … Percy war immer allein mit seinem Frauchen, verstehen Sie? Artgenossen hat er nie kennengelernt. Deshalb zieht er Menschen anderen Hunden eindeutig vor.«

In diesem Moment trat Rebecca Wicklow in den Flur. Sie hatte Mehlabdrücke auf den Jeans und einen Teigspritzer an der Wange.

»Die alte Phyllis war eben eine Eigenbrötlerin«, sagte sie schulterzuckend. »Unser kluger Percy hat sich lediglich an sie angepasst.«

Miriam erhob sich und gab ihr die Hand. Mrs Wicklows Lächeln war offen und herzlich.

»Sie sind nicht zufällig auf der Suche nach einem neuen Familienmitglied?«, fragte sie. Percy hatte sich neben Miriam zusammengerollt und seine Schnauze vertrauensvoll auf ihren Schuh gelegt.

Miriam lachte. »Nein, da muss ich Sie enttäuschen. So süß er auch ist, ich bin nur zwei Wochen hier, und einen Hund kann ich leider nicht gebrauchen.«

»Schade. Er mag Sie.«

»Dürfte ich mir trotzdem das Hundeinternat ansehen?«

Während sie die Frage stellte, kam Miriam sich verschroben vor. Egal was Bob gesagt hatte – im Urlaub eine Tierpension zu besichtigen, weil es kein Museum gab, war schon etwas sonderbar. Über eine solche Idee hätte Jürgen bestimmt nur den Kopf geschüttelt.

Mrs Wicklow jedoch schien nichts Seltsames an Miriams Ansinnen zu finden. Im Gegenteil.

»Sehr gerne«, antwortete sie erfreut. »Es ist immer schön, wenn Menschen kommen und sich für meine Arbeit interessieren!«

Wie sich herausstellte, war eine Führung durch das Hundeinternat gleichbedeutend mit einer Führung durch die Privaträume von Rebecca und Brandon. Zwinger gab es nämlich keine. Die Hunde durften sich aufhalten, wo sie wollten, in sämtlichen Zimmern und sogar auf Sofas, Sesseln und Betten. Lediglich das Bad schien den menschlichen Bewohnern vorbehalten zu sein.

»Im Moment sind die Hunde fast ständig im Garten«, erklärte Rebecca, nachdem sie ihren kleinen Rundgang beendet hatten. »Da sind Tiere nicht anders als wir Menschen. Sie lieben die Frühlingssonne.«

»Außer Percy«, sagte Miriam mit einem Blick auf den schwarzen Rüden, der die ganze Zeit über treu an ihrer Seite geblieben war.

»Der liebt die Sonne auch. Aber noch mehr scheint er Sie zu lieben.« Mrs Wicklow lächelte. »Sagen Sie, hätten Sie nicht Lust auf eine Tasse Tee?«

Eine Stunde später fühlte Miriam sich bei den Wicklows bereits wie zu Hause.

Mutter und Sohn hatten es ihr aber auch leicht gemacht. Bei Tee und Keksen – der frisch gebackene Kuchen war leider noch zu heiß – hatten sie Miriam angeboten, sich mit Vornamen anzusprechen. Rebecca hatte sie in die von ihr praktizierte Methode der gewaltfreien Hundeerziehung eingeweiht, und mit Brandon hatte Miriam über die Unterschiede des deutschen und des englischen Studiums gefachsimpelt. Miriam selbst hatte ein wenig von Annabel erzählt, Jürgen jedoch ausgespart, und Rebecca und Brandon waren taktvoll genug gewesen, nicht nach Annabels Vater zu fragen. Percy hatte mit genüsslichem Brummen Miriams Streicheleinheiten genossen.

Nur widerwillig verabschiedete Miriam sich schließlich. Rebecca und Brandon begleiteten sie zur Tür, und Percy lief aufgeregt und mit erwartungsvollem Schwanzwedeln hinter ihnen her.

»Du bleibst schön hier, mein Alter«, ermahnte Rebecca den Rüden, als dieser Anstalten machte, Miriam ins Freie zu folgen.

Percy setzte sich, doch er winselte herzerweichend.

Spontan fragte Miriam: »Soll ich ihn für eine Stunde mitnehmen? Ich habe noch nicht viel von Reedcombe gesehen, und mit einem Hund spazieren zu gehen ist viel netter als allein herumzulaufen.« Allein war sie schließlich immer.

Rebeccas Mund verzog sich zu einem breiten Lächeln. »Das ist eine hervorragende Idee!« Und ehe Miriam sich's versah, hielt sie Percys Leine in der Hand.

Mit einem sehr glücklichen Hund an ihrer Seite erkundete

Miriam das Dorf. Sie gingen vorbei an einer uralten Kirche, vor der verwitterte Grabsteine schief und krumm im Gras steckten, und am Old Post Office, in dem offenbar jetzt ein Kindergarten war, denn vor der Tür reihten sich Gummistiefel in allen erdenklichen Größen aneinander. Miriam und Percy passierten einen scharlachroten Briefkasten. Dann die Village Hall, die nichts anderes war als ein größeres Haus zwischen kleineren. Und schließlich Elliston's Farm Shop, um den sie einen weiten Bogen machten, da Miriam wenig Wert darauf legte, »der lieben Megan« in die Arme zu laufen.

Und dann fing Percy an zu ziehen.

»Was hast du denn?«, fragte Miriam erstaunt, war der alte Rüde doch bis zu diesem Moment sehr gesittet neben ihr hergetrottet. Nun aber zerrte er Miriam hinter sich her, als hätte er ein Ziel, das er um jeden Preis erreichen wollte, notfalls auch gegen den Willen der Frau am anderen Ende der Leine.

Miriams Neugier war geweckt.

»Ist gut. Dann zeig mir mal, was es hier so Spannendes gibt.«

Percy zog sie in immer engere Gassen immer weiter aus dem Dorf hinaus, bis nur noch vereinzelt Häuser die Landstraße säumten. Gänse schnatterten hinter einem Zaun. Auf einem Wegweiser stand »The river«.

»Zum Fluss möchtest du?«

Miriam fand es seltsam, dass das Gewässer keinen Namen zu haben schien. Oder zumindest keinen, der es wert war, öffentlich erwähnt zu werden. Vielleicht deutete »The river« auf einen besonderen Respekt hin. Für Reedcombe war es nicht irgendein, sondern *der* Fluss. Eine solche Verbundenheit zwischen Dorf und Landschaft? Bemerkenswert. In der Stadt gab es so etwas jedenfalls nicht …

Während Miriam noch sinnierte, blieb Percy abrupt stehen und blickte auffordernd zu ihr hoch.

»Hier ist es?«

Percy bellte und wedelte mit dem Schwanz.

Sie standen vor einem kleinen Cottage mitten im Nichts. Links davon gab es in einigem Abstand ein weiteres Häuschen, rechts erstreckten sich Wiesen und Felder. Miriam hörte den Fluss rauschen, doch sehen konnte sie ihn nicht. Das Cottage wirkte heruntergekommen. An einem der von Efeu überwachsenen Fenster klebte ein Schild. »For sale« las Miriam, und darunter die Telefonnummer eines Maklers.

Und da dämmerte es Miriam. Rebecca hatte erzählt, dass Percys Frauchen im letzten Herbst gestorben war. Na klar, dies war Percys altes Zuhause.

»Armer Kerl.« Miriam hockte sich hin und streichelte dem Hund über den Rücken. »Deine Phyllis ist nicht mehr da, weißt du? Es gibt nur noch das Haus, und dort kannst du nicht bleiben. Da wärst du ja ganz allein.«

Percy bellte wieder. Er hatte Miriams Worte natürlich nicht verstanden, und trotz seines Alters war er nun, da er sein Ziel erreicht hatte, voller Eifer bei der Sache.

Ob sie …?

Miriam sah sich um. Das Cottage lag zwar an der Straße, doch hinter dem Haus schien ein riesiger Garten zu sein. Er war von einer Natursteinmauer umgeben, die sich weiter hinten unter Bäumen und Gestrüpp verlor. Hoch war die

Mauer nicht, sie stellte kein Hindernis dar. Und das Cottage stand schließlich zum Verkauf, niemand wohnte mehr hier.

Sie gab sich einen Ruck.

»Also gut, Percy. Machen wir einen kleinen Streifzug durch dein ehemaliges Revier.«

Kurz entschlossen hob sie den Hund auf die Mauer und kletterte dann selbst hinüber.

Sobald sie Percy auf der anderen Seite ins Gras gesetzt hatte, begann der Hund aufgeregt zu schnüffeln. Im Zickzack lief er durch den Garten, hob hier ein Bein, scharrte dort und machte der verborgenen Tierwelt unmissverständlich klar, dass er wieder da war.

»Du kleiner Angeber!« Miriam musste lachen.

Entgegen ihrer Erwartung gab es hinter dem Cottage weder eine Terrasse noch Rasen, dafür aber eine riesige Wiese mit Apfelbäumen. Jetzt blühten die Bäume noch nicht, doch ihre Knospen waren bereits dick geschwollen, und lächelnd strich Miriam über die Zweige. In einem Monat wäre das hier ein einziger Apfelblütentraum.

Auch Gemüse- oder Blumenbeete waren einst hier angelegt worden, was genau, konnte sie nicht erkennen, da alles von Unkraut überwuchert war. Miriam wurde von spontaner Lust gepackt, die vernachlässigten Beete wiederherzurichten. Wieder im Garten zu arbeiten, so wie früher – wie schön das wäre!

In der Zeit ihrer Ehe war kaum ein sonniger Tag verstrichen, ohne dass Miriam gepflanzt oder gezupft, geschnitten oder geerntet hatte, und oft genug sogar im Regen. Manchmal war es ihr so vorgekommen, als hätten ihre Pflanzen nach ihr gerufen … als hätten sich Rittersporn, Glockenblumen und Frauenmantel nach Miriams Hand, ihrer Pflege, ihrer Anwesenheit gesehnt. Natürlich hatte sie mit niemandem darüber gesprochen, doch sie war dem sonderbaren Ruf stets gefolgt.

Dem Ruf der Pflanzen, die nun, genau wie das Haus, einer anderen Familie gehörten.

Miriam seufzte, und um sich von den Erinnerungen abzulenken, die sie wieder traurig zu machen drohten, setzte sie die Erkundung des Grundstücks fort. Mit Percy an der Leine lief sie an den Beeten vorbei, entfernte sich immer weiter von Straße und Cottage, bis das Grün um sie herum noch wilder wurde. Dieser Teil des Gartens wurde von Heckenrosen und Bäumen dominiert, in deren Geäst Vögel zwitscherten. Das Rauschen des Flusses wurde lauter. Ob das Grundstück vom Wasser begrenzt wurde?

Die Bäume lichteten sich, und Miriam und Percy gelangten auf einen schmalen Streifen feuchter Wiese. Und tatsächlich, da war er, der Fluss. Percy steckte sofort die Schnauze ins Wasser und trank in großen Schlucken. Miriam trat neben ihn ans Ufer.

Wie idyllisch es hier war. Eine mächtige Weide ließ ihre Zweige in den Fluss hängen. Die Luft roch süß, nach Frühling, nach Hoffnung. Die feuchte Wiese war übersät von knospenden Küchenschellen und blassgelben Schlüsselblumen.

Es war verwunschen schön.

Percy hatte endlich seinen Durst gestillt, hob die tropfende Schnauze und sah Miriam aus seinen treuen dunkelbraunen Augen an. Sie erwiderte seinen Blick. Meine Güte, schoss es ihr durch den Kopf, ich bin dabei, mich zu verlieben – in einen alten Hund und einen verwilderten Garten am Fluss.

Sie wandte sich ab, und ohne einen Blick nach rechts oder links stapfte sie Richtung Straße zurück. Mit zusammengepressten Lippen umrundete sie das Cottage, hob den winselnden Percy über die Mauer und kletterte rasch hinterher.

»Das war's«, sagte sie entschieden. »Unser Ausflug ist zu Ende, mein Alter.«

*

Arm in Arm hatten sie auf der Terrasse gestanden, und Jürgen hatte gesagt: »Hier werden wir glücklich sein, Miri.«

»O ja, das werden wir«, bestätigte Miriam aus vollem Herzen. »Wobei wir ja schon glücklich sind.«

Sie beobachteten ihre Tochter, die im Garten des neuen Hauses seilsprang. Sie hatte rote Wangen vor Anstrengung und strahlte wie ein Honigkuchenpferd.

»Bin schon bei siebenundvierzig!«, schrie sie ihren Eltern zu.

»Ihr scheint es auch zu gefallen«, sagte Jürgen zufrieden. »Doch, doch, es war eine gute Entscheidung.«

Jürgen war nun Oberarzt in der Chirurgie. Er verdiente so gut, dass das Haus schon in wenigen Jahren abbezahlt sein würde, zumal es nicht allzu teuer gewesen war. Es stammte aus den 1950er-Jahren und entsprach in seiner altmodischen Aufteilung nicht ganz ihren Wünschen. Doch es war gut in Schuss, die Zimmer gepflegt, das Dach dicht und der eingewachsene Garten ein Traum. Außerdem genoss die Grundschule in dieser Gegend den Ruf, die beste der Stadt zu sein, und da Annabel im Herbst eingeschult würde, war das bei der Haussuche kein unwichtiger Aspekt gewesen.

»Wird es dir auch nicht zu viel sein, dich um all das zu kümmern?«, fragte Jürgen plötzlich. »Das Haus ist wesentlich größer als unsere Wohnung.«

Miriam lachte. »Kommt diese Sorge nicht ein bisschen zu spät?« Unmittelbar vorher hatten sie den Kaufvertrag unterschrieben.

Ihr Mann drückte sie fester an sich. »Ich will halt nicht, dass du dich überfordert fühlst.«

»Ich arbeite doch nicht, Jürgen. Ich freue mich auf dieses Haus.«

Und vor allem freute Miriam sich auf den Garten. Er hatte sie auf Anhieb bezaubert. Etliche Male hatten sie und Jürgen das Haus besichtigt, mit und ohne Annabel, mit und ohne Sachverständigen, sie hatten es auf Mängel abgeklopft und dem Makler kritische Fragen gestellt. Doch Miriam hatte jedes Mal bald sehnsüchtig hinausgeschaut ins verlockende Grün, und sie hatte gewusst, dass sie den Garten lieben würde, mit allem, was darin wuchs.

Dieses Haus nicht zu kaufen war schlichtweg nicht infrage gekommen.

*

Schon am nächsten Tag stand Miriam wieder auf der Wiese am Fluss.

Grübelnd starrte sie auf das gurgelnde Wasser. Etwas hatte sie hierher gelockt, sie mit unwiderstehlicher Macht zu dem verlassenen Cottage gezogen, zu den kahlen Apfelbäumen, den überwucherten Beeten, den Heckenrosen, der mächtigen Weide am Fluss.

Und zu Percy, denn auch er war wieder bei ihr.

Der Hund war glücklich. Miriam war verwirrt.

Warum stand sie in einem fremden englischen Garten herum und gab sich dieser eigenartigen Sehnsucht hin? Warum strich sie mit den Fingerspitzen über die silbrige Behaarung einer Küchenschelle? Warum fühlte sie sich an diesem Fluss so wunderbar wohl, und warum setzte sie sich mit Percy ans Ufer und kraulte ihn, als gehörten der alte Rüde und sie seit jeher zusammen?

Sie würde ja doch bald wieder abreisen und weder Garten noch Hund je wiedersehen. Irgendwer würde das alte Cottage kaufen, es luxussanieren, die Apfelbäume fällen und ein Schwimmbad in den Boden stampfen. Percy würde weiter bei Rebecca leben, sich vor den anderen Hunden fürchten, es im Grunde aber ganz gut bei ihr haben. Alles würde einfach so weitergehen wie bisher. Ohne Miriam.

Die zurückfliegen würde.

In ihr gewohntes Leben.

Zu ihrer Tochter.

Und zu ihrer Freundin.

Aber Himmel, wie sehr sie ihren Garten vermisste! Den duftenden Flieder, die Rosenbüsche, das Gefühl von Freiheit, das sie stets verspürt hatte, wenn sie morgens mit nackten Füßen durch das taunasse Gras gelaufen war, um ein paar Himbeeren für den Frühstücksquark oder Zitronenmelisse für den Tee zu pflücken.

Ich will keinen Mann mehr, dachte Miriam inbrünstig. Aber einen Garten. Den will ich, den brauche ich. Wie die Luft zum Atmen.

*

An ihrem vorletzten Abend auf Ivystone Manor setzte sie sich im Salon mit einem Glas Rotwein vor den Kamin.

Jeden Tag war sie mit Percy am Fluss gewesen, und jeden Tag hatte sich die Vorstellung, Hund und Garten schon bald verlassen zu müssen, falscher angefühlt. Trotzdem würde sie übermorgen heimfliegen. Keine Frage. Denn das war vernünftig. Alles andere war Spinnerei.

In der zweiten Woche war das Hotel besser besucht als in der ersten, trotzdem saß Miriam allein im Salon. Die anderen Gäste schienen es vorzuziehen, den Abend im Restaurant oder an der Bar ausklingen zu lassen, und Miriam war das nur recht. So brauchte sie mit niemandem zu reden. Still blickte sie in die Flammen, drehte ihr Glas zwischen den Fingern und war so in ihre Gedanken an Percy und sein ehemaliges Heim versunken, dass sie erschrocken zusammenfuhr, als Dylan sie ansprach.

»Guten Abend, Miriam. Alles in Ordnung?«

»Oh, ich … Ja, natürlich.«

Herrje, dachte sie zerknirscht, er muss ja denken, dass ich eine totale Eigenbrötlerin bin.

Sie bemühte sich um ein entschuldigendes Lächeln.

»Und du«, fragte sie, »immer im Dienst?«

»Wie man's nimmt. Mit einer hübschen Frau zu plaudern ist ja eigentlich keine Arbeit.« Dylan strich sich mit der Hand über die Augen. »Tatsächlich könnte ich eine Pause gebrauchen. Stört es dich, wenn ich mich für ein paar Minuten zu dir setze?«

»Aber nein, ich würde mich freuen«, sagte Miriam. Und zu ihrem eigenen Erstaunen stimmte das sogar.

Nachdem Dylan sich ebenfalls ein Glas Wein geholt hatte, ließ er sich in den Sessel ihr gegenüber fallen. Seufzend streckte er die langen Beine aus. Er wirkte müde und weniger makellos als sonst, das dunkelblonde Haar ungewohnt widerspenstig, die Krawatte leicht verrutscht. Für eine Weile schwiegen sie, nippten an ihrem Wein und blickten ins Feuer, und Miriam war überrascht, wie gut Dylans Gesellschaft ihr tat, selbst wenn sie beide schwiegen. Es war beinahe so, als wären sie in den wenigen Tagen auf Ivystone Manor Freunde geworden.

Freunde …

Ihre Gedanken schweiften zurück.

Von den Ehepaaren, mit denen sie und Jürgen befreundet gewesen waren, hatten sich nach ihrer Trennung die meisten auf Jürgens Seite geschlagen. Obwohl Miriam versucht hatte, sich heiter zu geben und niemandem einen Vorwurf daraus zu machen, dass Patrizia als ihre Nachfolgerin von aller Welt umstandslos akzeptiert wurde, mussten die alten Freunde ihre Verbitterung doch bemerkt haben. Sie hatten sich in Miriams Gesellschaft merklich unwohl gefühlt, und so waren die Anrufe selten und die Treffen noch seltener geworden.

Irgendwann hatten sie ganz aufgehört.

Nur mit Barbara war es anders gewesen. Sie hatte Jürgens Betrug verurteilt und Miriam unerschütterlich die Treue gehalten. Und das, dachte Miriam jetzt, ist wahre Freundschaft. Um die anderen durfte sie nicht weinen. Die waren es nicht wert.

»Miriam?«, fragte Dylan leise. »Du siehst traurig aus.«

Rasch trank Miriam einen Schluck Wein. Dem Geschäftsführer dieses Hotels würde sie bestimmt nicht die Ohren vollheulen, vollkommen egal wie mitfühlend er sie gerade ansah.

»Du weißt nicht zufällig etwas über dieses Haus am Fluss?«, erkundigte sie sich stattdessen. »Das mit dem riesigen Garten, etwas außerhalb von Reedcombe. Es steht zum Verkauf.«

»Du meinst das Cottage der alten Phyllis?«

Miriam nickte. »Kanntest du sie?«

»Jeder hier kannte Phyllis. Sie war«, Dylan verzog den Mund, »nun, höflich könnte man sagen: ein Original.«

Miriam hob fragend die Brauen, und Dylan grinste.

»Okay, seien wir ehrlich. Die Alte war eine richtige Hexe.« Er lehnte sich in seinem Sessel zurück. »Sie hatte zwar keine schwarze Katze, aber einen schwarzen Hund, und der war das einzige Lebewesen, mit dem sie zurechtkam. Wenn Phyllis im Dorf etwas einkaufte, sprach sie nur das Nötigste. Eigentlich hat sie eher geknurrt als gesprochen. Das hat sie sich wahrscheinlich von ihrem Hund abgeschaut.«

»Percy knurrt doch nicht«, protestierte Miriam. »Er ist das friedlichste Tier, das man sich vorstellen kann!«

Dylan sah sie erstaunt an.

»Ich bin diese Woche ein paarmal mit ihm spazieren gegangen«, gab Miriam zu. »Eigentlich sogar täglich. Er hat mir das Cottage gezeigt, und … es ist so wunderbar dort, Dylan, vor allem der Garten.«

Dylan lächelte. »Dass du Pflanzen liebst, habe ich schon bei unserem Spaziergang durch den Park gemerkt.«

»Ja. Ich hatte einen sehr schönen Blumengarten. Also, früher. Bevor …« Miriam brach ab. Nicht davon sprechen, was gewesen war.

Schnell fragte sie Dylan: »Bist du eigentlich schon lange Geschäftsführer auf Ivystone Manor?«

Ohne mit der Wimper zu zucken, ging er auf den Themenwechsel ein.

»Ein gutes Jahr. Für Studium und Ausbildung war ich in London, und für kurze Zeit habe ich dort auch gearbeitet. Aber als die Stelle des Geschäftsführers von Ivystone Manor ausgeschrieben wurde, bewarb ich mich sofort. Tja, und nun bin ich hier.«

Miriam war beeindruckt. Dylan musste einen hervorragenden Abschluss haben, wenn er mit derart wenig Berufserfahrung diese Stelle bekommen hatte.

»Mir hätte das Angst gemacht«, sagte sie nachdenklich. »Was für eine Herausforderung! Geschäftsführer eines Luxushotels werden, so kurz nach dem Studium.«

»Herausforderungen sind doch etwas Großartiges.« Dylan lächelte. »Stillstand bedeutet Tod.«

Nein, Stillstand bedeutet Sicherheit, dachte Miriam, und mit einem Mal fühlte sie sich alt.

Seufzend sagte sie: »Da spricht die Jugend, hm?«

»Die Jugend?« Dylan runzelte die Stirn. »Ich bin siebenundzwanzig!«

Unwillkürlich grinste sie. »Sage ich doch.«

Ihre Blicke trafen sich, und plötzlich mussten sie beide lachen. Dabei schaute Dylan ihr tief in die Augen.

Miriam blinzelte verblüfft. Flirtete er etwa mit ihr? Dabei konnte sie sich kaum daran erinnern, wie Flirten überhaupt funktionierte. Vielleicht hätte sie es ab und zu üben sollen, statt immer nur ihren Mann anzuschauen … Jürgen seinerseits war durchaus empfänglich geblieben für die Reize anderer Frauen. Seine Kollegin zum Beispiel, die hübsche Brünette. Wie er die immer umgarnt hatte, wenn er sich von Miriam unbeobachtet wähnte …

Miriam wurde heiß. Vielleicht war es ja gar nicht beim Flirten geblieben. Vielleicht hatte Jürgen auch mit der Kollegin ein Verhältnis gehabt.

Woher hatte sie eigentlich die Gewissheit genommen, dass er ihr treu war? Womöglich war Patrizia gar nicht Jürgens erste Affäre gewesen, wie er behauptete, sondern lediglich die wichtigste. Die, für die es sich lohnte, seine Ehefrau zu verlassen …

Entweder drehe ich gerade durch, dachte Miriam beklommen, oder ich war all die Jahre über sträflich naiv.

*

»Diese ewige, fantasielose Routine«, hatte Jürgen mit abgewandtem Blick gemurmelt. »Ich kann das nicht mehr, Miriam. Lass uns eine Pause machen.«

Miriam runzelte irritiert die Stirn. »Eine Pause? Jetzt, mittendrin?«

»Ach Miri.« Er seufzte tief. »Ich meine eine Pause … insgesamt. Für ein paar Monate oder so.«

Fassungslos starrte Miriam ihn an.

»Heißt das«, flüsterte sie, »heißt das, du willst mich verlassen?«

Sie lagen im Bett und hatten wieder einmal versucht, miteinander zu schlafen. Doch was ihr früher wie die natürlichste Sache der Welt erschienen war, war seit einiger Zeit schwierig geworden. In der Tat war es so, wie Jürgen sagte. Er konnte nicht mehr, buchstäblich. Miriam hätte nur nie gedacht, dass das an ihr lag. Dass *sie* und nicht eine körperliche Funktionsstörung das Problem war.

»Wer redet denn von verlassen?«, sagte Jürgen ärgerlich, stand auf und zog sich sein T-Shirt über. Noch immer sah er ihr nicht in die Augen. »Ich möchte eine Pause vom Sex, nichts weiter. Vielleicht kommt die Lust ja wieder, wenn wir eine Zeitlang enthaltsam waren.«

Miriam schluckte hart.

»Du willst damit sagen, du kannst erst wieder, wenn der Druck groß genug ist«, stieß sie aus. »Unsere fantasielose Routine, wie du es nennst, reicht dir gerade mal für die Triebabfuhr. Ist es so?«

»Du lieber Himmel, Miriam!« Endlich sah Jürgen sie an. »Triebabfuhr, wie sich das anhört. Ich bin doch kein Tier! Alles, was ich möchte, ist mehr Spaß am Sex, und den haben wir bestimmt nicht, wenn wir einmal pro Monat exakt das tun, was wir jedes Mal tun, nachdem ich dir deinen verwaschenen Slip ausgezogen habe. Das ist so … unsexy. Fällt dir denn gar nicht auf, dass wir nie … etwas Neues ausprobieren, oder … oder … Herrgott, bist du denn zufrieden damit, wie es läuft?«

Hätte Jürgen sie geschlagen, hätte es Miriam nicht heftiger schmerzen können. Sie drehte sich um und zog sich die Decke bis zum Kinn hoch. Nichts Ungeschütztes sollte mehr hervorblitzen, kein winziges Stückchen bloße Haut. Ihre Nacktheit regte Jürgen ja sowieso nicht mehr an, genauso wenig wie ihre verwaschenen Slips.

Gequält schloss Miriam die Augen.

»Jürgen?«, flüsterte sie. »Hast du eine andere?«

»Als ob es darum ginge«, antwortete Jürgen müde.

Am nächsten Tag kaufte Miriam sich sündteure Spitzenunterwäsche. Doch der Effekt auf ihren Mann, als sie sich ihm abends darin präsentierte, war gleich null.

»Es tut mir leid«, murmelte Jürgen lediglich, und dann ging er aus dem Zimmer.

Gedemütigt wie selten blieb Miriam allein zurück.

Die Reizwäsche warf sie kurz danach mit brennenden Augen in den Müll.

*

Wie lange war das her? Vielleicht sechs Jahre. Jürgen war seit drei Jahren mit Patrizia zusammen, eines davon heimlich, vor der Trennung von Miriam, und zwei offiziell. Blieben die drei Jahre nach jener unschönen Szene. Drei Jahre, in denen Jürgen enthaltsam geblieben war.

Zumindest hatte Miriam das geglaubt.

Nun aber fragte sie sich fassungslos, wie sie nur so dumm hatte sein können. Sie war immer davon ausgegangen, dass Jürgens Verlangen nach Sex eben irgendwann eingeschlafen war, während ihr Mann sie in Wirklichkeit ganz einfach betrogen hatte! Weiß der Himmel wie oft. Bis er in Patrizia die Richtige gefunden hatte.

Plötzlich begriff Miriam, dass sie Jürgens Betrug die ganze Zeit geahnt hatte. Sie hatte ihn nur nicht wahrhaben wollen. Hatte weggeschaut, weil sie ihre Ehe nicht gefährden und Jürgen, wenn schon nicht in ihrem Bett, so doch zumindest in ihrem Leben behalten wollte.

Wie trostlos. Das war keine Liebe.

Das war Abhängigkeit.

Miriam griff sich an den Hals. Sie hatte das Gefühl, keine Luft mehr zu bekommen, so sehr verachtete sie sich in diesem Moment selbst für ihre freiwillige Blindheit, ihre Feigheit. Die Vorstellung, nach Deutschland und somit in Jürgens Nähe zurückzukehren, erschien ihr mit einem Mal unerträglich.

»Morgen rufe ich diesen Makler an«, stieß sie heiser hervor.

»Den …?« Dylan riss seine grauen Augen auf. »Du meinst, du willst dir Phyllis' Cottage ansehen?«

»Warum nicht? Ist doch genau das Richtige für den letzten Tag meiner Reise.« Miriam verzog den Mund zu einem grimmigen Lächeln. »Ich besichtige ein echtes englisches Hexenhaus.«

Und ein Hexenhaus war es.

Nicht nur von außen mit dem Gewirr der Ranken, die

um die kleinen Fenster krochen, und dem tief herabgezogenen Reetdach. Sondern vor allem von innen.

Langsam ging Miriam durch die Räume. Eingangsbereich, Wohnzimmer, Schlafzimmer, eine Küche und ein winziges Bad. Das Häuschen war vollständig möbliert, allerdings mit uraltem Gerümpel. Staubige Teppiche schmückten die Böden, verblichene Tapeten mit fragwürdigem Streublumenmuster die Wände. Alles sah so aus, als hätte die alte Dame zwar ewig nichts verändert, aber noch bis gestern hier gewohnt. In der Küche hingen trockene Kräuterbüschel, über der Spüle ein nicht ganz sauberes Geschirrtuch, und auf dem Esstisch stand eine halb abgebrannte Kerze. Im Wohnzimmer entdeckte Miriam einen vorsintflutlichen Fernseher und neben einem verschlissenen flaschengrünen Ohrensessel Percys Hundekorb. Hier hatten die beiden sicher ihre Abende verbracht, vor dem gemauerten Kamin, in dem man noch Aschereste sah. Auf einem Tischchen neben dem Ohrensessel lag sogar Strickzeug.

Irritiert wandte Miriam sich um. »Sagen Sie, bin ich eigentlich die Erste, die dieses Cottage besichtigt?«

Der Makler, ein rotgesichtiger, fülliger Mann in einem schlecht sitzenden Anzug, hob die Hände. »Aber nein, es gibt natürlich *etliche* Interessenten. So ein gemütliches kleines Cottage ist selbstverständlich sehr begehrt.«

»Und warum, wenn ich fragen darf, kümmert sich dann niemand darum?«

Der Makler starrte sie an. »Wie meinen Sie das, Mrs Weiden?«

»Nun, man könnte sich doch einen wesentlich besseren

Eindruck verschaffen, wenn nicht diese ganzen alten Möbel herumstehen …«

»Aber Mrs Weiden«, unterbrach er sie entrüstet. »Das Cottage wird doch *möbliert* verkauft! Genau so, wie Sie es hier sehen, mit den schönen antiken Schränken, den feinen Kräutern, dem gusseisernen Herd, den romantischen Tapeten, dem nostalgischen Bett …«

»… und dem anheimelnden Strickzeug.« Miriam unterdrückte ein Kichern. »Verstehe.«

»Das Reetdach ist übrigens top in Schuss«, sagte der Makler humorlos. »Kein Moos, keine Fäulnis. Daran werden Sie noch lange Ihre Freude haben.«

Miriam hatte nicht gewusst, dass ein Reetdach faulen konnte. Doch sie nickte verständig. Dann trat sie ans Fenster und sah hinaus auf die Wiese mit den Apfelbäumen.

»Ein herrlicher Ausblick, nicht wahr?«, schwärmte der Makler, der ihr gefolgt war. »Und auch die Nebengebäude des Cottages werden Sie begeistern, Mrs Weiden. Es gibt eine Garage *und* einen Schuppen! Den könnten Sie ganz leicht ausbauen, beispielsweise als Gästezimmer. Oder als Bleibe für die lieben alten Eltern. Wäre das nicht eine runde Sache, Mrs Weiden? Besuch empfangen zu können und doch stets seine Privatsphäre zu wahren? Ich sage Ihnen, alles ist möglich bei diesem Objekt. Hier werden Träume wahr!« Der Blick des Maklers flog durch den Raum, und er schob schnell hinterher: »Nun ja. Mit ein bisschen Fantasie.«

Miriam verkniff sich erneut ein Kichern. Dies hier war kein Traumhaus, sondern eine Rumpelkammer, und der

Makler war ein beispiellos schlechter Verkäufer. Es wunderte sie nicht, dass das Cottage noch auf dem Markt war.

»Leider haben die Londoner das schöne Reedcombe bisher noch nicht für sich entdeckt«, schnaufte er nun bekümmert. »Sonst wäre dieses Haus um ein Vielfaches teurer, um ein Vielfaches, Mrs Weiden!« Seine Miene hellte sich wieder auf. »Aber für Sie ist das natürlich von Vorteil, denn Sie werden in ganz Devon kein Haus zu einem solchen Spottpreis bekommen. Noch dazu mit einem Garten direkt am Fluss. Sie gärtnern doch gerne, oder, Mrs Weiden?«

Unwillkürlich klopfte Miriams Herz schneller. »Ja.«

»Großartig!« Jetzt strahlte der Makler über das ganze rote Gesicht. »Dann ist dieses Objekt wie für Sie gemacht. Und wie gesagt, Mrs Weiden, es ist ein absolutes Schnäppchen.«

Teuer war das Häuschen wirklich nicht, das musste Miriam zugeben. Vor allem wenn man es mit den stolzen Preisen verglich, zu denen die Cottages in Südwestengland normalerweise ihre Besitzer wechselten.

»Warum wollen die Erben denn so, na ja, relativ günstig verkaufen?«

Der Makler machte eine wegwerfende Handbewegung. »Es sind entfernte Verwandte der Verstorbenen, sie kannten die alte Frau gar nicht richtig. Wohnen in Schottland und wollen das Haus so schnell wie möglich loswerden. Es ist ihnen *lästig*, verstehen Sie? Lästig!«

Miriam schwieg.

Der Makler beugte sich vor. »Das ist Ihre Chance, Mrs Weiden«, sagte er eindringlich. »Ihre Chance. So eine Gelegenheit bekommt man nicht oft im Leben, glauben Sie mir.«

Miriams Blick fiel auf Percys alten Hundekorb. Wie es wohl wäre, mit dem Hund hier am Kamin zu sitzen? In dem flaschengrünen Ohrensessel, den sie lediglich neu polstern lassen müsste. Das Strickzeug würde sie entsorgen, ebenso ein paar der wurmstichigen Möbel. Hübschere Vorhänge wären auch keine schlechte Idee. Aber der Rest … und zu dem Preis …

So eine Gelegenheit bekommt man nicht oft im Leben.

Du spinnst!, fuhr es ihr durch den Kopf.

»Ich melde mich«, sagte sie steif und reichte dem Makler die Hand.

In der Nacht lag Miriam im Bett und starrte an die dunkle Decke des Lilienzimmers.

Ununterbrochen dachte sie darüber nach, obwohl es verrückt war, unsinnig und unvernünftig. Ein Haus in Devon? War sie noch ganz bei Trost? Doch in ihrem Magen rumorte es vor Aufregung. Sie versuchte es zu ignorieren. Für Aufregung gab es verdammt nochmal keinen Grund. Keine Frau von Verstand kaufte ein uraltes Hexenhaus, nur weil der Garten schön war.

Und das Reetdach gut in Schuss.

Und weil das Cottage so malerisch am Fluss lag.

Und weil zu Hause in Deutschland niemand auf sie wartete. Weil es im Grunde überhaupt kein Zuhause mehr gab. Weil sie frei war wie ein Vogel. Weil sie darüber hinaus genug Geld hatte, um hier von einem Tag auf den anderen neu anzufangen.

Weit weg von Jürgen.

Das Rumoren in ihrem Magen wurde lauter.

Vor dem Fenster des Lilienzimmers dämmerte der Morgen, und Miriam warf einen Blick auf ihren Reisewecker. Noch zwei Stunden, dann konnte sie den Makler anrufen.

Im Halbdunkel griff sie nach ihrem Smartphone neben dem Bett auf dem Nachttisch. Sie rief die Webseite des Hundeinternats auf und fand sofort, wonach sie suchte.

Sie schrieb Rebecca Wicklow eine SMS und starrte auf das leuchtende Display. Sie hielt sekundenlang den Atem an.

Und drückte auf »Senden«.

Aus Phyllis' Tagebüchern, 1960

Fünf Jahre ist es nun her. Fünf Jahre der Trauer und des Zorns.

Ich habe ihr nicht vergeben, werde ihr nie vergeben, denn sie hat William auf dem Gewissen, sie und nur sie. Nein, das stimmt nicht. Auch das Dorf hat seinen Anteil an der Schuld.

Denn wenn sie mir vertraut hätten, wenn sie Jane nicht mit ihren Zweifeln angesteckt hätten, wenn meine Kräuter hätten wirken dürfen, dann würde William heute noch leben. Ein schöner, lebenslustiger, liebevoller Mann von nun dreißig Jahren, mein Gatte, meine große Liebe.

Vielleicht hätten wir ein Kind.

Oder zwei. Einen Jungen und ein Mädchen, und das Mädchen würde ich einweihen in alles, was ich weiß, spüre, höre. Es würde meine Nachfolgerin werden, den Garten übernehmen und die Berufung.

Aber es gibt keinen William mehr. Keine Kinder. Keine Nachfolgerin. Und Reedcombe hat sein Recht, an den Segnungen meiner Gabe teilzuhaben, auf immer verwirkt.

April

»Den Thymian (Thymus vulgaris) schneidet man am besten im April zurück. Er ist ein wunderbares Kraut. Frauen, die ihr Haar mit einem Zweiglein vom Thymian schmücken, sollen unwiderstehlich auf jeden Mann wirken. Und ein Thymianbad, so sagt man, wäscht alle Sorgen der Vergangenheit fort.«

Aus: Devons umfassende Kräuterfibel (vergriffen)

⁂

Miriam stand vor dem offenen Wohnzimmerfenster. Die Apfelbäume standen in voller Blüte, und die Wiese sah noch zauberhafter aus als in ihren Träumen.

Und sie hatte viel geträumt in den letzten Wochen.

Allerdings war neben Bildern von bunten Blumen auf einer endlos weiten Wiese auch etliches Schreckliche dabei gewesen. Einmal war das Cottage eingestürzt, und die Trümmer hatten Miriam unter sich begraben. Ein andermal war sie verzweifelt durch eine dunkle, entvölkerte Welt geirrt. Doch morgens hatte sie über ihre Ängste den Kopf geschüttelt. Beinahe trotzig hatte sie an ihrem Vorhaben festgehalten, ihr Leben in Deutschland hinter sich zu lassen und in Reedcombe einen Neuanfang zu wagen. Zögerlich und deprimiert war sie lange genug gewesen. Damit war endgültig Schluss.

Und deshalb stand sie jetzt hier mit Spiritus und Fensterleder.

Der rotgesichtige Makler hatte sich vor Freude darüber, dass Miriam das baufällige Hexenhäuschen tatsächlich haben wollte, gar nicht mehr gefangen. Eine Käuferin mit genügend Geld und ohne zeitraubende Kreditverhandlungen mit der Bank! Das – hatte er Miriam mehrmals versichert – sei ganz nach seinem Geschmack, ja wirklich, ganz nach seinem Geschmack …

Miriam hatte Barbara von seiner euphorischen Reaktion erzählt, und die hatte lachend gesagt, dass der verrückte Spontankauf des Häuschens somit zumindest eine gute Tat sei.

Annabel reagierte weniger gelassen auf Miriams Umzugspläne.

»Spinnst du, Mama? Du kannst doch nicht einfach nach England abhauen! Das ist doch eine totale Schnapsidee!«, hatte sie sich empört, als Miriam ihr bei Kaffee und selbstgebackenem Kuchen von ihren Plänen erzählt hatte.

»Das ist keine Schnapsidee«, hatte Miriam widersprochen. »Reedcombe ist ein sehr hübsches Dörfchen, und der Garten meines Cottages ist ein Traum.«

»Aber warum muss das alles so schnell gehen? Kein Mensch kauft ein Haus innerhalb von Tagen und zieht dann ein paar Wochen später schon um. Niemand, Mama!«

Miriam kämpfte ihre Unsicherheit nieder.

»Tja. Ich schon. Warum auch nicht? Das Geld ist da. Das Haus steht leer. Ich habe keinerlei Verpflichtungen in Deutschland, aus denen ich mich lösen müsste. Was spricht denn dagegen, das Ganze schnell über die Bühne zu bringen?«

»Alles.« Annabel zog die Nase hoch wie ein Kind. »Es ist so … unüberlegt.«

»Vielleicht ist es das.« Miriam verlor die Lust, sich vor ihrer Tochter zu rechtfertigen. »Ach Annabel. Es wird mir guttun, dort zu leben. Kannst du das nicht verstehen?«

»Und was«, fragte Annabel zurück, »ist mit mir?«

»Du bist erwachsen, Schätzchen«, sagte Miriam, erstaunt über die Frage. »Du wohnst doch sowieso nicht mehr bei mir. Zu Besuch kommen kannst du genauso gut, wenn ich in England lebe. Die Flüge bezahle ich dir natürlich.«

Daraufhin brach Annabel in Tränen aus.

Miriam nahm ihre Tochter in den Arm, und mit einem Mal begriff sie, worum es wirklich ging. Mutter und Elternhaus freiwillig zu verlassen, um selbständig zu werden, war eine Sache. Doch verlassen zu werden war eine andere und ungleich schmerzhaftere.

Doch das war ein Gefühl, das vorübergehen würde, hatte Miriam sich beruhigt. Annabel war erwachsen, sie brauchte ihre Mama nicht mehr. Außerdem war Devon nicht Neuseeland. Es gab also keinen Grund für ein schlechtes Gewissen.

Oder?

Miriam starrte auf die blühenden Obstbäume. Die Erinnerung an Annabels Tränen verdüsterte ihre Stimmung. Sie seufzte.

Das Schwanken zwischen Apfelblütenträumen und nagenden Zweifeln an ihrer radikalen Entscheidung bestimmte Miriams Alltag, seit sie in jener Nacht im Lilienzimmer beschlossen hatte, das Cottage zu kaufen und den alten Percy zu sich zu nehmen. Am heftigsten hatte sie gezweifelt, als der komplizierte Prozess der Eigentumsübertragung begonnen hatte. Denn Miriam war zwar eine Käuferin mit genügend Geld, weshalb sie sich nicht mit Banken herumstreiten musste, doch auch sie benötigte einen Anwalt für Immobilienrecht. Das war in England so üblich. Und da dieser Anwalt gewissenhaft alles und jedes überprüft hatte – etwaige Rechte Dritter, Wegerechte, diverse Grenzverläufe sowie unzählige Dokumente –, war in Miriam die Angst vor einer bösen Überraschung gewachsen. Sie kannte sich mit dem Kauf von Häusern nicht aus. Bei jedem Telefonat, das sie mit ihrem Anwalt geführt hatte, hatte sie den panischen Impuls in ihrer Brust verspürt, auf der Stelle einen Rückzieher zu machen.

Doch sie hatte Ängste und Zweifel besiegt, jedes Mal aufs Neue. Sie wollte dieses Cottage. Und sie hatte nichts zu verlieren, denn ihren früheren Lebensinhalt, ihr Zuhause, ihren Garten, ihren Mann, hatte sie längst verloren. Es konnte nur besser werden in England. Und ihre Tochter würde sie besuchen und begeistert sein.

An einem sonnigen Tag Anfang April gab der Anwalt endlich grünes Licht, und sie vereinbarten einen Termin für den Austausch der unterschriebenen Verträge.

Danach ging alles sehr schnell.

Miriam buchte einen Flug nach England. Sie überwies die erforderliche Summe Geld. Der Eigentumswechsel wurde mit dem Eintrag ins Grundbuch rechtskräftig, und man händigte ihr die Besitzurkunde für das Cottage aus. Voller Aufregung konnte sie schließlich die Schlüssel von dem feierlich dreinschauenden Makler entgegennehmen.

Die Schlüssel für mein Cottage, hatte sie benommen gedacht. Ich habe es gekauft, ich wandere aus.

Ich wandere aus!

Miriam hatte sich erleichtert gefühlt und zugleich schrecklich. Wieder hatte die Panik sie zu überrollen gedroht. Doch dann hatte sich eine wilde, ungezähmte Freude in ihr ausgebreitet, hatte sie erfüllt vom Scheitel bis zu den Zehen, und dagegen war die Panik machtlos gewesen.

An jenem Tag hätte Miriam ihr neues Heim am liebsten gar nicht mehr verlassen. Aber in Deutschland war noch viel zu tun. Kündigungen und Abmeldungen mussten getätigt, der Umzug mithilfe einer Spedition organisiert werden.

Also flog Miriam widerwillig zurück, wenn auch nur für eine Woche.

Die letzten Tage in Deutschland waren seltsam gewesen. Körperlich hatte Miriam noch in der alten Heimat geweilt, geistig jedoch schon in der neuen. Abends hatte sie stundenlang BBC geschaut, um die Sprache ins Ohr zu bekommen, und tagsüber hatte sie zwischen all den nervenaufreibenden Erledigungen Artikel aus englischen Zeitungen durchgearbeitet, jedes unbekannte Wort nachgeschlagen und alle aktuellen Redewendungen gegoogelt. Als Lohn ihrer Bemühungen hatte sie am Ende der Woche zum ersten Mal auf Englisch geträumt.

Und jetzt war sie endlich angekommen.

Sie war wirklich und wahrhaftig in Devon!

Miriam strich sich eine Strähne aus der verschwitzten Stirn und fuhr damit fort, ihr Wohnzimmerfenster zu putzen.

Schließlich waren sämtliche Fenster des Cottages sauber, und Miriam brauchte dringend eine Pause. Sie kochte sich einen Darjeeling und trat durch die Hintertür ins Freie.

Eine Terrasse hatte das Cottage zwar nicht, doch es gab eine Hintertür, die aus der Küche direkt auf die Apfelbaumwiese führte. Dort hatte Miriam noch am Tag ihres Einzugs einen Stuhl hingestellt. Aufatmend setzte sie sich in die Sonne und genoss den freien Blick auf die Wiese.

Sie verspürte einen Anflug von Glück, trotz ihres Muskelkaters und der rauen roten Hände. Seit ihrem Einzug vor drei Tagen hatte sie kaum etwas anderes getan, als wie eine Besessene zu putzen.

Zuerst hatte sie die überwucherten Fenster freigeschnitten. Danach hatte sie Stunde um Stunde gefegt und geschrubbt, denn das Cottage war zwar klein, aber unglaublich verstaubt und verdreckt. Miriam hatte uralte Vorräte entsorgt, die praktisch nur noch aus Mehlmotten bestanden. In allen Ecken waren Spinnweben, und sie hatte literweise Fett- und Kalklöser verbraucht. Die Fenster hatte sie zum Schluss in Angriff genommen. Und nach der Teepause würde sie endlich dazu kommen, ihre Kartons auszupacken.

Miriam hatte nicht viel aus Deutschland mitgenommen. Was die Möbel betraf, waren ihr Bett und ein Lieblingsbücherregal die einzigen Stücke, auf die sie nicht hatte verzichten wollen. Alles andere hatte sie verschenkt, denn große, sperrige Möbel mitzunehmen wäre bei den hohen Preisen der Speditionen teurer geworden als ein Neukauf. Also hatte Miriam beschlossen, sich mit Phyllis' Gerümpel zu begnügen. Die Hauptsache war, dass sie in ihrer eigenen Bettwäsche schlief, von ihrem Geschirr aß und ihre Kleidung zur Verfügung hatte. Der Rest würde sich schon finden. Nach und nach.

Sie trank einen Schluck Tee, schloss die Augen und hielt das Gesicht in die Sonne. Ihr erstes Frühstück im neuen Heim fiel ihr ein, und sie lachte leise. Zunächst hatte sie geglaubt, der Strom sei ausgefallen – bis sie begriffen hatte, dass man jede einzelne Steckdose einschalten musste, bevor man sie benutzen konnte. Die englischen Toastscheiben, die sie beim Bäcker gekauft hatte, waren so groß gewesen, dass Miriam sie hatte halbieren müssen, damit sie in ihren deutschen Minitoaster passten. Später am Tag war ihr zudem aufgegangen, dass sie für ihr deutsches Telefon ein englisches Kabel brauchte. Und so stand auf Miriams täglich länger werdenden To-do-Liste neben Aufgaben wie »Percy abholen«, »die Wicklows zum Tee einladen«, »Bankkonto eröffnen« und »schlimmste Möbel auf den Sperrmüll bringen« nun auch »Elektrogeräte, -zubehör und Wäschetrockner kaufen«.

Wie Phyllis ihre Kleidung trocken bekommen hatte, war Miriam schleierhaft. Das Bad bot kaum genug Platz für einen mittelgroßen Menschen, geschweige denn für einen Wäscheständer, und angesichts der landesüblichen Wetterverhältnisse kam Trocknen im Freien nur im Sommer, und selbst dann nicht, verlässlich infrage. Immerhin gab es eine funktionierende Waschmaschine, die sich zwischen Wand und Badewanne quetschte, und es gab auch heißes Wasser, das allerdings nicht für eine ganze Wanne reichte. Dafür kam es kochend heiß aus der Leitung, denn eine Mischbatterie war für Phyllis offensichtlich ein Luxus gewesen, den sie sich nicht hatte leisten wollen oder können. Mittlerweile konnte Miriam mit dem Warmwasser umgehen, sie verbrannte sich nicht mehr, wenn sie in der Badewanne duschte. Doch in Ermangelung eines Duschvorhangs setzte sie jedes Mal das ganze Badezimmer unter Wasser.

Sie öffnete die Augen, griff in die Tasche ihrer Jeans und zog die To-do-Liste heraus. »Duschvorhang besorgen«, schrieb sie auf.

Als sie die Liste las, wurde ihr mulmig. Ganz schön viel, was sie da vorhatte, und teilweise ganz schön schwierig umzusetzen. Einen Duschvorhang zu kaufen war noch kein Problem. Aber die Sache mit dem Sperrmüll?

Miriam trank den letzten Schluck Tee.

Sie würde das schon alles schaffen. Schließlich hatte sie gewusst, was auf sie zukommen würde.

Am späten Nachmittag schlenderte Miriam durch den Garten zum Fluss hinunter. Die Bäume und Büsche trugen nun zarte lindgrüne Blätter, und auf der schmalen Wiese am Wasser blühte duftiges Wiesenschaumkraut.

Miriams Sorgen verflogen.

Der feuchte Boden schmatzte unter ihren Gummistiefeln, als sie sich dem Fluss näherte. Statt in Deutschland zu kellnern, würde sie in England gärtnern … Ein unvernünftiger Tausch? Jedenfalls einer, von dem sie nicht wusste, ob er sie nicht trotz Jürgens großzügiger Zahlungen irgendwann an den Rand des finanziellen Ruins treiben würde. In Momenten wie diesen, zwischen Wiesenschaumkraut und tief stehender Sonne, brachte er ihr Herz dennoch zum Hüpfen.

Sie hockte sich ins Gras und streckte eine Hand ins Wasser. Es war eiskalt, und Miriam zog ihre Hand schnell wieder zurück, doch sie lächelte. Wie anders fühlte sich das Leben an, wenn man nicht den ganzen Tag in einer engen Wohnung hockte.

Zufrieden schaute Miriam über den Fluss, die mächtige Weide, das Ufer. An einem üppigen Gewächs, dessen grasgrüne Blättchen auf den Wellen tanzten, blieb ihr Blick hängen.

War das etwa … Neugierig beugte sie sich vor und zupfte einen Stängel ab. Tatsächlich, es war Brunnenkresse.

Bisher kannte Miriam das scharf schmeckende Kraut lediglich aus dem Bioladen, wo es ab und zu als Delikatesse angeboten wurde. Hier wuchs es in Hülle und Fülle, und Miriam beschloss, auf der Stelle eine Handvoll Brunnenkresse zu ernten und sich später einen Salat daraus zuzubereiten.

Während sie die Blättchen abzupfte, sang sie vor sich hin. Ihre Stimme war nicht schön, und außerdem traf sie selten die richtigen Töne, aber hier konnte sie ja niemand hören. Die neu erwachte Lebenslust musste heraus. Miriam sang lauter.

Ein ungehaltenes Räuspern ließ sie zusammenzucken. Die Kresse fiel ihr aus der Hand, und sie wirbelte herum. Wer war da?

»Meine Güte«, stieß sie hervor und griff sich ans Herz. »Was machen Sie denn hier?«

Auf der anderen Seite der Gartenmauer saß ein Mann auf einem Klappstuhl zwischen Weiden und Gebüsch. Er hatte dunkles Haar und einen schwarzen Bart und sah sie grimmig an.

»Wie unschwer zu erkennen sein dürfte«, knurrte der Mann und deutete auf das offene Buch, das auf seinen Knien lag, »lese ich. Und ich weiß nicht, was so furchtbar erschreckend daran sein sollte, wenn ein Mann in seinem Garten sitzt und ein Buch liest.«

Miriams Puls beruhigte sich wieder. Hatte er gerade »in seinem Garten« gesagt?

Sie wusste zwar, dass neben ihrem noch ein Cottage stand. Doch da es ziemlich weit entfernt war, hatte Miriam angenommen, dass nur Phyllis' Grundstück bis zum Fluss reichte. Außerdem erstreckte sich jenseits ihrer Gartenmauer nichts als Wiese bis hin zum Fluss, eine baumbestandene Wildnis. »Garten« konnte man das also nicht nennen.

»Nun starren Sie mich nicht an wie das Kaninchen die Schlange«, fuhr der Mann sie an. »Gibt es dort, wo Sie herkommen, denn keine lesenden Menschen?«

Miriam hob das Kinn.

»O doch«, erwiderte sie kühl, »die gibt es durchaus. Aber diese Menschen beherrschen nicht nur das Lesen, sondern auch die Grundregeln der Höflichkeit. Wenn sie beispielsweise ihre neue Nachbarin antreffen, beschimpfen sie sie nicht, sondern stellen sich ihr vor.«

Die dunklen Augen des Mannes verengten sich.

»Lucian Brent«, knurrte er.

Sie nickte knapp.

»Miriam Weiden«, sagte sie.

Eigentlich sah der Mann ganz gut aus. Doch was hatte Miriam ihm getan, dass er sie dermaßen unfreundlich anstarrte? Gut, sie hatte ihn mit ihrem schiefen Gesang aus seiner Lektüre gerissen. Aber so schlimm war das ja nun auch wieder nicht.

Sie überlegte, ob sie sich der guten Nachbarschaft wegen trotzdem entschuldigen sollte oder ob dieser Mr Brent es verdammt nochmal auszuhalten hatte, wenn sie sang, als er verdrossen feststellte: »Und Sie wohnen jetzt also hier.«

»Ja, seit drei Tagen«, antwortete Miriam.

»Dauerhaft?«, hakte er nach. »Oder nur in den Ferien?«

Wieder wurde Miriam ärgerlich. Konnte er ihr nicht noch deutlicher zu verstehen geben, wie sehr sie ihn störte?

»Dauerhaft«, antwortete sie schnippisch. »Tut mir leid, aber Sie werden mich in Zukunft häufiger antreffen.«

Mr Brent seufzte. »Tja. Ich bin sowieso nur am Wochenende in Reedcombe. Unter der Woche lebe ich in London.«

Schade aber auch.

»Wenn ich allerdings hier bin«, fügte er hinzu, »dann habe ich gern meine Ruhe. Vor allem hier am Fluss, wenn Sie verstehen, was ich meine.«

Miriam klappte die Kinnlade herunter. Hatte sie das gerade richtig verstanden? Sie sollte den Fluss am Wochenende meiden, weil Mr Brent dort seine Ruhe haben wollte?

Grußlos wandte sie sich ab und ging mit schweren Schritten zurück zum Cottage. Was für ein arroganter, unsympathischer Zeitgenosse!

Ein Glück, dass er nur an den Wochenenden kam.

Miriam schlief überraschend gut, und als sie am nächsten Morgen aufwachte, war der Ärger über ihren finsteren Nachbarn längst verflogen.

Mit einem Milchkaffee in der Hand ging sie nach draußen. Die Luft war kühl, auf den Gräsern glitzerte der Tau. Mit nackten Füßen lief sie zwischen den Obstbäumen hindurch, und während ihr der Kaffeeduft in die Nase stieg und sich mit dem Geruch der Natur vermischte – feuchte Erde und Apfelblüten –, dachte sie an ihren Garten in Deutschland. Auch dort hatte sie Morgentau an den bloßen Füßen geliebt.

Sie schluckte.

Hier ist jetzt mein Zuhause, dies ist jetzt mein Garten, bald ist Percy bei mir, und ich bin nicht mehr allein.

Mein Garten.

Eigentlich hatte sie noch keine Zeit für ihn, für die vernachlässigten, überwucherten Beete, von denen sie immer noch nicht wusste, was darin wuchs. Eigentlich musste sie Kartons auspacken, Behördengänge erledigen, sich um Formalitäten kümmern und einkaufen. Der Garten stand ganz unten auf ihrer Liste.

Doch wegen des Gartens habe ich dieses Cottage gekauft …

Sie sah zu den Beeten hinüber, und auf ihrem Gesicht breitete sich ein Lächeln aus.

Wenig später kniete Miriam im Gras.

Im Schuppen hatte sie nicht nur Monsterspinnen, Plastikkanister und Kabeltrommeln entdeckt, sondern auch Hacken, Spaten, Scheren und Schaufeln. Alles war in erstaunlich gutem Zustand. Wie es schien, hatte die alte Phyllis ihre Gartengeräte besser gepflegt als ihre Wohnräume. Alles eine Frage der Prioritäten.

Miriam war guter Dinge, und obwohl sie nur Unkraut jäten wollte, fühlte sie sich, als ginge sie auf Schatzsuche.

Vorsichtig schnitt sie die längsten Ranken auf dem ersten Beet ab. Eine Duftwolke stieg auf, würzig und herb, doch sogleich verflog sie wieder. Was war das gewesen? Gespannt jätete Miriam weiter, hackte und grub. Immer höher türmten sich Ranken und Wurzeln im Unkrauteimer. Der geheimnisvolle Duft stieg ihr erneut in die Nase und war ebenso schnell verflogen. Ein Mittelmeerkraut, schoss es ihr durch den Kopf.

Thymian?

Doch wenn das, was da unter dem Wildwuchs wartete, tatsächlich Thymian war, dann eine Sorte, die Miriam noch nie zuvor gesehen hatte. Die kleinen, harten Blättchen, die unter ihren Händen ans Tageslicht kamen, waren nämlich nicht grün, sondern blaugrau.

Blaugrauer Thymian!

Das Beet war mehrere Meter lang, und die Unkrautwurzeln steckten tief in der Erde, aber Miriam spürte die Anstrengung gar nicht. Sie hatte Feuer gefangen. Je mehr blaugrauen Thymian sie entdeckte, und je intensiver die befreiten Pflänzchen die Luft mit ihrem Duft schwängerten, desto aufgeregter wurde sie. Grüngelber Thymian, rosa Thymian, purpurfarbener Thymian, diese Sorten kannte sie. Blaugrauen Thymian jedoch gab es nicht, war Miriam sich sicher. Dennoch war er da, vor ihren Augen, roch und sah aus wie

Thymian. Und es gab nicht nur eines dieser sonderbaren Pflänzchen, sondern Dutzende.

Das Beet war freigelegt. Der blaugraue Thymian leuchtete, duftete ihr entgegen, und Miriam hob die Hand. Leicht und ehrfürchtig strich sie über das eigenartige Kraut. Hatte Phyllis es gezüchtet? Stand hier eine Sorte, die es nirgendwo sonst gab, nur hier in ihrem Garten?

Miriam zupfte ein paar der Blättchen ab. Legte sie sich auf die Zunge. Schmeckte die vertraute Würze und dazu eine ungewohnte pfeffrige Schärfe, eine Schärfe, die ihren Körper durchströmte und ihre Seele mit Kampfgeist erfüllte, mit Mut und Stärke und Furchtlosigkeit …

Verzückt schloss sie die Augen.

Der Sekundenrausch verflüchtigte sich.

Völlig verdattert ließ sie sich ins Gras fallen. Sie umfasste ihre Knie mit den Armen und betrachtete ihren Garten, und der Garten, so schien es ihr, blickte zurück.

Er wartet auf mich, er wartet, dass ich ihn aufwecke, bevor die Wildnis ihn verschlingt. Dass ich ihn befreie und er mich.

Miriam tippte sich an die Stirn, rappelte sich wieder auf und machte sich an das nächste Beet.

Sie verbrachte den ganzen Sonntag im Garten. Nachmittags zog sich der Himmel zu, und es begann zu nieseln. Doch das störte Miriam nicht, denn sie hatte gerade Kamille entdeckt, die nach Ananas duftete, und kurz vorher Salbei, der aussah wie mit Goldpuder überstäubt. Ihre Schatzsuche wurde immer aufregender. Einiges von dem, was hier wuchs, würde man sicher in keinem Kräuterbuch der Welt finden.

Als sie am Abend mit wunden Fingern und schmerzenden Knochen in ihr Cottage zurückhumpelte, wollte das Lächeln gar nicht mehr aus ihrem Gesicht verschwinden. Sie war euphorisch und völlig erschlagen, und nach einer Dusche, bei der sie sich doch wieder verbrühte, fiel sie todmüde ins Bett.

Am nächsten Tag wäre Miriam am liebsten sofort nach dem Frühstück wieder in den Garten gegangen. Doch sie besann sich darauf, dass noch ein paar unumgängliche Erledigungen auf sie warteten. Also zog sie statt der erdverkrusteten Jeans eine saubere Leinenhose an und machte sich auf den Weg ins Dorf. Zuerst eröffnete sie ein Konto in der Reedcomber Filiale einer Großbank, dann ließ sie sich für die Gemeindesteuer registrieren.

Zurück im Cottage informierte sie sich im Internet über robuste Fahrradmodelle. Ein Auto würde sie sich nicht zulegen, denn sie hatte größten Respekt vor dem Linksverkehr, doch etwas mobiler wollte sie schon gerne sein.

Nachmittags wagte Miriam sich zum ersten Mal in »Elliston's Farm Shop«. Ihre aus Deutschland mitgebrachten Vorräte gingen langsam zur Neige, und sie wollte nicht auf Dauer von H-Milch und Keksen leben. Zwar hätte sie lieber woanders eingekauft als bei der verkniffenen Megan. Doch es gab weder Supermarkt noch Tante-Emma-Laden in Reedcombe, und schließlich hatte Mrs Elliston ihr ja nichts getan.

Überraschenderweise gefiel ihr der Farm Shop sehr gut. Es gab Rindfleisch von Bauern aus der Umgebung, frisches Brot, Obst und Gemüse sowie Kartoffeln in beeindruckenden Zwanzig-Kilo-Säcken. In der Kühltheke stapelten sich Würstchen in Blätterteig neben verschiedenen Käsesorten, in den Regalen standen hübsche Weidenkörbe. Außerdem gab es hier Hundefutter. Miriams Herz hüpfte, als sie eine große Packung davon in den Einkaufswagen legte. Sie freute sich schon sehr auf Percy. Bald war das Umzugschaos vorbei, und der alte Rüde konnte endlich bei ihr einziehen.

Als sie ihre Waren auf das kurze Förderband legte, erhielt Miriams gute Laune allerdings einen Dämpfer. Denn Megan Elliston, die hinter der Kasse saß, musterte sie mit unverhohlener Feindseligkeit.

»Sieh an, sieh an. Die Neue.« Mrs Elliston zog die Worte in die Länge wie Kaugummi. »Darf man fragen, wie Sie heißen?«

»Weiden. Miriam Weiden. Und Sie sind Mrs Elliston?«

»Wer sollte ich wohl sonst sein?« Ungnädig schüttelte die Ladenbesitzerin den dauergewellten Kopf. »Postcode!«

»Äh … wie bitte?«

»Postcode!«, bellte Mrs Elliston lauter.

Was wollte die Frau bloß von ihr? Ratlos schwieg Miriam. Sie konnte ihre Postleitzahl noch nicht auswendig, und es ärgerte sie, wie Mrs Elliston sie behandelte.

»Sagen Sie mir jetzt endlich Ihren Postcode, ja oder nein?«, rief Mrs Elliston und funkelte sie böse an. »Good Lord, mir ist schon klar, dass ihr Deutschen ein wenig begriffsstutzig seid, aber eine so dermaßen lange Leitung, das ist doch wirklich …«

»Megan!«, sagte da eine energische Frauenstimme hinter Miriam. »Es reicht jetzt.«

Die Ladenbesitzerin verstummte und kniff die Lippen zusammen. Erstaunt drehte Miriam sich um.

Hinter ihr stand eine etwas mollige Frau mit einem herzförmigen Gesicht und kurzem schwarzbraunem Haar. In den Händen trug sie einen übervollen Einkaufskorb.

»Willkommen in Reedcombe«, sagte die Frau betont freundlich zu Miriam, bevor sie einen strafenden Blick auf Mrs Elliston warf.

»Danke sehr.« Miriam räusperte sich. »Es tut mir leid, dass sich wegen mir alles verzögert, aber ich bin mit den hiesigen Gepflogenheiten noch nicht so vertraut.«

»Ach, das ist doch kein Problem.« Die Frau lächelte. »Sie also sind Miriam Weiden. Mein Nachbar hat mir erzählt, dass Sie sich im Urlaub in Phyllis' Garten und ihren Hund verliebt haben und deshalb jetzt hier wohnen.«

»Wer ist denn Ihr Nachbar?«

»Bob Frye. Er hat Sie von Exeter nach Ivystone Manor gefahren, erinnern Sie sich?«

Ihr Taxifahrer mit den schlohweißen Brauen? Natürlich erinnerte Miriam sich an ihn! Aber dass er wusste, warum sie das Cottage gekauft hatte, und dass er sein Wissen auch gleich mit seiner Nachbarin teilte … Die Buschtrommeln in Reedcombe schienen auf jeden Fall gut zu funktionieren. Oder passierte hier so wenig, dass jeder Neuzugang eine kleine Sensation war?

»Entschuldigen Sie, ich habe mich noch gar nicht vorgestellt.« Die Frau stellte ihren schweren Einkaufskorb ab und streckte Miriam die Hand hin. »Kate Horton.«

»Meine liebe Kate«, mischte sich Mrs Elliston mit säuerlicher Miene ein, »da du eine solch entschiedene Freundin der Willkommenskultur bist, könntest du Mrs Weiden ja in das Geheimnis des Postcodes einweihen. Was meinst du, wäre das möglich? Dann könnte ich hier nämlich *endlich* kassieren!«

Mrs Horton hob die Brauen. »Sehr gern, Megan. Wenn diese einfache Aufgabe dich bereits überfordert ...«

Die Ladenbesitzerin schnaubte.

Ungerührt wandte Mrs Horton sich wieder Miriam zu, und dann erklärte sie ihr, was es mit dem englischen Postcode auf sich hatte. Wenige Straßen teilten sich jeweils dieselbe Postleitzahl, und wenn man sie angab, listeten die Computersysteme in Geschäften und Behörden diese Straßen automatisch auf. Zusammen mit der Hausnummer war es so eine Sache von Sekunden, vollständige Adressen im System anzulegen.

»Okay, verstanden.« Miriam wagte einen Blick in Mrs Ellistons stechende Augen. »Aber ... wofür brauchen Sie meine Adresse überhaupt?«

Die Ladenbesitzerin stöhnte. »Gott im Himmel! Um Ihnen die Einkäufe liefern zu können natürlich.«

»Liefern? So viel ist es doch gar nicht«, sagte Miriam verdutzt, »das kann ich gut selbst ...«

»Nichts da. Service ist Service. Wer in Elliston's Farm Shop einkauft und ohne Auto da ist, bekommt seine Besorgungen geliefert. Das war schon immer so.« Mrs Elliston deutete mit dem Zeigefinger drohend auf Miriam. »Und Sie werden daran ganz bestimmt nichts ändern!«

»Überlebt«, murmelte Miriam. »Aber knapp.«

Sie hatte das Geschäft verlassen und stand mit Mrs Horton, doch ohne ihre Einkäufe in der Sonne. Schlussendlich hatte Mrs Elliston die Lieferadresse auch ohne Postcode anlegen können, denn wo das Cottage stand, in dem die alte Phyllis gewohnt hatte, wusste selbstverständlich auch sie.

»Megan ist ein Besen, keine Frage«, sagte Mrs Horton und zuckte die Achseln. »Aber es gibt hier nun mal keinen anderen Laden, und Rick, Megans Mann, liefert immerhin schnell und zuverlässig aus. Sie werden noch vor Einbruch der Dunkelheit Ihre Einkäufe haben, Mrs Weiden, das garantiere ich Ihnen. Und darauf kommt's doch an, oder?«

»Wahrscheinlich«, sagte Miriam zögernd.

»Ich muss gehen, mein Mann und meine Tochter warten aufs Abendessen. Aber wir sehen uns bestimmt bald wieder. Kommen Sie doch mal zum Tee vorbei«, meinte Mrs Horton fröhlich.

Nach der unfreundlichen Ladenbesitzerin tat Mrs Hortons Herzlichkeit Miriam ausgesprochen gut. Dennoch war sie auf dem Nachhauseweg in gedrückter Stimmung. Erst Lucian Brent und jetzt Megan Elliston. Wer würde sich als Nächstes daran stoßen, dass Miriam nach Reedcombe gezogen war?

Sie konnte zwar ihre Postleitzahl auswendig lernen. Aber Miriam ahnte, dass das kaum reichen würde, um von Menschen wie Mrs Elliston akzeptiert zu werden.

Am Dienstagabend klingelte es unverhofft an der Tür.

»Dylan!«, rief Miriam erfreut. »Das ist ja eine Überraschung. Komm doch rein.«

Sie hatte ausführlich mit Barbara telefoniert und dabei mit der freien Hand die letzte Umzugskiste ausgepackt, und nun vergewisserte sie sich mit einem raschen Blick, dass ihr neues Heim einigermaßen präsentabel war.

Doch dann grinste sie in sich hinein. Sie brauchte ja gar kein »präsentables Heim« mehr. Dies war ihr Cottage, ihr Hexenhaus, und wenn noch irgendwo eine vergessene Socke oder Staubmäuse herumflogen, dann würden ihre Besucher eben damit leben müssen.

Dylan beugte sich vor, fasste sie bei den Schultern und küsste sie rechts und links auf die Wange. Ein Duft nach Moos und Zeder stieg Miriam in die Nase, und sie schnupperte, denn Dylan roch ausnehmend gut. Dann sah sie sein verschmitztes Lächeln und trat hastig einen Schritt zurück.

»Ich, ähm, ich habe Tee da.« Sie räusperte sich. »Darjeeling und Earl Grey. Und auch ganz normalen Tee, also, Teebeutel. Normalen schwarzen Tee in Beuteln.«

Herrje, sie stotterte herum wie ein Teenager. Nur weil Dylan so gut roch? Wohl eher, weil er sie beim verzückten Schnuppern ertappt hatte.

Seine grauen Augen funkelten amüsiert.

»Keine Angst, wir Engländer sind gar nicht so anspruchsvoll, was unseren Tee betrifft. Ich jedenfalls nicht. Außerdem reicht mir im Moment ein Wasser.« Er zeigte auf die leeren Kartons. »Bin ich dein erster Besuch?«

»Das bist du, in der Tat. Ich wollte erst richtig eingezogen sein, bevor ich mich ins Reedcomber Sozialleben stürze.«

»Ach, in Reedcombe gibt es ein Sozialleben?« Dylan grinste. »Nein, im Ernst. Ich finde, es sieht schon richtig gemütlich aus bei dir.«

»Danke«, sagte Miriam höflich, obwohl sie nicht sicher war, dass Dylan sein Kompliment ernst meinte. Der Geschäftsführer von Ivystone Manor passte in etwa so gut in dieses Cottage wie ein edler Araberhengst in einen Ziegenstall.

Doch Dylan schien sich bei ihr tatsächlich wohlzufühlen.

»Wann bekommst du denn deinen Hund?«, erkundigte er sich, während er ihr in die Küche folgte.

»Den bringen mir Rebecca und Brandon, wenn hier alles fertig ist. Ich möchte nicht, dass ihn das Umzugschaos irritiert. Percy soll von Anfang an glücklich bei mir sein.« Miriam reichte Dylan ein Glas Wasser. Etwas verspätet fiel ihr ein: »Ich hätte übrigens auch Bier da. Wäre dir das lieber als Wasser?«

»O Miriam«, sagte Dylan und gab ihr das Wasser zurück. »Du kannst Gedanken lesen.«

Miriam nahm eine Flasche Bier aus dem Kühlschrank und bat Dylan ins Wohnzimmer.

Außerhalb von Ivystone Manor mit Dylan zu plaudern war seltsam und angenehm zugleich. Seltsam, weil Dylan hier anders war als im Hotel. Lockerer und natürlicher. Und angenehm, weil er Miriam das Gefühl vermittelte, dass sie nicht irgendwo gestrandet war, sondern angekommen. Er schien sich aufrichtig darüber zu freuen, dass Miriam nun in Reedcombe wohnte.

»Mit dem Sperrmüll kann ich dir helfen«, sagte er, nachdem sie ihm erzählt hatte, was noch alles zu tun war, bevor sie Percy zu sich holen würde. »Wir können den Transporter des Hotels benutzen. Da passt garantiert alles rein, und wenn du das halbe Haus wegwerfen willst.«

Das hatte sie zwar nicht vor, aber Miriam dachte an Phyllis' Bett, das die Männer von der Spedition ihr freundlicherweise in den Schuppen getragen hatten. Es war klobig, massiv und sehr schwer.

»Das wäre toll«, sagte sie erleichtert. »Vielen Dank, Dylan.«

»Gar kein Problem«, winkte er ab. »Wenn du magst, können wir auch gleich die Großgeräte kaufen, da wir ohnehin mit dem Transporter unterwegs sein werden.«

Er zog sein Smartphone hervor und wischte darauf herum.

»Pass auf, ich habe das Wochenende durchgearbeitet und morgen nichts Dringendes vor, ich könnte mir also spontan freinehmen. Wenn du Lust hast, komme ich gleich morgen zu dir. Möglichst früh. Was meinst du?«

Miriam lächelte.

»Dich hat wohl der Himmel geschickt.«

»Nicht so voreilig. Warte ab, was dich meine Hilfe kostet. Denn du musst natürlich dafür bezahlen, wenn auch nicht in Pfund.«

»Ach so?«

Miriam blickte ihn halb belustigt, halb misstrauisch an.

»Ja.« Er beugte sich vor. »Geh mit mir reiten, Miriam.«

»Was soll ich?«

»Du hast mir doch erzählt, dass du es kannst. Wozu halten wir auf Ivystone Manor all diese herrlichen Araber, wenn sich niemand auf ihre Rücken traut?«

Miriam zögerte. »Das kommt etwas … unerwartet.«

»Mag sein. Sag trotzdem ja.« Dylan lehnte sich wieder zurück, wobei eine kleine Staubwolke aus dem Sofapolster puffte. »Die Reedcomber werden dich nämlich viel schneller akzeptieren, wenn du nicht nur einen Hund hast, sondern auch reitest. Das ist so englisch, Miriam. Viel englischer als Teebeutel.«

»Du machst dich lustig über mich.«

»Nichts läge mir ferner.«

Miriam hob streng die Brauen.

»Okay.« Dylan grinste. »Vielleicht ein bisschen.«

»Ha! Und mit einem wie dir soll ich reiten gehen?«

Statt einer Antwort lächelte er sie nur an.

Die Luft zwischen ihnen vibrierte.

Komm schon, dachte Miriam, sag einfach ja. Er trägt keinen Ehering, es tut also niemandem weh, wenn wir ausreiten und ein wenig flirten.

Aber Dylan ist so jung, protestierte ihr Gewissen. Und ich bin frisch geschieden. Ich darf noch nicht flirten. Ich muss zuerst die Trennung von Jürgen verarbeiten.

Und ohne dass Miriam es wollte, driftete sie ab in die Vergangenheit.

*

Jürgens verzweifelter Blick, als es aus ihm hervorbrach. Miriam hatte Steaks gebraten, und Jürgen war nervös in der Küche hin und her gegangen.

»Miriam, ich muss dir etwas sagen. Ich … ich … Unsere Ehe langweilt mich. Wir haben keinen Sex mehr, wir unterhalten uns nicht mehr richtig, und ich … Ich will mehr,

Miriam. Ich kenne dich in- und auswendig und … und … du … bist mir nicht mehr genug. Ach, Scheiße …«

Miriam erstarrte zur Salzsäule. Der Pfannenwender in ihrer Hand schwebte über dem brutzelnden Fleisch.

Ich habe mich verhört. Ich habe mich verhört. Das hat Jürgen nicht gesagt. Das kann er nicht gesagt haben.

Er blieb neben ihr stehen. Miriam spürte, dass er sie eindringlich ansah, doch sie starrte weiter auf die Steaks, die erst braun und dann dunkelbraun wurden.

»Was ich damit meine, ist … Ich wollte dir das eigentlich anders sagen. Ich habe mich verliebt, Miriam. Es tut mir leid. Aber ich habe mich unsterblich verliebt.«

Die Steaks wurden schwarz.

Das Öl rauchte. Binnen Sekunden roch die Küche verbrannt.

»Wie bitte?«, fragte Miriam tonlos. Sie war jetzt endgültig sicher, dass sie träumte.

»Sie … sie heißt Patrizia«, sagte Jürgen.

Mit ohrenbetäubendem Gellen schlug der Rauchmelder Alarm.

Miriam ließ den Pfannenwender fallen, presste sich die Hände auf die Ohren und fing an zu weinen.

*

Mit aller Kraft zwang Miriam sich zurück in ihr Cottage, zu Dylan, der sie erwartungsvoll ansah.

Was sollte ihr schon passieren?

Das Schlimmste war ihr ja bereits passiert.

Sie gab sich einen Ruck und nickte.

»Los geht's.« Dylan rieb sich tatendurstig die Hände. »Womit fangen wir an?«

Wie versprochen war er in aller Frühe mit dem Hoteltransporter angerückt. Er trug Jeans und ein altes Shirt und sprühte geradezu vor Energie, und obwohl Miriam schlecht geschlafen hatte, steckte seine gute Laune sie an.

Außerdem musste sie zugeben, dass der legere Look ihm extrem gut stand. Richtig sexy sah er aus …

Schnell wandte sie den Blick ab.

»Nehmen wir uns zuerst das Bett vor«, schlug Miriam vor und ging voran zum Schuppen. »Das ist am schwersten.«

Nachdem sie es in den Wagen gewuchtet hatten, fragte Miriam sich keuchend, wie die Männer von der Spedition das klobige Ungetüm in die Hütte gezwängt hatten.

Leise fluchend hatten sie und Dylan es mal weiter nach links, dann weiter nach rechts gerückt, um es durch die schmale Schuppentür zu hieven. Als sie es schließlich geschafft hatten, schräg und hochkant zugleich, stand auch Dylan der Schweiß auf der Stirn.

»So, das hätten wir.« Trotz der Anstrengung lächelte Dylan sie an. »Was kommt als Nächstes?«

»Kaffee?«, fragte Miriam.

Dylan lachte. »Wenn wir nach jedem Möbelstück eine Kaffeepause machen, sind wir bis übermorgen beschäftigt.«

»So viel ist es nicht mehr. Der nächste Kraftakt erwartet uns erst, wenn wir den neuen Wäschetrockner in diesem Schuhkarton von Bad unterbringen.«

»Hey, wenn wir das Bett aus dem Schuppen rausbekommen haben, bekommen wir auch den Trockner in das Bad rein«, erwiderte Dylan unbekümmert. »Vorschlag. Du kochst Kaffee, und ich verstaue den restlichen Sperrmüll im Transporter.«

Sie sah ihn überrascht an. »Das ist aber eine sehr … nun ja, traditionelle Aufgabenverteilung.«

»Und das gefällt dir nicht?«

»Ach, weißt du, die Kaffee kochende Hausfrau war ich lange genug.«

Miriam biss sich auf die Zunge. Das klang ja, als hätte sie ihr Leben lang am Herd gestanden und Mann und Kind versorgt! Warum hatte sie das jetzt gesagt? Doch beim nächsten Atemzug wusste sie die Antwort. Weil es der Wahrheit entsprach. Sie war nach Annabels Geburt in die Mutterglücks- und Hausfrauenfalle getappt. Und sie hatte den Moment offenbar verpasst, sich wieder sich selbst zu widmen. Das Studium abzuschließen, zu arbeiten, eigene Freundschaften zu pflegen … War es aus Bequemlichkeit gewesen? Oder aus Unsicherheit?

Nachdenklich sah Dylan sie an und meinte leise: »Darf ich dich etwas fragen?«

Miriam schluckte. »Bitte.«

»Warum bist du nach Reedcombe gezogen? Nicht wirklich, weil dir das Cottage so gut gefallen hat, nehme ich an.«

»Doch. Also, auch. Aber nicht nur.« Sie brach ab.

Sie wollte Dylan nicht von ihrer Vergangenheit erzählen. Nicht von ihren Fehlern, nicht von Jürgen, nicht davon, dass sie sich seit der Trennung alt und hässlich fühlte, und nutzlos schon viel länger.

Andererseits gehörte auch das zu ihrer Geschichte und zu ihrer Person. Mit einem Mal hatte Miriam es satt. Warum sollte oder wollte sie nicht über sich sprechen?

»Mein Mann hat sich von mir scheiden lassen, weil er sich in eine Jüngere verliebt hat«, sagte sie. »Das klassische Drama der mittelalten Frau.«

Miriam sah Dylan fest in die Augen.

»Deshalb war ich gezwungen, irgendwo neu anzufangen«, fuhr sie fort. »Und ich dachte mir, je weiter weg von meinem früheren Leben, desto besser.«

Dylan sagte nichts.

Ein paar Herzschläge lang wartete sie auf eine Antwort, doch er sah sie nur an, forschend und viel zu intensiv.

Miriam senkte die Lider. Das hatte sie nun von ihrer Offenheit: Er bemitleidete sie.

Langsam hob Dylan die Hand.

Vielleicht wollte er sie trösten, sie in den Arm nehmen, und vielleicht hätte Miriam das sogar zugelassen. Doch da ließ er seine Hand wieder sinken, und statt einer Berührung spürte Miriam die unerwartet heftige Enttäuschung darüber, dass sie ausgeblieben war.

»Lass uns Kaffee kochen, und dann schleppen wir den Sperrmüll«, sagte Dylan ruhig. »Gemeinsam.«

Aus Phyllis' Tagebüchern, 1970

Gestern habe ich seit langer Zeit wieder einmal in den Spiegel geschaut. Ich habe mich ziemlich erschrocken. Ich bin knapp vierzig und sehe schon aus wie eine alte Frau: graue Strähnen im Haar, tiefe Falten, herunterhängende Mundwinkel, Hängebrüste. Wenn William mich so sehen würde … Fast muss ich froh sein, dass er auf der anderen Seite weilt.

Liegt es an meinem Aussehen, dass die Kinder im Dorf sich ducken und wegrennen, sobald ich mich nähere? Alle haben sie Angst vor mir, obwohl ich im Grunde gar nichts gegen sie habe. Ihre Eltern sind schuldbeladen. Sie nicht. Ich mag Kinder.

Die meisten jedenfalls. Megan ist mit ihren zehn Jahren schon ein richtiger Besen, frech, hinterlistig und gemein. Letzte Woche habe ich sie dabei ertappt, wie sie einer Katze eine Schnur mit einer Blechdose an den Schwanz gebunden hat. Das arme Tier ist bei dem Geschepper fast verrückt geworden. Zum Glück konnte ich die Katze fangen und von der Schnur befreien. Megan hat nur gelacht.

Der Einzige, der es vielleicht mit Megan aufnehmen kann, ist der Nachbarsjunge. Auch er ist ein äußerst unsympathisches Kind. Wahrhaftig, wenn Megan und Rick beieinander sind, dann schaudert es einen. Aber was soll's. Letzten Endes hat das Dorf die kleinen Biester verdient.

Mai

»Im Mai beginnt die Minze (Mentha spp.) ihren Eroberungsfeldzug im Garten. Die Minze ist ein sehr vitales Kraut. Berufliches Vorankommen, finanzieller und privater Erfolg, sexuelles Begehren – das sind die Bereiche, in denen Minze-Zauber laut Volksglauben am besten wirken.«

Aus: Devons umfassende Kräuterfibel (vergriffen)

*

»Ganz ruhig, Miriam. Zarina läuft nur so schnell, wie du das möchtest«, sagte Dylan.

Er ritt gelassen auf Gabriel, einem fuchsfarbenen Hengst, im Schritt neben ihr her. Miriam war von Gelassenheit meilenweit entfernt und umklammerte angespannt ihre Zügel. Es war ein sonniger Samstagnachmittag. Viel zu schön, um sich bei einem Ritt durch Wiesen und Felder die Knochen zu brechen.

»Und wenn Zarina durchgeht? Wenn sie merkt, dass ich eigentlich gar nicht reiten kann? Es ist so lange her, ich habe gar kein Gefühl mehr dafür und …«

»Hey.« Dylan zwinkerte ihr zu. »Versuch, dich zu entspannen.«

»Leicht gesagt …«

»Ich habe dir die bravste Stute der Herde gegeben, dir wird nichts passieren. Außerdem bleibt Zarina, wenn man sie lässt, grundsätzlich neben Gabriel.«

Blieb zu hoffen, dass Dylan den Hengst auch wirklich unter Kontrolle hatte. Denn wenn der Fuchs durchgehen und Zarina ihm blindlings folgen würde, im gestreckten Galopp über Stock und Stein … Dylan würde sich wohl auf dem Pferd halten können, aber sie? Miriam brach der Schweiß aus.

»Mal im Ernst. Glaubst du, ich würde dich gefährden?«, drang Dylans tiefe Stimme in ihre Gedanken. »Zarina ist unser Schulpferd für die Anfänger, Miriam, auf ihr lernen schon Siebenjährige reiten! Im Grunde könntest du die Zügel auch loslassen, solange ich neben dir bin.«

»Was?«

»Probier's doch mal aus.«

Nervös leckte Miriam sich über die Lippen. Vertrauen war etwas, das sie ebenso verlernt hatte, wie verrückte Dinge zu tun.

Aber sie hatte ein Cottage in England gekauft, da würde sie das mit dem Vertrauen doch auch noch hinkriegen, oder nicht? Zumindest wenn es um einen simplen Spazierritt ging.

»Okay.« Sie schluckte. Dann löste sie die verkrampften Finger und ließ die Zügel auf Zarinas Hals fallen.

»Sehr gut. Jetzt breite deine Arme aus«, sagte Dylan. »Ganz weit, wie Flügel.«

Zögernd folgte sie seiner Anweisung, obwohl sie sich albern vorkam.

»Und jetzt?«

»Schließ die Augen und spür dich in Zarinas Gang ein.«

Miriam sah Dylan mit hochgezogenen Brauen an. »So lernen die Kinder bei euch reiten?«

Er tauchte tief in ihren Blick. »Vertrau mir, Miriam.«

In ihrem Magen begann es zu kribbeln. Rasch blickte sie wieder nach vorn, schloss die Augen und konzentrierte sich auf das Pferd.

Auf sein leises Schnauben.

Seine Körperwärme.

Seine gleichmäßigen Bewegungen.

Und allmählich nahm Miriam wahr, wie harmonisch Zarinas Schritt war. Wie viel Kraft die Sonne hatte, die hinter Miriams Lidern flirrte und auf ihren Unterarmen brannte. Wie weich der Wind über ihr Gesicht strich. Wie sehr sie diesen ruhigen, vertrauensvollen Ritt genoss.

Als sie die Augen wieder öffnete, hatte ihre Nervosität sich aufgelöst wie Nebel und Rauch. Langsam ließ sie ihre Arme sinken, beugte sich vor und strich Zarina über Hals und Mähne, bevor sie die Zügel wieder aufnahm und locker umschlang.

»Keine Angst mehr?«, fragte Dylan.

Miriam sagte: »Kein bisschen.«

Diesmal wandte sie sich nicht ab, als ihre Blicke sich trafen.

Auf einer Lichtung im Wald machten sie Rast. Libellen zischten über das Wasser eines schwarzen Tümpels, Farne badeten ihre lindgrünen Wedel in der warmen Luft. Die Pferde, die Dylan an einem Baum angebunden hatte, zupften friedlich Gras.

Miriam hatte sich im Schneidersitz auf dem weichen Waldboden niedergelassen, Dylan lehnte ihr gegenüber an einer Eiche. Ein Knie aufgestellt zerrieb er müßig ein silbergrünes Blättchen zwischen seinen Fingern. Der Duft von wilder Minze zog über die Lichtung.

»Woher kannst du so gut reiten?«, wollte Miriam wissen.

Nachdem sie gemerkt hatte, dass sie doch noch reiten konnte, waren Dylan und sie getrabt und später sogar galoppiert. Dabei hatte Dylan stets darauf geachtet, dass Gabriel und Zarina nicht übermütig wurden, um Miriam nicht in Angst zu versetzen.

»Ich habe es schon als Kind gelernt. Mein Vater war der Meinung, ein Junge müsse reiten und Polo spielen, sonst sei er kein Junge.« Er zuckte mit den Schultern. »Landadel halt. Was will man da erwarten.«

»Landadel. Dann bist du ein … Lord oder so?«

»Eher ›oder so‹. Ich stamme aus *niedrigem* Landadel. Für Polo reicht es, für deine untertänigste Bewunderung leider nicht.«

Miriam lachte. »Keine Sorge. In meinem Alter sehnt man sich sowieso nicht mehr nach Märchenprinzen.«

»Wonach denn dann?«

»Ach, weißt du …«

Dylan blickte sie unverwandt an.

Leise wiederholte er seine Worte: »Wonach sehnst du dich, Miriam?«

Plötzlich fiel ihr das Denken schwer. Das Atmen auch. Dafür klopfte ihr Herz wie verrückt.

»Find's doch heraus«, antwortete Miriam heiser.

Und das tat Dylan.

Sie schafften es bis ins Cottage, aber nicht bis ins Schlafzimmer. Auf dem Sofa der alten Phyllis, aus dem nun keine Staubwölkchen mehr aufstiegen, fielen sie übereinander her.

Die Lust, die Dylan Miriam bereitete, war neu und anders als alles, was sie kennengelernt hatte, und als sie kam, schrie sie auf. Doch irgendwann ließ das Beben nach, und Miriams Bedenken kamen zurück.

Gott im Himmel, sie hatte soeben mit einem 27-Jährigen geschlafen.

Und jetzt? War's das? Würde er sich anziehen und wieder gehen?

Doch Dylan ging nicht. Er zog sich auch nicht an. Stattdessen stützte er sich auf die Unterarme und sah sie an. Sein Haar war zerzaust, der Blick aus den grauen Augen noch verhangen. Er legte seine Hände um ihr Gesicht und streichelte mit den Daumen ihre Wangen. Er küsste sie, und dann raunte er: »Nochmal?«

Und Miriam antwortete atemlos: »Nochmal.«

Am Abend rief sie bei Barbara an.

Über das Alter, in dem sie neue Eroberungen umgehend ihrer besten Freundin mitteilte, war Miriam zwar längst hinaus. Aber Barbara hatte sich so viel Kummer von ihr anhören müssen, dass Miriam es als ihre Pflicht empfand, stattdessen endlich mal wieder etwas Positives mit ihr zu teilen. Nämlich dass sie ins Leben zurückfand, und zwar mit Riesenschritten.

Kurz befürchtete sie, dass Barbara sich über sie lustig machen würde. Ein junger Lover und hemmungsloser Sex – das war so ziemlich das Letzte, was zu Miriam passte.

Eigentlich.

Doch Miriam hatte, als sie nun mit dem Telefon in der Hand das leere Sofa betrachtete, keineswegs das Gefühl, dass sie in ihrer Lust nicht sie selbst gewesen war. Unwillkürlich musste sie grinsen. Morgen Abend würde Dylan wiederkommen, und sie freute sich schon jetzt darauf.

Miriam ließ sich aufs Sofa fallen und wählte Barbaras Nummer.

»Ein Liebhaber? Noch keine dreißig?« Barbara klang ebenso verblüfft wie erfreut.

»Findest du das peinlich?«, fragte Miriam, und prompt kroch die alte Unsicherheit wieder in ihr hoch. »Also mich, meine ich. Findest du mich peinlich?«

»Warum sollte ich dich peinlich finden? Weil du dasselbe tust wie die Männer, die ihr Selbstbewusstsein mit einer jungen Frau aufpolieren? Gleiches Recht für alle, Miri!«

Miriam verzog das Gesicht. »Ich habe doch nicht für mein Selbstbewusstsein mit Dylan geschlafen«, protestierte sie entschieden.

»Aber für dein Wohlbefinden. Sex statt Johanniskrauttee, das ist doch ein fairer Tausch.« Barbara gluckste vergnügt. »Wirklich, ich finde das klasse. Du warst viel zu lange unglücklich. Was kann dir denn Besseres passieren als ein guter Liebhaber? Er *ist* doch gut, oder?«

»Ähm, ja.«

»Wie schön«, sagte Barbara zufrieden. »Dann hör auf deine gute alte Freundin, Miri, und halt dir diesen Dylan warm!«

Kaum hatte Miriam aufgelegt, rief ihre Tochter an. Miriam telefonierte oft mit Annabel. Heute jedoch hätte sie lieber auf ein Gespräch mit ihr verzichtet, denn selten hatte sie sich so wenig mütterlich gefühlt. Die Erinnerung an Dylan brannte in ihrem Herzen und zwischen ihren Beinen und weckte den ungewohnten Wunsch in ihr, wild durchs Haus zu tanzen. Barbara durfte eingeweiht werden. Aber Annabel auf keinen Fall! Denn was sollte Annabel davon halten, dass ihre Mutter einen Liebhaber hatte, der kaum älter war als sie, die Tochter?

Also gab Miriam sich im Telefongespräch so wie immer und unterdrückte die Euphorie in ihrer Stimme. Sie sprach so, wie Annabel sie kannte. Mit der Lebenslust und Energie einer Schlaftablette.

*

Annabel hatte in der Küche gegessen und gedankenverloren in ihrem Kaffee gerührt. Auf Jürgens Wunsch hin hatte sie am Tag zuvor endlich, wie Jürgen betont hatte, seine neue Lebensgefährtin kennengelernt.

»Eigentlich ist sie ganz nett.« Annabel hatte Miriam einen vorsichtigen Blick zugeworfen. »Nicht so nett wie du natürlich, Mama, aber sie ist okay.«

Sie ist okay.

Miriam stand auf, griff nach einem Lappen und wischte auf der sauberen Arbeitsfläche herum.

Patrizia ist weder nett noch okay, dachte sie verbittert. Diese Frau hat unsere Familie zerstört, und du, mein Kind, bist unsolidarisch. Siehst du nicht, wie alles den Bach runtergeht? Begreifst du nicht, dass Jürgen dein Elternhaus verkaufen will? Dass es keinen Ort mehr geben wird, an den du später einmal zurückkehren kannst?

Natürlich wusste Miriam, dass es unsinnig und ungerecht war, so zu denken. Annabel würde bald ausziehen. Ob ihr das Haus überhaupt noch wichtig war oder jemals wieder sein würde, stand in den Sternen.

»Gut, dass du Patrizia magst«, sagte sie tonlos. »Du wirst mit ihr auskommen müssen, wenn du deinen Vater zukünftig besuchst.«

»Mhm.« Annabel starrte in ihre Tasse. »Du«, begann sie dann. »Papa will, dass wir mal alle zusammen essen gehen. Er, Patrizia, Felix und ich. Würde dich das stören? Denn wenn es dich stört, lasse ich es bleiben.«

UND WIE MICH DAS STÖRT!

Miriam drehte sich bei der Vorstellung, dass nun sogar Annabels Freund diese grässliche Patrizia kennenlernen sollte, der Magen um.

»Warum sollte es mich stören?«, presste sie schließlich hervor.

»Du weinst ja«, sagte Annabel erschrocken.

Aus reiner Verzweiflung begann Miriam, die Spülmaschine auszuräumen. »Ich weine nicht.« Sie flüsterte, damit ihre brechende Stimme sie nicht verriet.

Annabel schlug mit der Faust auf den Tisch.

»Du sagst nie, was wirklich los ist!«, rief sie aufgebracht. »Wenn du nicht willst, dass Felix Papas Neue kennenlernt, dann tu doch nicht so, als sei es dir egal. Warum schreist du nie? Warum flippst du nie aus?«

Um dich zu schützen. Das alles ist doch nicht deine Schuld.

Mit zitternder Hand stellte Miriam eine Tasse in den Schrank. Ein Glas. Einen Teller. »Wem würde es denn etwas nützen, wenn ich eine Szene machen würde, nur weil Felix Papas Freundin kennenlernen soll?«

»Mir würde es etwas nützen!« Auch Annabel war nun den Tränen nahe. »Weil nämlich zur Abwechslung mal irgendetwas echt wäre! Ich habe deine verlogene heile Welt so satt! Du würdest mir doch noch erzählen, alles sei in bester Ordnung, wenn du schon auf der Brücke stehen würdest, bereit zu springen.«

Mit offenem Mund starrte Miriam ihre Tochter an.

»Entschuldigung, Mama«, sagte Annabel erstickt. »Ich weiß nicht, warum ich das gesagt habe.«

Miriam hielt eine Tasse in der Hand. Eine Marienkäfertasse, rot mit schwarzen Punkten. Früher war das Annabels Lieblingstasse gewesen.

»Ich will nur Rücksicht auf dich nehmen.« Sie fühlte sich wie betäubt. »Warum wirfst du mir das vor?«

Schniefend kam Annabel zu ihr. Miriam stellte die Marienkäfertasse vorsichtig auf die Arbeitsplatte. Ihre Tochter umarmte sie, und sie hielten sich lange fest, ohne Worte zu finden.

Annabel hatte Felix erst viele Monate später zu Jürgen und Patrizia mitgenommen, und Miriam hatte sich eingeredet, dass es auch weiterhin ihre Pflicht war, die gleichmütige Mutter zu spielen. Traurig durfte sie sich zeigen, das ja. Aber tödlich verletzt? Randvoll mit Bitterkeit? Schreiend vor innerem Schmerz? Nein. Egal was Annabel ihr vorgeworfen hatte, mit diesen Gefühlen sollte keine Tochter ihre Mutter jemals sehen.

*

Nach ihrem Telefonat mit Annabel trat Miriam ans Fenster und sah nachdenklich hinaus. Die Blätter der Apfelbäume schimmerten im letzten Abendlicht.

Vielleicht sollte ich es ihr sagen, dachte Miriam. Vielleicht ist es ja sogar gut, wenn sie sieht, dass ich nicht nur Mutter, sondern auch eine Frau bin. Eine, der es sehr schlecht ging und der es im Moment sehr gut geht. Eine, die begehrt wird und begehrt.

Noch bevor es am Sonntagvormittag klingelte, hörte Miriam das Bellen.

Alles war vorbereitet. Im Hundekorb lag eine flauschige Decke, in der Küche standen Wasser- und Futternapf, im Vorraum hingen ein hübsches rotes Halsband und eine lange Lederleine.

Ganz ruhig. Es ist ein Hund, kein Adoptivkind …

Trotzdem war sie furchtbar aufgeregt, und als sie die Tür öffnete, wurde sie schwach vor Freude. Da stand er, zwischen einer strahlenden Rebecca und einem grinsenden Brandon: ihr Percy! Mit erwartungsvollem Schwanzwedeln blickte er zu ihr auf und schien sich zu fragen, wie lange er noch vor seinem eigenen Cottage herumstehen sollte.

Miriam musste lachen.

»Hey, Percy, hereinspaziert. Herzlich willkommen in deinem alten, neuen Zuhause.« Sie wandte sich lächelnd an die Wicklows. »Kommt doch herein, bitte.«

Da sie noch keine Gartenmöbel besaß, hatte Miriam Kaffee und Tee auf den Wohnzimmertisch gestellt und die Fenster weit geöffnet.

»So sieht es hier also aus«, sagte Rebecca nachdenklich. »Ich weiß, das fragt man nicht, aber ich tu's trotzdem. Würdest du mich vielleicht durchs Haus führen?«

»Du hast mir dein Haus gezeigt, ich zeige dir meins. Allerdings gibt es bei mir so wenig zu sehen, dass wir schnell durch sein werden.«

»Ich komme auch mit«, meldete sich Brandon, und nach einem Blick auf Percy fügte er hinzu: »Unser Oldie hingegen bleibt wohl lieber im Körbchen.«

Miriam ging neben Percy in die Hocke und kraulte ihn hinter den Ohren. »Du bist halt froh, wieder zu Hause zu sein, nicht wahr?«

Percy seufzte tief, ließ seine Schnauze auf die Vorderpfoten sinken und schloss die Augen. Einige Herzschläge lang betrachtete Miriam ihn, und in ihrer Brust begann es zu ziehen.

Percy war angekommen. Er war wieder dort, wo er immer hatte sein wollen.

Und sie?

Würde sie irgendwann ebenso selbstverständlich hierher gehören wie der Hund? Zum Cottage, zum Garten, zum Dorf? Megan Elliston und Lucian Brent hatten ihr das nicht vermittelt. Sie hatten ihr zu verstehen gegeben, dass sie eine Fremde war und keineswegs erwünscht. Miriam hatte in

Reedcombe noch einen langen Weg vor sich, so viel war sicher. Sie schluckte.

Denk an Dylan. Und an Kate Horton, die du im Farm Shop kennengelernt hast. Und an die Wicklows, die gerade neben dir stehen. Du willst hierher gehören? Dann tu was dafür!

Abrupt erhob sie sich. »So, jetzt zeige ich euch das Cottage. Fangen wir mit der Küche an.«

»Ich bin sonst nicht so neugierig«, entschuldigte sich Rebecca später, als sie bei Tee und Milchkaffee saßen. »Es ist nur so, dass in all den Jahren niemand in Phyllis' Cottage durfte. Kein Mensch weiß, wie es in diesen vier Wänden aussieht.«

Miriam fiel ein, was Dylan über Phyllis gesagt hatte. Sie sei mit niemandem zurechtgekommen außer mit ihrem Hund. Sie habe nur das Notwendigste gesprochen, und die Kinder im Dorf hätten Angst vor ihr gehabt.

»War sie wirklich so menschenfeindlich?«, fragte Miriam und griff nach ihrer Tasse.

»Also, ich habe mich früher jedenfalls nicht in ihre Nähe getraut«, antwortete Brandon.

»Du warst aber auch ein kleiner Angsthase«, neckte ihn seine Mutter. Sie wuschelte ihm durch die braunen Locken, woraufhin diese noch unordentlicher aussahen.

Brandon bog den Kopf beiseite.

»Mum, bitte lass das«, knurrte er.

Rebecca grinste.

»Um auf deine Frage zurückzukommen«, sagte sie, an Miriam gewandt, »ja. Phyllis war äußerst menschenfeindlich. Aber sie war es nicht ohne Grund.«

»Großmutter sagt, früher sei sie anders gewesen«, meinte Brandon. »Da hat sie den Menschen in Reedcombe mit ihren Kräutern geholfen. Sie hat sie geheilt, wenn sie krank waren, denn es gab damals keinen Arzt im Dorf. Doch dann ist etwas passiert, das Phyllis völlig verändert hat. So zumindest erzählt es Großmutter.«

»Und was war das?«, fragte Miriam neugierig.

»Ihr Mann wurde sehr krank.« Rebecca seufzte. »William und Phyllis waren noch sehr jung, und erst dachten alle, Phyllis könnte ihren Mann mit ihren Kräutern heilen, so wie sie jeden damit heilen konnte. Aber William wurde von Tag zu Tag schwächer. Nichts half. Eines Tages beschloss Williams Mutter zu handeln. Sie brachte William ins Krankenhaus, heimlich und gegen Phyllis' Willen. Doch dort …«

Sie stockte.

»William ist im Krankenhaus gestorben«, sagte Brandon stattdessen leise.

»Aber nicht an der Grippe, die die Ärzte diagnostiziert hatten«, ergänzte Rebecca. »Sondern an einer Sekundärinfektion durch Krankenhauskeime.«

Miriam schlug sich entsetzt die Hand vor den Mund.

»Phyllis gab ihrer Schwiegermutter die Schuld an Williams Tod«, fuhr Rebecca nach einer Weile fort. »Auf der Trauerfeier hatte sie einen Nervenzusammenbruch. Wie im Wahn wiederholte Phyllis ein ums andere Mal, der Garten hätte ihr in einer Vision die richtige Medizin gezeigt, und William wäre bestimmt gesund geworden, wenn seine vermaledeite Mutter ihn nicht hätte fortbringen lassen.«

»Wie schrecklich«, sagte Miriam erschüttert. »Williams Mutter muss sich entsetzliche Vorwürfe gemacht haben.«

Rebecca nickte. »Sie ist drei Monate nach ihrem Sohn gestorben. An gebrochenem Herzen, sagt man im Dorf. Jane hatte nämlich einen Infarkt, obwohl sie ihr Leben lang kerngesund gewesen war.«

Was für eine düstere Geschichte. Hatte die Trauer Phyllis verrückt werden lassen, oder hatte der Garten ihr tatsächlich eine Vision geschickt? Der seltsame Sekundenrausch fiel Miriam ein, den der blaugraue Thymian in ihr ausgelöst hatte.

»Wie ging es weiter?«, fragte sie. Sie sah hinaus zu den Apfelbäumen. »Phyllis hat ja noch sehr lange hier gelebt, oder?«

»Das hat sie. Aber nach Williams Tod hat sie niemandem mehr mit ihren Kräutern geholfen, egal wie krank der- oder diejenige war«, antwortete Rebecca. »Sie konnte es den Leuten im Dorf nicht verzeihen, dass sie ihrer Heilkunst misstraut hatten, als es darauf angekommen war. Und die Leute konnten es Phyllis nicht verzeihen, dass sie Jane mit ihren Vorwürfen in den Tod getrieben hatte.«

Miriam runzelte die Stirn. »Jane hat sich doch nicht umgebracht?«

»Nein«, mischte sich Brandon wieder ein. »Aber Großmutter sagt, dass Janes Herz ohne Phyllis' bösartige Anschuldigungen vielleicht nie gebrochen wäre. Sie hätte zwar um ihren Sohn getrauert. Doch gestorben wäre sie nicht.«

Nachdenklich kniete Miriam am Fluss und pflückte Brunnenkresse. Neben ihr im Gras lag Percy und ließ sich die

Mittagssonne aufs Fell scheinen. Die Wicklows waren wieder gegangen, doch die Geschichte, die sie erzählt hatten, hallte in Miriam nach.

So tragisch der Tod von Phyllis' Mann auch gewesen war, tragischer noch fand Miriam seine Auswirkungen. Wie sehr musste Jane darunter gelitten haben, die falsche Entscheidung getroffen zu haben. Und Phyllis … Sie hatte den Rest ihres Lebens in Einsamkeit und Verbitterung zugebracht.

Auch für uns war es ein trostloses Dasein.

Wie vom Donner gerührt hielt Miriam im Pflücken inne. Woher war das gekommen? Es war halb Flüstern gewesen, halb Gedanke; fast wie …

Plötzlich sprang Percy auf und schoss kläffend an Miriam vorbei.

Miriam zuckte zusammen, die Brunnenkresse fiel ins Wasser und trieb davon. Währenddessen hatte der alte Hund die Weide erreicht. Er starrte hinauf und bellte wie verrückt, und Miriam sah gerade noch, wie ein graues Eichhörnchen im Geäst verschwand.

»Mensch, Percy.« Miriam rappelte sich auf. »Wenn's nicht mein griesgrämiger Nachbar ist, der mich erschreckt, dann bist du es. So komme ich nie zu meinem Brunnenkressesalat.«

»Wie soll man sich denn bei dem Lärm entspannen, verdammt nochmal!«

Wieder zuckte Miriam zusammen. Hinter der Mauer stand Lucian Brent, die Hände in die Hüften gestemmt, und schaute genauso finster drein wie beim letzten Mal.

»Sie haben Ihren Hund ja wunderbar unter Kontrolle«,

schimpfte er weiter. »Ach, und ich bin nicht griesgrämig, lassen Sie sich das gesagt sein. Ich will einfach nur meine Ruhe!«

Er hatte ihre Bemerkung vorher also nicht nur gehört, sondern auch verstanden, obwohl sie Deutsch gesprochen hatte. Miriam wurde rot.

»Ich habe Sie nicht gesehen, Mr Brent. Sie müssen nach mir zum Fluss gekommen sein. Entschuldigen Sie bitte, ich wollte Sie nicht beleidigen.«

Ihr Nachbar musterte sie wortlos, dann schaute er zu Percy, der noch immer laut bellend unter der Weide stand.

Kopfschüttelnd wandte er sich ab.

Miriams Betretenheit wurde zu Empörung. War sie Mr Brent nicht einmal eine Antwort wert? Von wegen nicht griesgrämig. Etwas Griesgrämigeres als diesen Waldschrat gab es wahrscheinlich in ganz England nicht! Ihr Blick fiel auf eine Gruppe hoher Brennnesseln, und spontan riss sie einige der Stängel ab. Es brannte gehörig an den Fingern, doch das war Miriam in diesem Moment einerlei.

Sie stampfte auf die Mauer zu und knallte die Brennnesseln darauf.

»Hier, für Sie. Die passen zu Ihnen, Mr Brent. Genauso unangenehm fühlen sich nämlich die Begegnungen mit Ihnen an!«

Mit diesen Worten wirbelte sie herum und ließ ihn stehen.

Halb erwartete Miriam, dass Mr Brent noch vor seiner Rückkehr nach London bei ihr läuten würde. Entweder um sich zerknirscht für seine Unfreundlichkeit zu entschuldigen, oder um ein Streitgespräch über Brennnesseln vom Zaun zu brechen.

Doch statt ihres ruhefanatischen Nachbarn stand am Abend wie versprochen Dylan vor der Tür.

Sanft zog er sie in seine Arme.

»Ich habe dich vermisst, meine Schöne«, murmelte er in ihr Haar, und sie lächelte. So zärtlich hatte seit Jahren niemand mehr mit ihr gesprochen. Er küsste sie, und Miriam vergaß den Ärger mit Lucian Brent.

Als Dylan seine Hände unter ihr Shirt schob und Miriams Brustwarzen sich aufrichteten, vergaß sie auch alles andere.

Im Schlafzimmer schenkte er ihr den ersten Orgasmus.

Auf dem Küchenfußboden den zweiten.

Danach strich sie mit den Fingerspitzen über seine warme, glatte Haut und dachte staunend: Eine Ewigkeit lang war ich verheiratet. Und all die Jahre über hatte ich keine Ahnung, dass Sex so unfassbar gut sein kann.

Leider wollte Dylan nicht über Nacht bleiben. Er hatte eine separate kleine Wohnung in einem Seitenflügel von Ivystone Manor, und da sein Arbeitstag sehr früh begann, schlief er lieber dort.

Im Grunde war es Miriam ganz recht so. Ihr Bett war nicht sehr breit, und eine Nacht darin zu zweit wäre wohl wenig erholsam gewesen. Also verabredeten sie sich unter vielen Küssen für die nächste Woche.

Dylan stieg in sein Auto und verschwand mit röhrendem Motor in der Dunkelheit.

Zu viel Testosteron, dachte Miriam grinsend, als sie ihm nachsah.

Ihr Kopfkissen duftete nach seinem Aftershave.

Satt und zufrieden schlief sie ein.

Als Miriam am nächsten Morgen erwachte, fühlte sie sich beschwingt und fröhlich. Sie fütterte Percy und kochte sich selbst einen Tee. Dann stieg sie in ihre Gummistiefel und ging mit dem ungeduldigen Hund zur Hintertür hinaus, um die neue Woche im Garten zu begrüßen.

Es war ein magisch schöner Morgen, Dunst und Tautropfen und Amselgesang.

»Was meinst du, Percy, machen wir einen kleinen Spaziergang durch Reedcombe?«

Doch ihr Hund schien andere Pläne zu haben. Zielstrebig rannte er durch den Garten und verschwand zwischen Büschen und Bäumen. Offensichtlich wollte er zu seinem Lieblingsplatz ans Wasser.

Mit der Tasse in der Hand ging Miriam Percy nach. Sie lachte leise. Dass sie ihren Tee einmal in Nachthemd und Gummistiefeln an einem Fluss trinken würde, hätte sie sich niemals träumen lassen.

Als sie das Ufer erreichte, bewachte Percy bereits die Weide an der Stelle, wo gestern das Eichhörnchen verschwunden war.

»Du Dussel, das ist doch längst weg«, sagte Miriam lachend.

Und dann fiel ihr Blick auf die Mauer.

Die Brennnesseln waren fort, und an der Stelle, wo Miriam sie gestern wutentbrannt hingeknallt hatte, lag nun ein Blatt Papier, sorgfältig mit einem Stein beschwert.

»Den neuen Nachbarn muss bewähren erst die Zeit.«

Ich dachte, ich halte es mit der Weisheit des alten Aischylos, doch offensichtlich war ich Ihnen gegenüber nicht zurückhaltend, sondern grob. Dafür entschuldige ich mich.

Lucian Brent

Miriam las die Nachricht noch einmal.

War sie nun freundlich oder kühl?

Eine echte oder eine zähneknirschende Entschuldigung?

Und wer war der alte Aischylos?

»Komm mit, Percy«, murmelte Miriam. »Wir gehen nachher nochmal raus. Ich muss etwas googeln.«

»Aischylos, 525 – 456 v. Chr., erster der drei großen griechischen Tragödiendichter vor Sophokles und Euripides«, las sie.

Miriam stützte das Kinn auf ihre Faust.

Ein Tragödiendichter war er also, »der alte Aischylos«. Wie peinlich, dass sein Name ihr rein gar nichts gesagt hatte, während Lucian Brent das Zitat mal eben so aus dem Handgelenk geschüttelt hatte.

Was ihr Nachbar wohl von Beruf war?

Spontan googelte sie auch Lucian Brent. Sie wurde rasch fündig, und ihre Augen weiteten sich: Er war Professor für Alte Geschichte und Klassische Philologie an einer der renommiertesten Universitäten Londons. Kein Wunder, dass der Mann beim Lesen gern seine Ruhe hatte. Leichte Kost war seine Wochenendlektüre höchstwahrscheinlich nicht.

Unwillkürlich flog Miriams Blick vom Computer zum Couchtisch. Darauf lagen eine Gartenzeitschrift, ein Liebesroman und ein Krimi. Nicht gerade Aischylos, dachte sie betreten.

Doch dann straffte sie energisch die Schultern. Ihre ganze Ehe hindurch hatte sie sich Jürgen unterlegen gefühlt. Jürgen, der sich überall besser ausgekannt hatte, nicht nur in medizinischen Dingen, sondern auch in Fragen der Wirtschaft, Politik und Kultur, und der Miriam seine Überlegenheit immer deutlicher zu verstehen gegeben hatte. In den letzten Jahren hatte Miriam es kaum mehr gewagt, sich in Gesellschaft an Diskussionen zu beteiligen.

Aber jetzt war Schluss mit den Komplexen! Professor hin oder her, sie würde Mr Brent auf Augenhöhe begegnen. Hatte sie es etwa nicht geschafft, sich auf Englisch durch einen komplizierten Hauskauf zu kämpfen? Und den bezaubernden Garten nach und nach zu erobern? Das war ja wohl auch nicht viel schlechter, als einen griechischen Tragödiendichter zu zitieren.

Aus Phyllis' Tagebüchern, 1980

Heute ist mein fünfzigster Geburtstag, und wie immer habe ich ihn inmitten meiner Lieben gefeiert. Thymian, Salbei, Balsamkraut. Sie alle haben mir gratuliert, flüsternd und in Visionen. Ich glaube auch, dass William hier war, ich konnte ihn einen Moment lang in meiner Nähe spüren.

Obwohl er es sicher besser hat, dort, wo er jetzt ist. Denn England geht es schlecht, daran kann auch Mrs Thatcher nichts ändern. Ich bin bloß froh, genügsam zu sein. Und meine Gelegenheitsarbeiten in den umliegenden Dörfern zu haben, und meine Apfelbäume und Hagebutten und den Fluss mit seinen fetten Fischen.

Reedcombe hingegen leidet. Die Alten verlieren ihre Arbeit, die Jungen ziehen fort, ein Laden nach dem anderen muss schließen. Langsam, aber sicher schläft das Dorf ein.

Eigentlich sollte ich mich darüber freuen. Stattdessen verspüre ich doch tatsächlich so etwas wie … Mitleid?

Mitleid! Das haben mir sicherlich meine Lieben eingeflüstert. Hinterlistige Bande!

Juni

»Im Juni beginnt die Blütezeit des Borretschs (Borago officinalis). Wo dieses Kraut sich wohlfühlt, da gedeiht es mühelos und in prächtiger Fülle. Die gehackten Blättchen des Borretsch passen gut zu Gurkensalat, und ein Tee aus seinen Blüten soll die übersinnlichen Fähigkeiten verstärken. Vorausgesetzt natürlich, dass diese schon in einem schlummern.«

Aus: Devons umfassende Kräuterfibel (vergriffen)

*

Der Sommer war eingezogen, und voller Elan werkelte Miriam im Garten.

Sie jätete Unkraut und schob Phyllis' alten Rasenmäher über die Wiese. Die Apfelbäume hatten einen Teil ihrer Früchte abgeworfen, und Miriam sammelte die kleinen grünen Äpfel in großen Körben ein. Sie wusste, der sogenannte Junifall würde dafür sorgen, dass die restlichen Früchte sich besser entwickelten, und freute sich schon jetzt auf Apfelkuchen und Gelee. Im Farm Shop kaufte sie unter Mrs Ellistons missbilligenden Blicken einen organischen Dünger, den sie großzügig auf den Baumscheiben verteilte. Den Rest des Düngers gönnte sie den Wildrosen, die nun duftige Blütenwolken trugen und dem baumbestandenen Weg zum Fluss etwas Märchenhaftes verliehen.

Miriam liebte es, ihren neuen Garten zu pflegen.

Und am meisten liebte sie die Kräuter.

Sie hatte mittlerweile sämtliche Beete freigelegt, und mit

jedem Pflanzenschatz, den sie geborgen hatte, war ihre Begeisterung größer geworden. Es gab Schnittlauch, Dill und Engelwurz. Eberraute, Kamille und Ringelblume. Zwei Sorten Estragon, zehn von Majoran, zwölf von Rosmarin und ganze 35 Lavendelsorten. Alles war in Hülle und Fülle vorhanden und strotzte vor Duft und Pracht.

Einiges jedoch war seltsam.

So schmeckten manche der Kräuter anders, als Miriam sie kannte. Der Borretsch hatte ein solch feines Aroma, dass Miriam sich aus seinen Sternblüten täglich eine Tasse Tee aufbrühte. Manche Kräuter, die eigentlich einen Winterschutz benötigt hätten, hatten ohne jegliche Pflege überlebt. Die Einjährigen hatten sich selbst ausgesamt, aber nicht quer über den Garten verteilt, sondern ordentlich beschränkt auf ihre Beete. Die meisten Kräuter dufteten und schmeckten wunderbar, es waren ganz normale Pflanzen, doch manche waren eben … *anders.*

Was Miriam mit dem blaugrauen Thymian erlebt hatte, wiederholte sich.

Auch der goldüberstäubte Salbei führte, sobald Miriam sich eines seiner Blätter auf die Zunge gelegt hatte, zu einem Blitzrausch. Ebenso das Balsamkraut. Und der weiße Lavendel. Als Miriam die harmlos anmutende Melisse kostete, war ungeahnte Energie durch ihren Körper geströmt. Beim intensiven Schnuppern an einer bestimmten Rosmarinsorte empfand sie plötzlich großes Mitleid.

Hexenkräuter, gut versteckt zwischen harmlosem Grünzeug …

Zuerst hatte sie sich noch jedes Mal erschreckt, doch inzwischen war sie vertrauter mit den Wirkungsweisen dieser besonderen Kräuter geworden. Sie kam ihren unterschiedlichen Wesen auf die Spur. Mehr noch, es war, als könnte sie sich immer mehr in sie einfühlen. Erspüren, welche Essenz die jeweilige Pflanze ausmachte. Und obwohl sie sich zugleich ein wenig verrückt fand, kam es ihr so vor, als habe die tiefe Verbundenheit mit diesen Pflanzen schon immer zu ihr gehört; als hätten Phyllis' Kräuter und sie sich endlich gefunden.

Eines Samstags ging sie in aller Frühe mit Percy zum Fluss. Der alte Rüde hatte sich längst durchgesetzt: Die erste Runde des Tages ging nicht durch Reedcombe oder in die freie Natur, sondern einmal quer durch den ganzen Garten.

Nachdem sie dem grimmigen Professor die Brennnesseln auf die Mauer geknallt und er mit seiner kryptischen Nachricht geantwortet hatte, dachte sie kaum mehr an Lucian Brent und hatte ihn seitdem auch nicht mehr zu Gesicht bekommen. Heute jedoch erspähte Miriam ihn schon von Weitem.

Trotz der frühen Stunde saß Professor Brent im Schneidersitz am Ufer über das unvermeidliche Buch gebeugt. Miriam straffte die Schultern, um sich zu wappnen. Wer wusste schon, was der kauzige Kerl ihr diesmal vorwerfen würde. Vielleicht, dass sie zu laut atmete?

Als er sie kommen hörte, wandte er den Kopf und schaute sie über die Mauer hinweg an. Stumm ging Miriam weiter, bis auch sie das Ufer erreicht hatte. Dort blieb sie stehen und verschränkte die Arme vor der Brust. Den höflichen Gruß, der ihr auf der Zunge lag, schluckte sie hinunter. Stattdessen zwang sie sich, Mr Brents Blick ohne ein Lächeln standzuhalten. Immer war sie bislang höflich gewesen, er jedoch nicht einmal im Ansatz. Diesmal drehte sie den Spieß einfach um.

Schweigen.

Percy setzte sich irritiert neben Miriams Fuß, legte den Kopf schief und wartete.

Schließlich rang ihr Nachbar sich ab: »Mrs Weiden.«

»Mr Brent.«

Wieder Schweigen.

Ihr Nachbar räusperte sich, und er fragte: »Wie geht es Ihnen?«

»Hervorragend«, antwortete Miriam. »Danke. Und wie geht es Ihnen?«

»Hm«, machte Mr Brent.

War der Mann denn auf einer einsamen Insel aufgewachsen? Anders war es kaum zu erklären, dass ihm schon die banalste Konversation so schwerfiel.

Miriam starrte ihn fassungslos an.

Plötzlich fing sie an zu lachen. Es war doch zu absurd, wie Mr Brent und sie miteinander umgingen! Dass sie es noch nicht mal schafften, ein paar belanglose Sätze über das Wetter zu wechseln und sich dann geflissentlich zu ignorieren …

»Wie kommen Sie eigentlich mit Ihren Studenten zurecht?«, platzte sie heraus. »Wo Sie so ungern kommunizieren. Ich stelle mir das in Seminaren oder bei Prüfungen hinderlich vor.«

Seine Miene verschloss sich. »Woher wissen Sie, was ich von Beruf bin?«

Das Lachen blieb Miriam im Halse stecken.

»Ich habe Sie gegoogelt«, gestand sie und fügte trotzig hinzu: »Aber Sie sind selbst schuld daran. Hätten Sie in Ihrer Nachricht an mich besser nicht mit dem alten Aischylos angegeben.«

»Angegeben?« Nun wirkte ihr Nachbar verwirrt. »Wie meinen Sie das?«

»Ach kommen Sie«, antwortete Miriam und deutete auf sein Buch. »Es bleibt Ihnen ja unbenommen, sich mit jahrtausendealter Lektüre zu vergnügen. Aber Ihnen muss doch klar sein, dass Normalsterbliche wie ich weder Aischylos noch Sophokles lesen, oder etwa nicht?«

Mr Brent musterte sie. Dann hob er sein Buch in die Höhe.

»Tod im Nebel. Meines Wissens nach nicht Jahrtausende, sondern allerhöchstens ein paar Monate alt. Und ein hochaktueller Bestseller, wenn ich das auch noch anmerken darf.«

»Sie lesen Krimis?«

»Ja. Warum denn auch nicht? Sie haben doch nicht ernsthaft angenommen, dass ich mich an den Wochenenden mit der Lektüre griechischer Tragödien entspanne?«

Doch, hatte sie.

»Natürlich nicht. Ich dachte nur, weil Sie so viel Ruhe brauchen und … Na ja, ich meine, Sie reagieren schon sehr ungnädig, wenn man Sie stört.«

»Das tut mir leid«, sagte Mr Brent.

»Schon in Ordnung«, murmelte Miriam. Hatte er das gerade wirklich gesagt?

Er legte sein Buch beiseite, stand auf und kam näher.

Dann fragte er zögernd: »Frieden?«

Miriam nickte. »Frieden.«

Über die Mauer hinweg schüttelten sie sich die Hände.

»Also nochmal von vorn. Ich bin Miriam.«

»Lucian.« Er ließ ihre Hand los. »Tja dann … Auf gute Nachbarschaft, Miriam.«

»Das wünsche ich uns ebenfalls.«

Einen Moment lang ruhte sein Blick noch auf ihrem Gesicht. Dann wandte er sich ab. »Mein Krimi ist sehr spannend. Wenn du mich nun bitte entschuldigen würdest.«

»Selbstverständlich«, sagte Miriam.

Lucian setzte sich wieder an den Fluss.

Nachdenklich ging Miriam zum Cottage zurück. Ihr Nachbar war nach wie vor abweisend. Aber immerhin bestand zwischen ihnen nun keine Feindschaft mehr.

Das war doch immerhin ein Anfang.

»Ich könnte tagelang mit dir im Bett liegen«, raunte Dylan ihr am Abend ins Ohr. »Dich anschauen, dich berühren. Hier … und hier … und hier.«

Mit einem leisen Lachen schob Miriam seine Hände beiseite. »Bitte hör auf! Noch mehr Orgasmen überlebe ich nicht.«

Seine grauen Augen funkelten begehrlich. »Bist du da sicher?«

»Nein.« Sie küsste Dylan auf den Mund. »Aber ich bin sicher, dass ich Hunger habe. Außerdem muss Percy raus. Wie wär's, wenn wir im Dorf was essen gehen?«

Dylans Finger zeichneten die Linie ihres Körpers nach. »Im Dorf. Das klingt, als würdest du woanders leben.«

»So kommt es mir auch vor. Nach meinem Cottage ist schließlich nur noch freie Natur, und selbst Lucians Haus liegt ein schönes Stück weit entfernt.«

»Wer ist Lucian?«

»Mein Nachbar. Er ist nur an den Wochenenden hier, sonst lebt er in London. Ein etwas sonderbarer Eigenbrötler, der Mann.«

»Aha.« Dylans Interesse an Lucian hielt sich in Grenzen. »Also, wenn du Hunger hast … Wir können eigentlich nur ins Pub gehen, etwas anderes gibt es in Reedcombe nicht.«

»Reicht doch. Ins Black Horse wollte ich schon lange mal.«

»Bist du denn scharf auf Pub Food?«

Miriam stand auf und griff nach ihrem BH. »Im Moment bin ich scharf auf alles, was satt macht.«

»Und ich bin scharf auf dich«, sagte Dylan, nahm ihr den BH aus den Händen und zog sie zurück ins Bett.

Irgendwann später knurrte Miriams Magen so laut, dass er sogar Percys Winseln übertönte. Selbst Dylan sah ein, dass es Zeit wurde, etwas zu essen.

Den hektisch herumschnüffelnden Hund an der Leine betraten sie das Pub. Mit dem Teppichboden, den holzgetäfelten Wänden und zahlreichen Zapfhähnen, die verschiedene Sorten »Real Ale« versprachen, fand Miriam das Black Horse typisch englisch und zudem sehr gemütlich. Wenn sich nicht sofort, nachdem sie eingetreten waren, aller Augen auf sie gerichtet hätten.

»Jeder hier im Raum starrt uns an«, flüsterte sie unbehaglich, während Dylan sie an einen freien Tisch führte.

»Was hast du erwartet? Das ist Reedcombe.« Er zwinkerte ihr zu. »Morgen würde es in der Zeitung stehen, wenn dieses Kaff eine hätte. Pass auf, wie klingt das: Dylan T., Geschäftsführer von Ivystone Manor, wurde im Pub mit einer Deutschen gesehen. Miriam W. bewohnt seit April das Hexenhaus am Fluss. Zuverlässige Quellen berichten, Dylan T. sei der blonden Schönheit vom ersten Tag an verfallen.«

Miriam lachte verlegen. »Ich wusste gar nicht, dass du so albern sein kannst.«

»Bin ich nicht. Ist alles die reinste Wahrheit.« Sie saßen einander gegenüber, und Dylan legte seine Hand auf ihre. »Deshalb habe ich dir deinen Koffer getragen, erinnerst du dich? Ich habe dich gesehen und mich auf der Stelle in dich verliebt.«

»Wie kann das sein? Ich war doch ein einziger Trauerkloß, als ich auf Ivystone Manor ankam. Nicht sehr anziehend.«

»Warum machst du dich so klein?« Dylan lächelte, doch sein Blick war ernst geworden. Mit dem Daumen streichelte er ihren Handrücken. »Du bist eine hinreißende Frau!«

»Mein Ex würde dir da entschieden widersprechen«, sagte Miriam, und wie aus heiterem Himmel kam die alte Bitterkeit zurück.

Sie senkte den Blick. Wie lange würde es dauern, bis auch Dylan genug von ihr haben und sie verlassen würde? Sie passten doch gar nicht zusammen. Er, der junge, attraktive Dylan Thomas und sie, die viel ältere und geschiedene Miriam Weiden.

Plötzlich spürte Miriam die sensationslüsternen Blicke der anderen Gäste im Pub wie Nadelstiche auf der Haut.

»Dein Ex ist ein Volltrottel«, sagte Dylan rau. »Und mir scheint, er hat dein Selbstbewusstsein nicht wenig beschädigt.«

Miriam schottete sich gegen die Blicke der neugierigen Reedcomber ab, so gut es ging. Dann hob sie den Kopf.

»Reden wir nicht über die Vergangenheit. Ich hätte nicht von Jürgen anfangen sollen, er ist … Er ist nicht mehr wichtig.«

Doch im selben Moment erkannte Miriam, dass das nicht stimmte, denn Jürgen wirkte in ihr fort. Noch immer sah sie sich mit seinen Augen. Noch immer übernahm sie sein Urteil.

In diesem Augenblick stieg ein heißer, verzweifelter Zorn in ihr auf. Sie hasste Jürgen! Für all die verletzenden Worte, die subtilen Demütigungen, die abfälligen Blicke auf ihren Körper und den billigen Betrug mit einer Jüngeren. Ihr Exmann widerte sie an, so sehr, dass ihr schlecht davon wurde.

»Entschuldige mich«, sagte sie mit gepresster Stimme, sprang auf und eilte aufs WC.

Dort stützte sie ihre Hände auf den Rand des Waschbeckens und schloss die Augen, während sie zitternd darauf wartete, dass die Übelkeit nachließ.

*

Jürgen hatte vor dem Spiegel im Schlafzimmer gestanden und sich die Krawatte gebunden. Sie passte perfekt zu seinem Anzug und dem frisch gebügelten Hemd; bei der Auswahl seiner Kleidung konnte Jürgen sich auf Miriam verlassen.

»Am besten lächelst du viel und hältst dich ansonsten im Hintergrund«, sagte er, während er den Knoten der Krawatte festzurrte.

»Was soll das denn heißen?« Miriam sah ihn irritiert an. »Dass ich den Mund halten soll?«

»Liebes, das ist eine sehr wichtige Veranstaltung für mich.« Jürgen strich sich durchs Haar. Es wurde allmählich schütter. Einen Moment lang noch betrachtete er sich unzufrieden im Spiegel, dann sah er Miriam in die Augen.

»Es geht um Spendengelder für das Krankenhaus in Millionenhöhe. Da wäre es schon gut, wenn es keine Patzer gäbe.«

»Patzer?« Miriam starrte ihn an. »Soll das heißen, dass ich Blödsinn rede, wenn ich den Mund aufmache, oder wie?«

Jürgen seufzte. »Nein, natürlich nicht. Aber ... Miri, du weißt, ich finde es ganz toll, wie du dich hier um alles kümmerst. Um Annabel und um das Haus.«

Er trat zu ihr und zog sie an sich. »Aber die Frauen meiner Kollegen sind anders. Sie stehen im Arbeitsleben, sind akademisch gebildet, viele von ihnen promoviert. Da bist du mit deinem abgebrochenen Studium ...«

Miriam riss sich von ihm los. »Ich habe mein Studium nicht abgebrochen, weil ich es nicht geschafft habe, sondern weil dir das Kondom geplatzt ist!«

»Nun sei doch nicht gleich so aufbrausend.« Jürgen massierte mit zwei Fingern seine Nasenwurzel. »Ich verlange lediglich von dir, dass du mich nicht blamierst, okay?«

»Dann geh besser allein zu dieser wichtigen Veranstaltung.« Miriam war den Tränen nahe. »Wenn ich nicht dabei bin, brauchst du dich auch nicht für mich zu schämen.«

Jürgen ließ die Hand sinken.

»Kriegst du deine Tage?«, fragte er kühl. »Oder warum brichst du ausgerechnet heute wegen nichts und wieder nichts einen Streit vom Zaun? Aber gut, wie du willst. Dann gehe ich eben allein.«

Und das tat er.

Als Jürgen spät in der Nacht zurückkam, entschuldigte Miriam sich gleich bei ihm. Es tat ihr leid, dass sie ihrem Mann eine Szene gemacht hatte, statt ihn zu unterstützen. Und wenn die Unterstützung nur darin bestand, den Mund zu halten.

Kleinlaut fragte sie: »War dein Abend erfolgreich?«

»Extrem. Alles unter Dach und Fach«, antwortete Jürgen. Mit einem schmalen Lächeln fügte er hinzu: »Aber du warst ja auch nicht dabei.«

*

»Zum Teufel hätte ich ihn schicken sollen«, murmelte Miriam.

Ihre Hände krallten sich um den kalten Waschbeckenrand.

»Zum Teufel hätte ich ihn schicken sollen, und meine verdammte Demut und Harmoniesucht gleich dazu!«

Doch mit ihrer Entschuldigung hatte sie das Gegenteil getan.

Miriam hob den Kopf und sah in den Spiegel, der ungeputzt war und einen Sprung hatte. Hier stand sie, bleich und zitternd, vor dem Spiegel im Toilettenraum eines englischen Pubs, und in ihrer Seele tobte ein Zorn, der schon vor Jahren hätte ausbrechen sollen.

Ist es zu spät, das Leben in die richtigen Bahnen zu lenken? Zu spät, sich aufzurichten? Zu spät für ein neues Selbstbild?

In dem halb blinden Spiegel starrte Miriam sich an.

Ich habe mich getraut, in ein anderes Land zu ziehen. Mir ein Cottage mit Garten am Fluss zu kaufen. Ich habe die Freude am Sex wiedergefunden. Ich habe endlich einen Hund und Kräuter, deren Wesen ich erspüren kann. Es ist nicht zu spät. Es ist für nichts zu spät.

Die Übelkeit ließ nach.

Auch der brennende Hass auf Jürgen erlosch. Übrig blieb nur ein kaum wahrnehmbarer Schatten auf ihrer Seele.

Miriam ließ das Waschbecken los, holte tief Luft und ging zurück zu Dylan.

Sie bestellten sich »Devilled Whitebait«, frittierte Fische mit dunklem, gebuttertem Brot. Die Fische waren winzig, keine drei Zentimeter lang, und es kostete Miriam einige Überwindung, sich den ersten in den Mund zu stecken. Doch der leicht pfeffrige Fisch schmeckte wunderbar, und als Miriam satt war, ging es ihr besser.

Statt sich vorzuwerfen, dass sie hätte aufbegehren sollen damals, sich von Jürgen nicht hätte kleinmachen lassen dürfen all die Jahre, tat es ihr viel besser, sich jetzt auf Dylan zu konzentrieren, der sich alle Mühe gab, sie von der Erinnerung an ihren Exmann abzulenken. Er gab launige Anekdoten aus seiner Kindheit zum Besten, wie zum Beispiel von seinem Kindermädchen. Dieses hatte stets hochgeschlossene Kleider getragen, wie Dylans Mutter es verlangt hatte, doch einmal hatte der kleine Dylan sie in Unterwäsche überrascht.

»Ich wollte, dass sie mir mit einem Papierflieger hilft, und bin, ohne anzuklopfen, in ihr Zimmer geplatzt«, sagte er grinsend.

»Lass mich raten. Sie war so schön, dass du noch Jahre später von ihr geträumt hast.«

»Äh, nein. Erstens war ich fünf und hatte vergleichsweise wenig Interesse an weiblicher Schönheit, und zweitens war Sallys Körper über und über mit Tattoos bedeckt. Kannst du dir vorstellen, wie erschrocken ich war? Mein Kindermädchen! Eine, die mir jeden Abend vom kleinen Hasen vorlas. Sie hatte einen Totenkopf auf dem Bauch, und um ihre Brüste wanden sich Seeschlangen.«

Miriam kicherte. »Du Armer. Schon mit fünf Jahren einen solchen Schock erleiden zu müssen …«

»Spotte nicht«, sagte Dylan mit gespielter Strenge. »Ich kann Tattoos auf Frauenkörpern immer noch nicht ertragen.«

»Auch keine harmlosen kleinen Rosen?«

»Keine Rosen, keine Schmetterlinge, keine Ornamente. Selbst ein Delfin auf dem Schulterblatt löst bei mir Panikattacken aus.«

»Da hast du ja richtig Glück mit mir.«

»Ich weiß.« Dylan sah ihr tief in die Augen. »Aber ich sollte mich besser nochmal davon überzeugen. Womöglich versteckt sich doch irgendwo eine harmlose kleine Rose. Wie wäre es mit morgen Mittag? Ich bringe uns Lunchpakete aus der Hotelküche mit, wir machen ein Sonntagspicknick in deinem verwunschenen Garten, und die Tattoo-Suche ist unser Dessert.«

»Du kriegst wohl nie genug, hm?«

»Nein. Schlimm?«

»Überhaupt nicht.«

Über den Tisch hinweg lächelten sie sich an.

In diesem Moment kam eine mollige dunkelhaarige Frau auf ihren Tisch zu und begrüßte Miriam herzlich.

»Na, das ist ja eine Überraschung! Endlich bekomme ich Sie mal wieder zu Gesicht.« Sie wandte sich an Dylan. »Hey, Mr Thomas. Wie geht's?«

Miriam brauchte ein paar Sekunden, bis sie die Frau wiedererkannte. Es war Kate Horton, die sie im Farm Shop gegen die feindselige Megan Elliston unterstützt hatte.

»Möchten Sie sich zu uns setzen, Mrs Horton?«, fragte Miriam und wies auf einen der freien Stühle.

»O nein, nein, nein. Ich bin mit meinem Mann und meiner Tochter hier. Hatte keine Lust zu kochen. Aber bitte nennen Sie mich doch Kate. Und darf ich Miriam sagen?«

Miriam grinste. Erfrischend direkt war sie, diese Kate Horton. »Sehr gern.«

»Wunderbar.« Kate strahlte. Dann wandte sie sich um und rief: »Freddy, Stella! Kommt doch mal her!«

Nun besaßen sie endgültig die Aufmerksamkeit des gesamten Pubs. Doch anders als vorher machte es Miriam nun nichts mehr aus.

Kates Mann kam nun auch zu ihrem Tisch, gefolgt von der Tochter, einem dünnen Mädchen im Teenageralter, die nur kurz aufsah und sich dann sofort wieder ihrem Smartphone widmete. Freddy, von ähnlicher Statur wie seine Frau, schüttelte Miriam freundlich die Hand.

»Hab schon viel von Ihnen gehört«, sagte er.

»Ach ja?«

Kate lachte. »Ich habe natürlich von dir erzählt. Wenn ich schon mal was erlebe … Miriam, du musst unbedingt zum Tee kommen. Ich habe das ernst gemeint beim letzten Mal, weißt du?«

»Und ich habe es ehrlich gesagt für eine Floskel gehalten«, gestand Miriam und lächelte. »In den Büchern über England steht, man dürfe die erste Einladung eines Fremden nicht für bare Münze nehmen, das sei eine reine Höflichkeitsfloskel.«

»Du solltest nicht alles glauben, was über uns Engländer geschrieben wird.« Kate lächelte breit. »Aber wenn es dir unangenehm ist, meine Einladung anzunehmen, drehen wir den Spieß doch einfach um, und ich komme zu dir, was hältst du davon?«

»Das ist eine gute Idee! Besuch mich, wann immer du willst, Kate.«

Sie verabredeten sich für den folgenden Mittwoch. Miriam erzählte, dass Mrs Elliston sich beim Kassieren mittlerweile auf eisiges Schweigen verlegt habe, und Freddy fragte Dylan, wie es mit der Zimmerbelegung auf Ivystone Manor laufe, während Stellas Miene und Laune sich zusehends verdüsterten.

»Können wir dann irgendwann auch mal was essen?«, maulte sie schließlich.

»Aber ja, Schätzchen, such uns doch schon mal einen Tisch. Wir kommen gleich.« Kate seufzte. »Immer hungrig, das Mädchen. Und dabei so schlank. Aber das ist das Privileg der Jugend …«

»Gott, Mama, du bist so peinlich.« Stella verdrehte die Augen und zog ab.

»Pubertät«, brummte Freddy.

Kate lachte nur. Dann verabschiedeten sie sich und folgten ihrer Tochter an einen freien Tisch.

Dylan blickte ihnen nach. »War deine Tochter auch so schlecht gelaunt wie Stella, als sie in dem Alter war?«

Miriam schluckte. Sie hatte bisher nicht viel von Annabel erzählt. Dylan wusste kaum mehr, als dass es sie gab. Denn obwohl Annabel ein wichtiger Teil ihres Lebens war, scheute Miriam sich, mit ihrem Liebhaber über sie zu sprechen. Wahrscheinlich, weil ihre Tochter nur acht Jahre jünger war als er.

»Manchmal war sie vielleicht gereizt«, antwortete Miriam widerwillig. »Aber es hat mich nie sonderlich gestört. Das gehört halt dazu, und wenn es vorüber ist … dann zieht das Kind bald aus. Also lieber ein bisschen Gezicke, dachte ich mir.«

»Du liebst sie sehr«, stellte Dylan fest.

»Selbstverständlich. Sie ist meine Tochter.«

Dylan zuckte mit den Schultern. »Das muss nichts heißen. Meine Mutter und mein Vater mögen mich, aber ob sie mich lieben? Keine Ahnung.«

Miriams Augen wurden tellerrund. »Du zweifelst an der Liebe deiner Eltern?«

»Nun schau nicht so erschrocken.« Er hob einen Mundwinkel. »Ich hatte ja meine Kindermädchen. Mit sechs bin ich ins Internat gekommen und war sowieso nur noch in den Ferien zu Hause. Da war es von Vorteil, kein Muttersöhnchen zu sein, sonst hätte ich womöglich Heimweh gehabt.«

Miriam war sprachlos.

Lässig lehnte Dylan in seinem Stuhl, die Ärmel seines teuren Hemds aufgekrempelt, das dunkelblonde Haar dicht und glänzend. Er sah aus wie ein Burberry-Model, würde einmal den Titel eines Baronets tragen und stand zweifellos auf der Sonnenseite des Lebens. Doch als Miriam sich das einsame Kind vorstellte, das dieser Mann einmal gewesen war, schnürte es ihr das Herz zusammen.

Die Nacht auf Sonntag brachte Wind und Wolken. Als Miriam morgens aus dem Fenster blickte, sah es nach Regen aus, und sie fürchtete, dass aus dem Picknick mit Dylan nichts würde. Doch gegen Mittag brach die Sonne wieder hinter den Wolken hervor, ohne dass auch nur ein einziger Regentropfen gefallen wäre. Der Himmel über Südengland sparte offenbar in diesem Sommer mit seinem Wasser. Die Frage war nur: wofür?

Statt eines Lunchpakets aus belegten Brötchen und Äpfeln, das Miriam erwartet hatte, kam Dylan mit einem riesigen Picknickkorb an. In diesem, verkündete er stolz, würden sich nicht nur Geschirr und Weingläser befinden, sondern auch

Servietten, ein großes Leintuch, ein Korkenzieher, eine Flasche Weißwein und etliche Köstlichkeiten. Allerdings verbot er Miriam, einen Blick in den Korb zu werfen.

»Erst suchen wir uns einen passenden Platz aus«, sagte er bestimmt.

Sie schlenderten durch den Garten. Percy wollte wieder zum Fluss, doch diesmal folgte Miriam ihm nicht. Stattdessen ließen sie und Dylan sich zwischen den Kräuterbeeten nieder.

»Ein Picknick zwischen Schnittlauch und Rosmarin«, sagte Miriam strahlend, als sie Dylan auf dem cremeweißen Leintuch gegenübersaß. »Das gefällt mir.«

Sie deutete auf den Weidenkorb. »Nun lass aber mal sehen, was du mitgebracht hast.«

»Erst musst du mir einen Kuss geben«, forderte Dylan. »Sonst gibt es nichts zu essen.«

»Ach!« Miriam setzte sich rittlings auf seinen Schoß und verschränkte die Hände in seinem Nacken. »Das nennt man Erpressung, mein Lieber.«

»Nein«, raunte er. »Das nennt man Appetithäppchen.«

Sie lachte und drückte ihren Mund auf seinen. Der Wind strich über ihre Arme, Dylan schmeckte nach Pfefferminze, und Miriam staunte plötzlich darüber, wie glücklich sie sein konnte, wie unbeschwert sie sich fühlte.

»Gebratene Datteln im Speckmantel«, flüsterte Dylan an ihren Lippen. »Mousse aus Ziegenkäse und Tomaten, gebeizter Lachs, Truthahn-Sandwiches mit hausgemachter Mayonnaise, Blaubeerkuchen, Melonenwürfel und Walderdbeeren. Na, Hunger?«

Miriam vergrub die Hände in seinem Haar und murmelte: »Und wie.«

»Du bist eine Zauberin«, sagte Dylan später.

Sie hatten gegessen, Chardonnay getrunken und sich geliebt, und nun lagen sie nackt in der Sonne. Percy, dem es allein am Fluss wohl zu langweilig geworden war, döste ein paar Meter entfernt im hohen Gras.

Träge fragte Miriam: »Warum bin ich eine Zauberin?«

»Weil du mich um den Verstand bringst.« Sie spürte seinen heißen Atem an ihrem Ohr. »Ich erkenne mich selbst nicht mehr. Bis du hier aufgetaucht bist, Miriam, habe ich in jeder freien Minute gearbeitet. Auch sonntags. Ich hatte natürlich Freundinnen, aber sie haben mich nicht annähernd so sehr interessiert wie das Hotel. Und glaub mir, ich hatte *niemals* Sex zwischen Küchenkräutern!«

Miriam lachte leise. »Inspirierend, so ein Beet voller Schnittlauch, hm?«

»Sehr inspirierend. Wahrscheinlich bin ich jetzt für alle Zeiten auf Schnittlauch geprägt. Ohne Schnittlauch in der Nähe geht gar nichts mehr.« Er biss sie leicht ins Ohr.

»Und was«, fragte Miriam kichernd, »machen wir dann im Winter?«

»Ins beheizte Gewächshaus gehen«, schlug Dylan mit einem schelmischen Lächeln vor.

»Aber ich habe keins.«

»Dann schenk ich dir eins.«

»So viel bin ich dir wert?«

»Noch viel mehr. Ich sagte doch, du hast mich verzaubert.«

Dylan setzte sich auf und fuhr sich mit beiden Händen durch die Haare. Miriam blieb mit klopfendem Herzen liegen und sah ihn an. Sie hatten bloß herumgealbert, natürlich. Und doch …

»Meine Güte, deine Kräuter wachsen nicht, die wuchern!«, rief Dylan aus. Mit einer weit ausholenden Geste wies er auf die Beete. »Und hey, gelb blühender Rosmarin! Den gibt es doch eigentlich gar nicht. Wie machst du das, Miriam? Düngst du deinen Garten mit einem deutschen Wundermittel?«

»Klar. Ist total giftig, aber hochwirksam.«

Er blinzelte zu ihr hinab. »Mal im Ernst. Das hier ist fantastisch! Auf diesen Beeten wachsen so viele Kräuter, dass du ein ganzes Restaurant damit versorgen könntest … und mit den verrückten Sorten, die es hier gibt, würdest du jeden Koch zum Jubeln bringen.«

Für die Dauer eines Wimpernschlags hielt der Garten die Luft an und Miriam mit ihm. Überall hörte sie es erwartungsvoll raunen.

»Kenneth Clark zum Beispiel, unser ehrgeiziger Küchenchef«, sagte Dylan. »Er liebt es leidenschaftlich, mit Kräutern zu kochen. Es ist seine Spezialität. Hast du schon mal Salat aus Löwenzahn, Gänseblümchen und Sauerampfer gegessen? Wenn Mr Clark den zubereitet, ist er ein Gedicht. Auch seine Koriandersuppe, das Estragonhähnchen, der Heilbutt in Kräuterkruste …«

Miriam starrte ihn an wie elektrisiert.

Das ist es. Das ist es!

Nachdenklich, als rede er mit sich selbst, fuhr Dylan fort:

»Aber er hat schon oft gesagt, dass er mit seinem Lieferanten nicht glücklich ist. Er braucht frischere und unbehandelte Ware, Freilandware. Da liegt es doch eigentlich nahe, den Lieferanten zu wechseln, oder?«

»Dylan«, sagte Miriam atemlos. »Meinst du das ernst?«

Er zupfte ein Stück Schnittlauch ab, steckte es sich in den Mund und kaute darauf herum.

»Eins-a-Ware.« Dylan grinste. »Was meinen Sie, Mrs Weiden: Kommen wir miteinander ins Geschäft?«

Die darauffolgenden beiden Tage verbrachte Miriam in einem emotionalen Ausnahmezustand.

Wie besessen arbeitete sie im Garten und zerbrach sich dabei fieberhaft den Kopf darüber, ob sie auf Dylans Angebot eingehen sollte. Eigentlich wollte sie Privates und Geschäftliches nicht vermischen. Aber endlich eigenes Geld verdienen – mit ihrem Garten, mit ihren Kräutern, ihr liebstes Hobby zum Beruf machen … Wie konnte sie auch nur einen Augenblick darüber nachdenken, nicht zuzusagen?

Dylan hatte ihr erzählt, dass Ivystone Manors Küchenchef weithin bekannt sei für seine exquisiten Kreationen. Kenneth Clark lege größten Wert auf allerbeste Zutaten, sei aber leider chronisch unzufrieden, auch mit seinen Mitarbeitern und mit Dylan, seinem Boss. Mr Clarks erklärter Traum sei es, sich mithilfe raffiniertester Kräuterspezialitäten irgendwann einmal einen Stern zu erkochen.

»Er ist ein unerträglicher Mensch, aber in der Küche genial«, hatte Dylan mit einem Schulterzucken gesagt. »Du müsstest absolut zuverlässig liefern, das ist die Voraussetzung für eine Zusammenarbeit. Ausfälle wird Mr Clark nicht dulden. Dafür zahlen wir überdurchschnittlich gut für unsere Ware, deutlich mehr als andere Restaurants. Überleg's dir einfach, Miriam.«

Einfach? Miriam vibrierte vor Aufregung, und während sie harkte, jätete, schnitt und goss, ging sie ein ums andere Mal die Pros und Contras durch.

Sie besaß kein Auto. Das war ungünstig.

Doch Dylan hatte ihr angeboten, die Kräuter regelmäßig mit dem Lieferwagen des Hotels abholen zu lassen.

Sie würde hart arbeiten müssen, wenn sie stets hochwertige Ware abliefern wollte. Vielleicht würde sie versagen.

Aber dann hätte sie es wenigstens versucht.

Sie wäre Dylan zu Dank verpflichtet, weil er es ihr ermöglichte, ihr eigenes Geld zu verdienen, und in gewisser Weise wäre sie von seinem Wohlwollen abhängig.

Doch ganz so stimmte das nicht. Dylan öffnete ihr zwar die Tür zum Restaurant. Doch hindurchtreten und den schwierigen Küchenchef überzeugen musste Miriam selbst.

Sie würde schon wieder ihr Leben verändern. Sie hatte noch nie gearbeitet und keine Ahnung, was damit auf sie zukam. Das machte ihr Angst.

Aber war Angst nicht dazu da, dass man sich ihr stellte? Außerdem war es längst an der Zeit, mit dem Arbeiten anzufangen. Sie hatte zu Dylan gesagt, sie wolle keine Kaffee kochende Hausfrau mehr sein. Jetzt war es so weit, mit dieser Ansage ernst zu machen.

Miriam richtete sich auf, legte den Unkrautstecher beiseite, schob sich eine feuchte Haarsträhne aus der Stirn und sah sich in ihrem Garten um. Alles wuchs und wogte im Wind, üppig, fruchtbar, wundervoll.

Diese Kräuter, das spürte sie stärker denn je, wollten geerntet und benutzt werden. Sie waren nicht dazu da, auf den Beeten zu verblühen!

Miriam atmete tief durch. Wie sie es auch drehte und wendete, im Grunde sprach nichts dagegen. Sie könnte es versuchen. Sie wollte es versuchen.

Mit erdverschmierten Fingern zog sie ihr Handy aus der Gesäßtasche.

»Hallo, Dylan«, sagte sie heiser, als er sich meldete. »Ich mach's!«

Am Mittwoch kam Kate Horton zu Besuch.

Miriam freute sich sehr. Schon lange hatte sie sich nicht mehr mit einer Freundin getroffen. Zwar telefonierte sie jede Woche mit Barbara, doch das war nicht dasselbe wie ein Treffen von Angesicht zu Angesicht. Bislang hatte Barbara noch keine Zeit gefunden, sie in England zu besuchen.

Ein paarmal hatte Miriam sich mit Rebecca Wicklow verabredet. Sie hatten Tee getrunken und waren mit Percy spazieren gegangen, und beide hatten diese Treffen genossen. Doch Rebecca musste ihr Hundeinternat managen, allzu oft konnte sie sich nicht freimachen. Ihr Verdienst, hatte sie freimütig erzählt, reiche nur knapp zum Leben. Sie müsse so viel arbeiten und so viele Hunde aufnehmen wie nur möglich. Deshalb war der Kontakt zwischen Miriam und Rebecca zwar freundschaftlich, aber selten geblieben.

Kate hingegen schien nicht nur Zeit zu haben, sondern

geradezu nach Abwechslung zu hungern. Mit leuchtenden Augen ließ sie sich von Miriam das Cottage zeigen, fragte Miriam nach Deutschland aus, freute sich über die Scones mit Marmelade und Clotted Cream, die Miriam bei Mrs Elliston erstanden hatte, und klärte Miriam über verschiedene Zubereitungsweisen des Nachmittagsgebäcks auf.

»Wir streichen zuerst die Clotted Cream darauf und dann die Erdbeermarmelade. In Cornwall hingegen macht man es umgekehrt, erst die Marmelade, dann der Rahm.«

»Aha.« Miriam musste lächeln. »Und das soll dann anders schmecken?«

»Gott, ja!«, rief Kate aus. »Ich beweise es dir, okay?«

Daraufhin musste Miriam mit geschlossenen Augen von einem der Scones ein Stück abbeißen.

»Das war die Devon-Art«, sagte sie dann und nickte. »Du hast recht, das schmeckt man sofort.«

»Aber nein!«, schimpfte Kate, »das war Cornwall!«

Miriam öffnete die Augen und prüfte ihr Testobjekt. Tatsächlich kam erst die Marmelade, dann die Clotted Cream.

»Oje«, meinte Miriam, halb im Spaß, halb betreten, »habe ich dich jetzt in deiner Heimatehre gekränkt?«

»Wenn du wüsstest, wie gerne ich mal von hier wegkäme, würdest du mich nicht nach meiner Heimatehre fragen«, antwortete Kate trocken. »Ehrlich, wenn ich Freddy und Stella nicht so sehr lieben würde, wäre ich längst auf und davon. Reedcombe ist der langweiligste Ort auf der ganzen Welt.«

Miriam musste lachen. »Dir ist klar, dass du das zu einer sagst, die alles aufgegeben hat, um hier zu leben, oder?«

»Seltsam genug.« Kate legte den Kopf schief. »Warum hast du das getan, Miriam? Wolltest du auch einfach mal weg, oder warst du in Deutschland nicht glücklich?«

Miriam zögerte kurz, doch dann antwortete sie unumwunden: »Letzteres. Aber weißt du, es war auch keine durch und durch rationale Entscheidung, sondern mehr … ein Gefühl. Ich habe mich in Percy verliebt.«

Miriam sah hinüber zu dem Hund, der in seinem Körbchen vor dem steinernen Kamin lag und ihnen aufmerksam zuzuhören schien.

»Dann habe ich mich in diesen Garten hier verliebt. Ich konnte nicht anders, ich … ich musste hierherziehen!« Verlegen fügte sie hinzu: »Ich weiß, das klingt komisch.«

»Tut es«, stimmte Kate unbekümmert zu, »aber ich mag komische Menschen. Und ich kann mir gut vorstellen, dass man sich in einen Garten verlieben kann. Ich selbst habe leider keinen, weil unser Vorbesitzer den gesamten Grund hinter unserem Haus an den Nachbarn verscherbelt hat.«

»Das ist jammerschade.«

»Ach, zumindest Stella ist froh. Sie sagt, wenn wir einen Garten hätten, würde ich sie bestimmt jeden Samstag dazu zwingen, den Rasen zu mähen.«

»Und? Würdest du?«

»Selbstverständlich!«

Beide lachten.

Dann bat Kate darum, den Garten zu besichtigen, und Miriam führte sie hinaus. Sie zeigte Kate die Apfelbäume und die Kräuterbeete, zwischen denen noch Unkrauteimer und Gartenhandschuhe lagen. Die Wildrosen, die sich mit karminroten Blütenwolken zwischen den hohen Bäumen ausbreiteten. Und schließlich die schmale, feuchte Wiese am Fluss.

»Ein Traum«, seufzte Kate entzückt. »Du bist ein Glückskind, Miriam!«

Dass Kate von ihrem Garten so angetan war, freute Miriam.

Spontan schlug sie vor: »Komm einfach öfter mal vorbei. Hier ist genug Platz für uns beide. Dann kannst du dir einen Stuhl aufstellen, wo immer du möchtest und den Garten genießen, als wäre es deiner.«

»Ich soll herumsitzen, während du arbeitest? Kommt nicht infrage.« Kate blickte sich um. »Dieser Garten ist riesig, das schafft man doch gar nicht alleine. Soll ich dir helfen? Dann werkeln wir zusammen und unterhalten uns dabei.«

»Oh, das … das …«, stotterte Miriam verblüfft, »das wäre … toll! Aber du musst mir nicht helfen, Kate, wirklich, das will ich dir nicht zumuten.«

»Schon verstanden. Was für ein dummer Vorschlag von mir. Du musst mich für schrecklich aufdringlich halten. Dabei steht in deinen Reiseführern sicher auch, wir Engländer seien stets höflich und zurückhaltend.« So sehr Kate gerade noch gestrahlt hatte, so zerknirscht wirkte sie jetzt. »Ich denke, ich bin das lebende Beispiel dafür, dass es auch Ausnahmen gibt.«

»O nein, da hast du mich falsch verstanden.« Miriam legte Kate eine Hand auf den Arm. »Ich finde deinen Vorschlag toll. Ich meinte damit, ich darf deine Hilfe doch nicht einfach so annehmen …«

Kate sah ihr forschend ins Gesicht. Dann verzog sie den Mund zu einem breiten Lächeln. »Wir beide eiern viel zu viel herum. Lass uns lieber loslegen. Wo sind die Hacken?«

Am Abend telefonierte Miriam mit ihrer Tochter.

Annabel berichtete von der Uni, alles wie immer, alles okay, und von ihrem Freund Felix, alles wie immer, alles okay. Und sonst? Alles wie immer, alles okay.

Miriam runzelte die Stirn. Sie wollte nachbohren, da sie sich nicht vorstellen konnte, dass in Annabels Leben so wenig passierte. Doch im letzten Moment biss sie sich auf die Zunge. Sie hatte kein Recht mehr, ihre Tochter zu bedrängen. Annabel war erwachsen, und wenn es Dinge gab, die sie ihrer Mutter nicht erzählen wollte, dann hatte Miriam das zu akzeptieren. Auch wenn es schwerfiel.

Also berichtete Miriam stattdessen aus ihrem eigenen Alltag. Dass sie in Kate eine tatkräftige neue Freundin gefunden hatte, die ebenso gartenbegeistert war wie sie selbst, und dass sie die unverhoffte Chance bekommen hatte, ihre Kräuter an ein Restaurant zu verkaufen.

»Genauer gesagt an das Hotelrestaurant von Ivystone Manor. Der, ähm, Geschäftsführer hat sich meine Kräuter mal angeschaut, und er ist sehr angetan von meiner Ware.«

»Der Geschäftsführer? Von diesem Hotel, in dem du im März warst?«, fragte Annabel erstaunt. »Warum hast du zu dem denn noch Kontakt?«

Miriams Herz begann zu stolpern.

Komm schon, Feigling, dachte sie. Raus damit!

»Annabel.« Miriam schluckte. »Ich bin wieder mit jemandem zusammen, na ja, mehr oder weniger. Mit ihm. Dem Geschäftsführer von Ivystone Manor.«

»Waas?«

»Er ist wunderbar, Annabel, wirklich. Wenn er bei mir ist, geht es mir gut.«

»Aber Mama, das …« Ihre Tochter brach ab.

Miriam zwang sich, zu warten und zu schweigen. Sie hatte den Impuls, sich vor Annabel zu rechtfertigen. Doch wofür eigentlich? Sie war geschieden. Sie hatte jemanden kennengelernt. Und Punkt.

»Das … kommt überraschend«, sagte Annabel schließlich langsam. »Aber es ist schön, wenn es dir gut geht, Mama. Dann ist er bestimmt der Richtige.«

Miriam zuckte zusammen.

Der Richtige?

Wie konnte sie ihrer Tochter erklären, dass es darum gar nicht ging? Sie plante nicht ihre Zukunft mit Dylan. Sie genoss das Jetzt.

Scherzend fügte Annabel hinzu: »Wenn der Typ mein Stiefvater werden soll, musst du ihn mir aber vorher vorstellen.«

Miriam verschluckte sich an ihrem frisch aufgebrühten Borretschtee.

»Ich muss jetzt los«, sagte Annabel, »Party bei einer Kommilitonin. Wir reden ein andermal weiter, okay?«

»Annabel …«

»Ja?«

»Ach, nichts, mein Schatz. Mach's gut.«

Sollte Annabel lieber erst einmal die Tatsache verdauen,

dass es in Miriams Leben wieder einen Mann gab. Dass der noch keine dreißig war, konnte Miriam ihr auch später noch gestehen.

Eins nach dem anderen.

Reedcombe brütete in der Junihitze. Es war so heiß und so trocken, dass Miriam sich fast fragte, ob sie wirklich in England war. Wo blieb der Nebel? Wo der Regen?

»Gut, dass die Kräuter so wenig Wasser brauchen.« Es war Samstagabend, und Miriam blickte aus ihrem Wohnzimmerfenster auf die Apfelbaumwiese. Die ersten Grashalme waren schon gelb geworden. »Sonst stünde ich jetzt nicht hier.«

»Warum nicht?« Nur mit Boxershorts bekleidet trat Dylan hinter sie.

»Weil ich mich längst totgeschleppt hätte.« Miriam lehnte sich gegen seine nackte Brust. »Die alte Phyllis war anscheinend der Meinung, dass ein Wasserhahn im Garten verzichtbar ist. Zum Gießen muss ich mit der Kanne x-mal in die Küche oder zum Fluss laufen, je nachdem was näher ist.«

Dylan schob die Hand in ihr Haar und küsste sie hinters Ohr. »Dann lass dir einen Wasseranschluss legen, meine Schöne. Oder besser noch ein Bewässerungssystem.«

»Ja. Vielleicht.«

Auf der Wiese tollte Percy herum und schnappte im letzten Abendlicht nach Mücken.

»Du bist jetzt Geschäftsfrau«, meinte Dylan. »Deine Pflanzen sind dein Kapital. Meinst du nicht, du solltest dir diese Investition in den Garten leisten?«

»Ich weiß nicht«, entgegnete Miriam unsicher. »Euer Koch hat ja noch nicht mal zugestimmt, dass er meine Kräuter überhaupt will.«

»Ach, mach dir keine Sorgen. Das gehört zum Spiel«, winkte Dylan ab. »Mr Clark möchte mit seinem Zögern klarstellen, dass er entscheidet, wessen Kräuter er kauft, nicht ich. Trotzdem wird er sich die Gelegenheit nicht entgehen lassen, bessere Ware zu bekommen als bisher. Er wird bald anbeißen, glaub mir.«

Miriam wandte sich zu ihm um. »Große Investitionen sind nicht drin. Nicht zu Anfang. Erst muss ich wissen, ob ich mit regelmäßigen Einnahmen rechnen kann.«

Dylan sah ihr in die Augen. »Du traust dem Ganzen nicht.« Es klang enttäuscht.

»Ich bin lediglich vorsichtiger als du. Was nicht bedeutet, dass ich dir oder deinen Ideen nicht traue.« Sie verschränkte die Hände in seinem Nacken. »Versteh mich doch, bitte. Ich kann es mir nicht leisten, so nebenbei eine teure Bewässerungsanlage installieren zu lassen, so viel Geld habe ich einfach nicht.«

Und bevor ich meine Rücklagen antaste, setzte sie im Stillen hinzu, schleppe ich lieber eine Million Gießkannen. Wenn nötig, bis zum Umfallen.

Das Gras mochte zwar langsam gelb werden, es wuchs trotzdem wie verrückt. Miriam würde schon wieder mähen müssen. Nichts, was ihr sonderlich gefiel, denn mit Phyllis' knatterndem, altem Rasenmäher war diese Arbeit nicht nur bei Hitze schweißtreibend.

Aber es war Sonntag, und auch wenn Sonntagsruhe in England kein Gesetz war – mit einem Nachbarn wie Lucian Brent würde sie besser vorsichtig …

Wie von der Tarantel gestochen blieb Miriam stehen und riss die Augen auf.

Ihr Nachbar stand breitbeinig im hohen Gras und senste. Seelenruhig. Wie ein Profi.

Ein Londoner Professor, der das Sensen so perfekt beherrschte wie ein Bauer in den Alpen?

Lucian sah auf und sagte: »Hallo, Miriam.«

»Hallo. Woher kannst du denn sensen?«, platzte Miriam heraus.

Ohne innezuhalten, antwortete Lucian: »Ich habe es gelernt.«

»Ja, offensichtlich.«

Lucian lächelte knapp.

Und senste.

Und schwieg.

»Und warum hast du es gelernt?«

Nun ließ er die Sense sinken. »Aus vielerlei Gründen.«

Stumm sahen sie sich an.

Ich werde dich schon knacken, mein Lieber, schoss es Miriam durch den Kopf. Wäre doch gelacht. Wir sind Nachbarn, und wir werden lernen, uns ganz normal miteinander zu unterhalten, verlass dich drauf.

Sie lächelte sonnig. »Verrätst du mir die Gründe, Lucian?«

Er antwortete nicht.

Miriam lächelte unverdrossen weiter. Nur Geduld.

»Es ist … meditativ«, sagte Lucian endlich. »Man muss

sich ganz und gar darauf konzentrieren und darf an nichts anderes denken, denn die Klinge ist rasiermesserscharf, man kann sich schwer an ihr verletzen. Aber es gibt nichts Beruhigenderes als das Sensen einer weiten Wiese. Oder sagen wir, fast nichts.«

»Klingt, als sollte ich das auch mal ausprobieren.«

»Dann komm rüber.«

»Wie bitte?«

»Komm rüber«, wiederholte Lucian.

Sie starrte ihn an. »Du willst es mir beibringen?«

»Sagtest du nicht gerade, du möchtest es ausprobieren?«

»Doch, ja, aber dass ausgerechnet du … ich meine …«

»Schon verstanden.« Lucian hob die dunklen Augenbrauen. »Von deinem griesgrämigen Nachbarn hättest du das nicht erwartet.«

Miriam wurde rot. Er hatte sich gemerkt, was sie über ihn gesagt hatte, und es wurmte ihn.

Lucian lehnte sich auf seine Sense.

»Es ist ökologisch«, sagte er. »Kein Benzin, kein Stromverbrauch. Es ist wie Sport für den Körper, ohne dass man sich in einem Fitnessstudio abrackern muss. Außerdem nervt es nicht mit Motorengeräuschen. Reicht das jetzt aus, damit du endlich rüberkommst, oder muss ich noch mehr Gründe für das Sensen aufzählen?«

Verblüfft sah Miriam ihn an. Dann kletterte sie über die Mauer.

»Dein Hund will mit«, bemerkte Lucian. Er deutete auf Percy, der auf der anderen Seite stand und herzerweichend winselte.

»Du bleibst lieber dort«, sagte Miriam zu dem alten Rüden. »In die Nähe rasiermesserscharfer Klingen will ich dich nicht lassen.«

Percy schnaufte resigniert, legte sich hin und bettete den Kopf auf seine Pfoten.

»Wie auch immer, jetzt geht's los.« Lucian drückte Miriam die Sense in die Hand. »Mach dich auf Muskelkater gefasst!«

Viel später am Abend ließ Miriam sich mit einem tiefen Seufzer in die Badewanne sinken. Trotz der Hitze, die draußen noch immer herrschte, tat das warme Wasser ihrem Körper gut.

Lucian hatte recht behalten. Für Ungeübte war das Sensen eine zwar befriedigende, jedoch äußerst anstrengende Tätigkeit. Miriams ganzer Körper war wie ein einziger schmerzender Muskel.

Sie plätscherte mit den Fingern im Wasser und ließ den Nachmittag Revue passieren.

Lucian hatte sich als geduldiger und beharrlicher Lehrer erwiesen. Wieder und wieder hatte er Miriam die verschiedenen Schwünge gezeigt, ihren Stand korrigiert, sie alle paar Minuten das Sensenblatt säubern lassen und ihr den Wetzstein gereicht. Vorsichtig hatte Miriam damit die Schneide geschärft, denn nur mit einer wirklich scharfen Sense bekam man ein gutes und gleichmäßiges Ergebnis hin.

Irgendwann hatte Miriam nicht mehr gekonnt und sich einfach stöhnend auf den Boden fallen lassen.

»Quälst du deine Studenten auch so?«, hatte sie gefragt und sich den Schweiß von der Stirn gewischt.

»Nur wenn sie's brauchen«, hatte Lucian trocken geantwortet.

Miriam sah aus dem offenen Badezimmerfenster hinaus in den hellen, warmen Abend.

Verbene, dachte sie. Ich schenke ihm Verbene.

In der Dämmerung ging sie noch einmal hinaus in den Garten zu ihren Kräutern. Sie grub ein zierliches rosa blühendes Pflänzchen aus, setzte es in einen Tontopf, befestigte eine Nachricht daran – einen Dank für die Lehrstunde sowie den Hinweis, dass dies eine gute Teepflanze sei – und stellte die Verbene auf die Gartenmauer.

Ein paar Tage vorher hatte sie zum ersten Mal die Verbene probiert und ihre Essenz erspürt. Freundschaft, Offenheit, aufrichtiger Respekt. Auch wenn Lucian dies nicht in derselben Weise empfinden würde wie sie, so erreichte ihn die Botschaft der Pflanze vielleicht intuitiv. Und wenn nicht, bliebe es immer noch ein nettes nachbarschaftliches Geschenk, so wie man einen Korb Äpfel oder frisch geerntete Zucchini über die Gartenmauer reichte.

Nachdenklich strich sie über die rosa Blüten. Dann ging sie zurück ins Haus.

Am Montagvormittag war nicht nur Lucian fort, sondern auch die Verbene. Und wie schon beim letzten Mal lag eine handgeschriebene und mit einem Stein beschwerte Nachricht auf der Mauer.

»Misstrauen ist das Alpha und Omega der Weisheit.«

Liebe Miriam,
auch diesmal antworte ich mit einem Zitat, aber nicht um anzugeben, sondern weil die Alten, in diesem Falle Cicero, meine Weltsicht besser ausdrücken konnten als ich selbst. Eine etwas düstere Weltsicht, das lässt sich nicht leugnen. Aber wer weiß, vielleicht lerne ich mit dir als Nachbarin ja noch dazu.
Danke für die hübsche Pflanze. Der Tee daraus schmeckt ausgezeichnet.

Lucian

PS Du kannst dir meine Sense ausleihen, wenn du sie mal brauchst. Einfach über die Mauer klettern und im Schuppen nachsehen.
PPS Cicero muss nicht immer recht haben, oder?

Miriam musste lächeln. War ihre Botschaft doch angekommen? Taute ihr abweisender Nachbar allmählich auf? Miriam hatte das sichere Gefühl, dass Lucian mit dieser Nachricht gewaltig über seinen Schatten gesprungen war. Sie nahm den Zettel an sich, faltete ihn sorgfältig zusammen und steckte ihn in ihre Hosentasche.

Gegen Ende des Monats bekam Miriam einen Anruf. Als sie die Nummer sah, überlegte sie kurz, einfach nicht dranzugehen. Doch dann schob sie das Kinn vor und hob ab.

»Hallo, Jürgen«, sagte sie kühl. »Das ist ja eine Überraschung.«

Seit der Scheidung hatte ihr Exmann sich nicht mehr bei ihr gemeldet. Allerdings hatte Annabel ihr die eine oder andere Neuigkeit erzählt, sodass Miriam über Jürgens Leben einigermaßen Bescheid wusste. Er war inzwischen endlich Chefarzt geworden, die Position, auf die er jahrelang hingearbeitet hatte. Patrizia wollte eine größere Wohnung. Und sie hatten sich eine Katze zugelegt, ein fauchendes, kratzendes Monster, wie Annabel es ausgedrückt hatte, mit dem passenden Namen Diabolo.

»Hallo, Miriam. Wie geht's?«

Ohne ihre Antwort abzuwarten, fuhr er fort: »Annabel erzählte, du hättest jetzt einen Freund?«

Und was geht dich das an?

»So könnte man es wohl nennen«, antwortete sie.

»Scheint ja laut Annabel ein toller Hecht zu sein, Geschäftsführer von so einem Luxusschuppen, stimmt das?«

»Jürgen. Was willst du?«

»Ich versuche, mich ganz normal mit dir zu unterhalten. Aber ich sehe schon, das ist mal wieder unmöglich.«

»Jürgen! Was willst du?«

Im Hintergrund hörte sie eine leise Frauenstimme. Dann Jürgen, der genervt »Ja, ja!« brummte.

Laut sagte er: »Miriam, wir müssen über deinen Unterhalt reden. Du weißt, wie großzügig ich bis jetzt war. Aber wenn du nun einen Freund hast, kann der ja sicher für dich aufkommen. Was verdient der denn so?«

Miriam knirschte mit den Zähnen. »Darauf erwartest du hoffentlich keine Antwort.«

»Doch, darauf erwarte ich durchaus eine Antwort!« Es klang beleidigt. »Ich gestehe, du machst es mir nicht leicht. Ich hätte dir das alles schonender mitgeteilt. Aber bitte. Ich gebe dir noch drei Monate, dann ist Schluss mit den Zahlungen. Such dir in der Zwischenzeit schon mal einen Job, oder heirate gleich deinen Neuen. Das ist sicher kein Problem, so schnell, wie du den an Land gezogen hast!«

»Sag mal, bist du etwa eifersüchtig?«

Jürgen schnaubte. »Blödsinn. Meine Güte, Miriam, was du dir wieder einbildest!«

Aber Miriam war lange genug mit Jürgen verheiratet gewesen. Sie kannte ihn gut. Und sie spürte, wenn er verletzt war.

»Du bist tatsächlich eifersüchtig. Ich fasse es nicht. Nachdem du mich betrogen und verlassen und die Scheidung eingereicht hast, nachdem du mit einer anderen Frau ein neues Leben begonnen und mich komplett gestrichen hast? Nach alldem, Jürgen, missgönnst du mir einen neuen Freund? Weil es deinem Ego schmeichelt, wenn ich dir hinterhertrauere? Du lieber Himmel!«

Leise wiederholte sie: »Du lieber Himmel.«

Dann legte sie ohne ein weiteres Wort auf. Sie starrte eine ganze Weile auf das Telefon in ihrer Hand, und in diesem Moment begriff sie, dass dieses Gespräch, so unerfreulich es auch gewesen sein mochte, ihr einen großen Dienst erwiesen hatte.

Sie war über Jürgen hinweg.

Endlich.

Miriam rief ihren Anwalt in Deutschland an, der sie darüber informierte, welche Möglichkeiten sie jetzt hatte.

Danach ging sie hinaus in den Garten.

Sie legte sich zwischen die hohen Purpursonnenhüte ins Gras und starrte in den Himmel.

Auf einmal erschien die Zukunft ihr bedrohlich.

Bei der Scheidung hatten Jürgen und sie sich informell auf eine monatliche Summe geeinigt, um sich die Kosten für eine offizielle Unterhaltsvereinbarung zu sparen. Das sei eine übliche Vorgehensweise, hatten ihre beiden Anwälte betont. Doch genau weil keine offizielle Vereinbarung vorlag, konnte Jürgen seine Überweisungen ohne Weiteres einstellen.

Miriam konnte ihn zwar über ihren Anwalt auffordern, weiterhin für sie aufzukommen. Doch in dem Fall müsste sie vor Gericht ihre Bedürftigkeit nachweisen und glaubhaft darlegen, dass sie trotz aller Bemühungen keinen Job fand.

Das war die eine Möglichkeit. Die demütigende.

Die andere Möglichkeit bestand darin, fortan auf Jürgens Unterstützung zu verzichten und ihn von allen finanziellen Verpflichtungen zu entbinden. Und das, obwohl sie ihm fast zwei Jahrzehnte lang den Rücken freigehalten, ihre gemeinsame Tochter aufgezogen, seine Hemden gebügelt hatte. Vorbei und vergessen. Zurück auf Los. Neustart, mit einer Gnadenfrist von drei Monaten.

Das hieß im Klartext, dass sie auf Jobsuche gehen musste. Kellnern, putzen oder Regale einräumen. In Exeter gab es einen Supermarkt …

Miriam seufzte.

Dylan war fest davon überzeugt, dass Mr Clark sich bald melden würde. Dass es klappen konnte mit der Idee, Miriams Leidenschaft für den Garten zum Beruf zu machen.

Aber wie um alles in der Welt sollte sie es schaffen, mit

ihren Kräutern so viel Geld zu verdienen, dass sie ohne Jürgens Unterstützung über die Runden kam? Und das schon in drei Monaten?

Niedergeschlagen sah sie in das dichte Grün.

Plötzlich war ihr, als hörte sie es aus Blättern und Halmen raunen.

Du stellst die falschen Fragen, wisperte es sanft. *Die richtige Frage lautet doch: Willst du so schnell aufgeben?*

Aus Phyllis' Tagebüchern, 1990

Offenheit.

Offenheit und die Fähigkeit, gut und gerecht zu urteilen.

Das ist es, was Reedcombe seit jeher fehlt. Wären sie offen gewesen für meine Fähigkeiten, damals, vor 35 Jahren, dann wäre alles ganz anders gekommen.

Und deshalb experimentiere ich gerade mit dem Zitronengras. Ich bin schon ziemlich weit gekommen. Gut möglich, dass dieses Kraut den Kleingeistern schenken könnte, was ihnen fehlt.

Zumindest später einmal, wenn eine andere Frau meinen Platz eingenommen hat. Und ich weiß, dass es so sein wird, irgendwann.

Denn von mir, der verrückten alten Phyllis, würde hier niemand mehr etwas annehmen. Auch dann nicht, wenn ich bereit wäre, meine Kräuter wieder mit ihnen zu teilen.

Was ich nicht bin!

Nur …

… sie liegen mir in den Ohren, meine grünen Freunde.

Juli

»Die Blätter der Pimpinelle (Sanguisorba minor) kann man bereits im Frühjahr ernten, doch ihre Blüten zeigen sich erst im Juli. Die Pimpinelle ist ein zurückhaltendes Kraut, das rasch verwelkt. Unter der zarten Hülle aber birgt es Kräfte, die man ihm niemals zutrauen würde.«

Aus: Devons umfassende Kräuterfibel (vergriffen)

❈

»Gibst du mir mal den Eimer rüber, Kate?«

»Hier, bitte. Mensch, sitzt dieser Löwenzahn fest in der Erde!«

Die beiden Frauen knieten im Gras. Miriam jätete eines der Thymianbeete und Kate den Bereich, wo Ringelblumen und Kapuzinerkresse wuchsen.

»Eigentlich wäre der halbe Garten erntereif.« Kate wischte sich mit dem Handrücken über die verschwitzte Stirn. »Schau dich doch um. Alles wartet darauf, dass du es schneidest. Du könntest das Zeug kiloweise trocknen. Dann hättest du einen Riesenvorrat an herrlichen Kräutern.«

»Im Cottage ist zu wenig Platz. Ich könnte höchstens ein paar Lavendelsträußchen aufhängen.« Miriam warf einen Armvoll Unkraut in den Eimer. »Jetzt muss ich erst einmal den kommenden Samstag überleben. Drück die Daumen, dass Mr Clark mir meine Kräuter nicht um die Ohren haut.«

Da sie inzwischen mehrmals gemeinsam im Garten gearbeitet hatten, wusste ihre neue Freundin über Miriams Pläne Bescheid. Beim Jäten plauderte es sich hervorragend, über Berufliches genauso wie über Privates.

Mr Clark hatte sich, wie von Dylan vorhergesagt, tatsächlich bei Miriam gemeldet. Er hatte verlangt, dass sie sich mit einer »repräsentativen Kräuterauswahl« bei ihm vorstellte, und zu diesem Zweck hatte er sie für den kommenden Samstag um Punkt 16 Uhr 30 in die Hotelküche einbestellt. Der bloße Gedanke daran ließ Miriams Herz vor Nervosität stolpern.

»Ach, dieser Mr Clark wird sich schon benehmen«, sagte Kate. »Wenn er dich mit der Petersilie schlägt, bekommt er es schließlich mit deinem Lover zu tun. Und der ist sein Boss!«

»In der Küche hat aber Mr Clark die Oberhoheit«, meinte Miriam. »Und selbst wenn er sich benimmt, heißt das noch lange nicht, dass ich sein Restaurant beliefern darf.«

Kate runzelte die Stirn. »Kann ein Küchenchef die Wünsche des Geschäftsführers denn einfach ignorieren?«

»Das nun auch wieder nicht. Dylan sagt, im Zweifelsfall habe schon er das letzte Wort.«

»Tja«, sagte Kate trocken. »Dann hoffen wir mal, dass Mr Clark das auch weiß.«

Der Vorstellungstermin nahte, und Miriams Aufregung wurde von Tag zu Tag größer.

Sie fuhr mit dem Überlandbus nach Exeter und erstand nicht nur endlich ein Fahrrad, sondern auch eine Großpackung spezieller Kräuterbeutel. Darin blieben Schnittkräuter mindestens zwei Tage lang erntefrisch, versicherte ihr der Händler.

Sicherheitshalber probierte Miriam es aus und packte über Nacht ein Bund Basilikum in einen der Beutel. Am nächsten Morgen stellte sie erleichtert fest, dass die Blätter taufrisch waren und so wunderbar dufteten wie am Vortag. Damit würde sie Mr Clark überzeugen können.

Mit Beuteln und Schere bewaffnet stand Miriam am Samstagvormittag zwischen den Beeten. Der Zeitpunkt für die Ernte war ideal, denn die Sonne hatte den Tau der Nacht schon getrocknet und Heilkraft und Aromen der Kräuter hervorgelockt. Eine, spätestens zwei Stunden später würden die Blätter in der Tageshitze ermatten, doch jetzt strotzten sie vor Vitalität.

Miriam hatte vier der fünf Beutel gefüllt. Fünf Kräuter wollte sie Mr Clark präsentieren. Aber die Auswahl fiel ihr schwer, war sie doch von allen begeistert.

War das, was die besonderen Kräuter in ihr auslösten, auf ihre persönliche Verbindung mit ihnen zurückzuführen? Oder spürten andere Menschen etwas Ähnliches?

»Ich sollte es testen«, murmelte sie, während ihr Blick über die Beete glitt. An der Pimpinelle blieb er hängen. »Zum Beispiel mit dir!«

Miriam ging zu der rötlich blühenden Staude, knipste einen Stängel ab und betrachtete ihn eingehend. In Deutschland hatte sie die Pimpinelle lediglich als Bestandteil der Frankfurter Grünen Soße gekannt, doch da Jürgen die Soße nicht mochte, hatte Miriam nie Pimpinelle gekauft. Erst in

Phyllis' Zaubergarten hatte sie sich eines der Blättchen auf die Zunge gelegt. Der erste Eindruck war unspektakulär gewesen. Leicht säuerlich hatte es geschmeckt und ein wenig nach Salatgurke. Doch dann …

»Guten Morgen«, hörte sie da jemanden sagen. »Pflanzenmeditation?«

Miriam hob den Kopf. Jenseits der Mauer stand ihr Nachbar, mit ungekämmtem Haar, wildem Bart und einer Tasse in den Händen.

Kaffeeduft wehte zu ihr herüber.

»Guten Morgen. Gerade erst aufgestanden?«, fragte sie zurück.

Lucian nickte. »Ich hatte viel zu viel Arbeit in der letzten Zeit. Dieses Wochenende lasse ich es deutlich langsamer angehen.«

»Kein schweißtreibendes Sensen?«

»Nein. Nur im Schatten sitzen, Kaffee trinken und später auf einen gut gekühlten Rosé umsteigen.«

»Dolce Vita?«, sagte Miriam lächelnd. »Klingt gut.«

Ihr wurde auf einmal bewusst, dass sie sich freute, Lucian wiederzusehen. Er war einige Wochenenden nicht da gewesen, dabei war sie gespannt darauf, wie er ihr nach Verbene und Cicero begegnete – in der Hoffnung, dass es entspannt zwischen ihnen blieb.

»Dolce Vita oder Burn-out-Prävention, denn die Uni ist gerade kein Spaß.« Lucian verzog das Gesicht. »Okay. Ist sie nie.«

»Macht deine Arbeit dir keine Freude?« Miriam drehte den Kräuterstängel zwischen ihren Fingern. »Ich dachte immer, als Professor muss man Feuer und Flamme für sein Forschungsgebiet sein.«

»Aber nicht für seine Kollegen«, erwiderte Lucian knapp.

Er stellte seinen Kaffee ab und lehnte sich gegen die Mauer. Dann zeigte er auf die Pimpinelle. »Was ist das? Du hast es vorhin so nachdenklich angeschaut.«

Miriam zögerte nur eine Sekunde, dann hielt sie Lucian die Pimpinelle entgegen.

»Würdest du das mal probieren? Ich wüsste gerne, was dir zum Geschmack dieses Krautes einfällt.«

Lucian sah sie verständnislos an. Doch er nahm den Stängel, riss ein Blättchen ab und schob es sich in den Mund.

»Gurke«, sagte er. »Bittere Gurke. Aber da ist noch etwas. Warte. Es erinnert mich an …«

»Ja?«, drängte Miriam gespannt.

»Grüne Soße!«, rief Lucian triumphierend. »Das ist es. Die habe ich mal gegessen, als ich einen Kollegen in Deutschland besucht habe.«

Grüne Soße.

Enttäuscht fragte Miriam: »Und sonst fühlst du nichts?«

»Was sollte ich denn fühlen?«

Eine überwältigende, trunken machende Lebenslust.

»Ach, nichts weiter«, sagte Miriam und lächelte gezwungen. »Gurke ist schon ganz nah dran.«

Lucian blickte sie forschend an. Dann legte er den Kopf in den Nacken und sah lange hinauf zum tiefblauen Sommerhimmel.

Leise, fast verwundert sagte er: »Was für ein unglaublich, unglaublich schöner Tag.«

Er spürt es! Nicht so bewusst wie ich. Aber er spürt es, durchzuckte es Miriam.

Hieß das, der Abglanz der Kräuter konnte alle Menschen erreichen? Miriam wurde ganz aufgeregt. Vielleicht schlichen die Kräuter sich deshalb so hartnäckig in ihre Gedanken. Weil sie wirken wollten. Weil sie wirken konnten. Weil sie es auf subtile Weise vermochten, die Menschen ein wenig menschlicher und glücklicher zu machen. Und wenn es nur für Momente war. Aber diese Momente waren kostbar und brannten sich in die Erinnerung ein.

Schlagartig wusste sie, welches Kraut in ihrer Auswahl für den Küchenchef noch fehlte.

»Zitronengras«, sagte sie und hob lächelnd die Hände. »Natürlich, Zitronengras!«

Lucian sah verwirrt aus. »Wie bitte?«

»Ich werde mich heute im Restaurant von Ivystone Manor vorstellen«, erklärte Miriam. »Der Küchenchef möchte meine Kräuter kosten, und wenn die Qualität ihn überzeugt, darf ich zukünftig die Hotelküche beliefern. Er ist allerdings kein sehr umgänglicher Mann, deshalb war ich ziemlich nervös, aber jetzt … Es gibt im meinem Garten einige Kräuter mit besonderer Wirkung, weißt du? Ich glaube, du hast es gerade gespürt, als du von der Pimpinelle gekostet hast. Die Essenz der Pimpinelle ist die Lebenslust. Und dem Küchenchef werde ich Zitronengras mitbringen! Das fördert Unvoreingenommenheit, Offenheit, Gerechtigkeitssinn …«

Oje. Sie geriet vor lauter Begeisterung ins Schwafeln, und ihr wurde klar, wie durchgeknallt sie auf ihren Nachbarn wirken musste. Da waren Lucian und sie nun endlich so weit, sich einigermaßen normal und ohne Geknurre unterhalten zu können, und sie machte mit ihrem unbedachten Geschwätz alles wieder zunichte!

»Interessant.« Aufmerksam schaute Lucian sie an. »Ich bin mir nicht sicher, ob ich an Kräuter mit besonderer Wirkung glaube, aber wenn ich an die alte Dame denke, die vor dir hier gewohnt hat ... Doch, zu der hätte es schon gepasst, so etwas zu züchten.«

Vor Verblüffung brachte Miriam kein Wort heraus.

Lucian hielt sie nicht für völlig plemplem?

»Wusstest du übrigens, dass Phyllis aus dem Altgriechischen kommt? Es heißt Blütenblatt.« Er lächelte. »Auch das hat zu ihr gepasst, finde ich. Sie war so innig mit ihren Pflanzen hier verbunden ... Sie war ... wie ein menschliches Blatt inmitten der Flora ihres Gartens.«

Endlich fand Miriam ihre Stimme wieder.

»Du bist der Erste, der Phyllis nicht als die Alte oder gar als Hexe bezeichnet.«

»Oh, sie war eine Hexe!« Lucian strich sich über den Bart. »Hexe, weise Frau – früher hat man alle kräuterkundigen Frauen so genannt. Nur weil man Angst vor ihrer Weisheit hatte, wurden sie schlechtgemacht, verfolgt und grausam ermordet. Aber das weißt du sicher alles.«

Miriams Herz raste. Noch nie hatte sie mit jemandem über diese Dinge gesprochen. Sie hatte es einfach nicht gewagt.

»Du findest es also nicht bedenklich oder verrückt, wenn man auf die eine oder andere Weise mit Pflanzen ... kommunizieren kann? Ich meine, wenn Phyllis das kann ...«, sie schluckte, »oder ... ich?«

Ruhig antwortete Lucian: »Ich maße mir kein Urteil darüber an, was es geben kann und was nicht. Plotin sagt man nach, er sei hellsichtig gewesen, und niemand findet das«, er malte mit den Fingern Gänsefüßchen in die Luft, »bedenklich oder verrückt.«

»Oh, na dann …« Wer war Plotin?

»Entschuldigung«, fügte Lucian rasch hinzu. »Plotin, ein antiker Philosoph. Drittes Jahrhundert nach Christus.«

»Danke.« Miriam grinste. »Jetzt weiß ich das auch.«

»Um auf deine Frage zurückzukommen: Für bedenklich oder verrückt halte ich nur wenige Phänomene. Die meisten finde ich eher spannend.«

Lächelnd schüttelte Miriam den Kopf. »Sie erstaunen mich, Herr Professor.«

Lucian griff nach seinem Kaffee und trank einen Schluck. Über den Tassenrand hinweg sah er ihr in die Augen.

»Sie mich auch, weise Frau.«

*

Bisher war Miriam stets als Gast im Hotel gewesen.

Doch jetzt ging sie neben Dylan auf die Küche zu, in den Armen die Holzkiste mit den Kräuterbeuteln, die sie auf dem Gepäckträger ihres neuen Fahrrades zum Hotel transportiert hatte und in Kürze dem Küchenchef von Ivystone Manor präsentieren würde.

Okay. Okay. Jetzt kommt's drauf an.

In der Eingangshalle hatte sie Bob Frye getroffen, den alten Taxifahrer, der sich geradezu rührend über das unverhoffte Wiedersehen gefreut hatte.

Nachdem Miriam ihm erzählt hatte, warum sie hier war, hatte er ihr aufrichtig Glück gewünscht, und Miriam hatte ihm versprechen müssen, ihn bald einmal zum Tee zu besuchen.

»Gerne«, hatte sie gesagt, war in Gedanken jedoch schon bei Mr Clark gewesen. Immerhin ging es hier um ihre Zukunft. Alles andere kam danach.

Dylan spürte Miriams Aufregung und legte ihr beruhigend die Hand auf den Rücken. Das Restaurant wurde bereits für den Abend hergerichtet – Blumenschmuck, frische Tischdecken, Besteck –, und die neugierigen Blicke der Angestellten folgten ihnen durch den Raum.

»Macht es dir nichts aus, dass sie uns zusammen sehen?«, flüsterte Miriam. »Ich meine, immerhin bist du der Geschäftsführer.«

»Und darf der kein Liebesleben haben?«, flüsterte Dylan belustigt zurück.

»Doch. Aber vielleicht nicht unbedingt mit einer älteren Frau.«

»Du bist älter als ich, aber keine ältere Frau. Zerbrich dir nicht den Kopf über meine Angestellten, okay? Und jetzt tief durchatmen. Es geht los.«

Schwungvoll stieß er die Tür zur Küche auf und schob Miriam mit ihrer Kiste hinein.

Zwischen blitzendem Edelstahl, modernsten Geräten und konzentriert arbeitenden jungen Männern stand ein älterer, der unverkennbar den Ton angab. Das musste Kenneth Clark sein.

»Doch nicht so, Scott!«, rief er ungeduldig. »Du musst

das Fleisch dünner schneiden, *dünner!* Herrgott, ist das denn so schwer zu kapieren?«

Der Gescholtene senkte den Kopf. Mit hochroten Wangen arbeitete er weiter.

Na, das fing ja vielversprechend an.

»Mr Clark«, sagte Dylan freundlich. »Wir wären da.«

Der Küchenchef drehte sich um. Er hatte ein hageres, scharf geschnittenes Gesicht mit stechenden blauen Augen, und Miriam wäre unwillkürlich zurückgewichen, hätte Dylans Hand nicht immer noch auf ihrem Rücken geruht. Sie versuchte, gleichmäßig zu atmen.

Wenn Mr Clark auch nur ein bisschen Sinn für außergewöhnliche Qualität hatte, würde er ihre Kräuter lieben.

»Mrs Weiden«, sagte Mr Clark gedehnt. »Dann lassen Sie mal sehen, was Sie so Großartiges anzubieten haben, dass Mr Thomas glaubt, Sie könnten damit meinen bisherigen Lieferanten ausstechen. Sie sind Autodidaktin, wenn ich recht informiert bin?«

»Nun, ich …«

»Egal. Ich sage es Ihnen lieber gleich. Wenn das, was Sie mir zeigen wollen, nichts taugt, dann werde ich nichts von Ihnen beziehen, nicht mal ein lumpiges Bündel Schnittlauch. Mr Thomas mag denken, er könnte sich in die Angelegenheiten der Küche einmischen. Aber für die Qualität meiner Speisen bin einzig und allein ich verantwortlich. Es geht um meinen Namen, und ich habe nur einen, verstanden?«

Miriam schluckte.

Hatte Mr Clark sich etwa gar nicht freiwillig bei ihr gemeldet? Hatte Dylan ein wenig nachgeholfen? Das war keine gute Voraussetzung. Der Küchenchef schien Miriam schon zu hassen, bevor er ihre Ware auch nur angeschaut hatte.

Scott, der Koch mit den schamroten Wangen, hatte sein Messer sinken lassen und schielte zu ihnen herüber. Ein weiterer Koch und sämtliche Lehrlinge beobachteten sie ebenfalls. Miriam konnte es ihnen nicht einmal verdenken, denn dies hier war kein normaler Vorstellungstermin. Es war ein unverhohlener Machtkampf zwischen Küchenchef und Geschäftsführer, mit Miriam dazwischen, und das war natürlich wesentlich spannender, als Fleisch oder Gemüse in dünne Streifen zu schneiden.

Mit hochgezogenen Brauen blickte Dylan sich um. »Wollen Sie nicht wieder an Ihre Arbeit gehen, meine Herren?«

Hastig wandten Köche und Lehrlinge sich ab.

»Und Sie, Mr Clark«, fuhr Dylan fort, »kommen bitte mal kurz mit mir nach draußen.«

Sein Upperclass-Akzent war ausgeprägter als sonst, was Dylans Ton eine gewisse Arroganz verlieh. Er maß Mr Clark mit unverwandtem Blick, und alles an ihm, vom Scheitel bis zur Sohle, zeugte von vollkommener Selbstsicherheit.

Miriam hatte ihren jungen Liebhaber noch nie anders erlebt als höflich und charmant. Doch in diesem Moment strahlte Dylan eine solche Autorität aus, dass sie sich gut vorstellen konnte, welchen Geist seine Erziehung geatmet hatte: Dylan war im Bewusstsein aufgewachsen, als Sohn eines reichen Landadeligen ganz selbstverständlich zur Elite zu gehören. Der Wille und der Anspruch, als Erwachsener eine Führungsposition einzunehmen, waren ihm mitsamt seinem guten Namen in die Wiege gelegt worden. Gegen diesen Dylan Thomas kam ein Mr Clark nicht an. Mit seiner geschwollenen Ader auf der Stirn wirkte der Küchenchef jetzt wie ein kleiner, jähzorniger Hafenarbeiter. Er tat Miriam fast leid.

Niemand wagte etwas zu sagen, als die beiden Männer die Küche durch die Hintertür verließen.

Eine Minute verstrich.

Eine weitere.

Miriam stellte die Holzkiste mit den Kräutern auf einem Stahltisch ab und knetete unbehaglich ihre Hände, während die Köche und Lehrlinge still vor sich hin schnippelten. Von draußen war kein Ton zu vernehmen. Offensichtlich stauchte Dylan seinen Küchenchef ebenso leise zusammen, wie er ihm den Befehl erteilt hatte, mit ihm vor die Tür zu kommen.

Einen Moment lang überlegte Miriam, ob sie einfach vorschlagen sollte, das Ganze abzublasen. Doch hier ging es weniger um sie und ihre Kräuter als um Mr Clarks Anerkennung der hierarchischen Verhältnisse auf Ivystone Manor. Also wartete sie erst einmal ab.

Dylan und der Küchenchef kamen wieder herein. Ihre Mienen waren undurchdringlich.

»Lassen Sie uns an die Arbeit gehen, Mrs Weiden«, sagte Mr Clark, ohne sie anzusehen. »Was haben Sie mir denn mitgebracht?«

Als das Geschäft unter Dach und Fach war, begleitete Dylan sie zu ihrem Fahrrad. Miriam befestigte die leere Holzkiste auf dem Gepäckträger.

»Womit hast du ihm gedroht?«, fragte sie Dylan.

Er runzelte die Stirn. »Ich pflege meinen Mitarbeitern nicht zu drohen.«

»Nicht? Mr Clark war schon sehr zahm nach eurem Gespräch unter vier Augen.«

»Weil ich ihm klargemacht habe, dass ich unter respektvollem, professionellem Verhalten etwas anderes verstehe als er. Und dass es mein Verständnis ist, das in diesem Hotel zählt.«

»Das war alles?«

»Na ja, fast.« Dylan legte die Hände auf Miriams Hüften und zog sie an sich. »Zugegeben, ich habe ihn auch dazu aufgefordert, deinen Kräutern eine faire Chance zu geben.«

Miriam seufzte. »Es war also gar nicht die Qualität meiner Kräuter, die ihn überzeugt hat, oder?«

»Doch, natürlich. Die letztendliche Entscheidung habe ich ihm überlassen, Miriam. Ich habe lediglich verlangt, dass er nicht dich abweist, um mir eins auszuwischen.«

»Wirklich?«

»Aber ja.« Dylan schob sie ein Stück von sich, hob ihr Kinn mit dem Zeigefinger an und sah ihr in die Augen. »Du kannst stolz auf dich sein!«

Doch Miriam war nicht stolz auf sich. Das Ganze war kein bisschen so gelaufen, wie sie sich das vorgestellt hatte. Nun, Dylan hatte es gut gemeint, er hatte sich für sie eingesetzt, und sie wollte nicht undankbar erscheinen.

Deshalb sagte sie: »Toll, dass es geklappt hat. Ich hätte

nicht gedacht, dass Mr Clark so viel Ware benötigt. Dreißig verschiedene Kräuter, und das jeden Tag …«

»Du wirst ganz schön zu tun haben mit deinen Lieferungen«, nickte Dylan. »Davon wirst du leben können. Wenn auch nicht in Saus und Braus.«

»Ach, die Hauptsache ist, dass ich meinen Ex nicht anbetteln muss.«

»Bevor ich dich das tun lasse«, sagte Dylan bestimmt, »stelle ich dich als meine Assistentin ein.«

»Und dann bist du mein Chef?« Miriam lachte. »Tut mir leid, aber da sind mir die Kräuter doch lieber.«

»Schade«, grinste Dylan und blickte ihr auf den Mund. »Ich muss wieder rein, heute steht eine Menge Arbeit an. Sehen wir uns morgen?«

»Komm einfach vorbei.« Sie küsste ihn. »Ich bin da.«

In der Abenddämmerung machte sie einen langen Spaziergang mit Percy. Glücklich rannte der alte Rüde über die Felder, ein dunkler Schatten mit fliegenden Ohren.

Miriam war weniger euphorisch. Sie fragte sich, woher das latente Unbehagen kam, das sie seit dem Zusammentreffen mit Mr Clark nicht mehr loswurde. Sie hatte den Auftrag doch in der Tasche. Und sie glaubte Dylan, dass er Mr Clark zu nichts gezwungen hatte.

Trotzdem hatte sie das Gefühl, es nicht allein geschafft zu haben, was der ganzen Sache einen bitteren Beigeschmack verlieh. Dylans Auftritt in der Hotelküche hatte seine Wirkung nicht verfehlt. Mr Clark hatte die Kräuter danach lediglich abgenickt, den Basilikum, den Salbei, die Wilde

Rauke, den Römischen Ampfer. Selbst ihr magisches Zitronengras war dem Küchenchef nur einen kurzen Augenblick des Innehaltens wert gewesen.

Andererseits würde sie, ob durch Dylans Einsatz oder nicht, auf diese Weise endlich eigenes Geld verdienen. Und das war doch eigentlich ein Grund zu feiern. Bei dieser Vorstellung hellte ihre Stimmung sich auf. Lucian fiel ihr wieder ein, und sein Wochenendplan mit dem Dolce Vita.

Spontan rief sie Percy und nahm ihn an die Leine.

»Komm, mein Süßer. Wir laden Lucian zu einem Glas Wein ein.«

Beschwingt von dieser Aussicht zog sie den Hund an ihrem Zuhause vorbei und ging die Landstraße weiter bis zu Lucians Cottage. Der Weg war nicht weit, und mit einem Mal kam es Miriam komisch vor, dass sie Lucian nicht schon viel früher zu sich eingeladen hatte. Immerhin lebten sie Tür an Tür. Na ja, Garten an Garten traf es wohl besser.

Vor Lucians Cottage stand ein Rover, und daneben parkte ein schicker roter Zweisitzer, beide Wagen hatten Londoner Nummernschilder.

Ihr Nachbar hatte offensichtlich Besuch.

»Was soll's, Percy. Kehren wir halt wieder um«, murmelte Miriam enttäuscht. »Da wollen wir nicht stören.«

In dem Moment hörte sie von oben Geräusche und sah hinauf.

Dort unterm Dach musste Lucians Schlafzimmer sein, denn die Geräusche, die aus dem gekippten Fenster drangen, waren … eindeutig. Der Besuch war also eine Frau. Seine Geliebte? Oder war er sogar verheiratet?

Fluchtartig machte Miriam sich davon.

Auf dem Rückweg fragte sie sich, wieso sie die ganze Zeit davon ausgegangen war, Lucian sei Single. Klar, sie hatte zuerst seine bärbeißig-rabiate Seite kennengelernt. Doch inzwischen wusste sie, dass er auch nett, charmant und umgänglich sein konnte. Außerdem sah er gut aus und war intelligent. Und er hatte einen interessanten Beruf…

Jedenfalls hätte sie nach dem heutigen Vormittag im Garten und ihrem anschließenden Vorstellungstermin gern ein Glas Wein mit ihm getrunken. Dass er anderweitig beschäftigt war, bedauerte sie mehr, als sie sich eingestehen mochte.

Wieder in ihrem Cottage angekommen ging Miriam direkt in die Küche, griff nach dem besten Roten, den sie vorrätig hatte, und nahm ihr Glas mit hinaus in den Garten. Beim Anblick ihrer Beete hob sich ihre Laune, und sie murmelte ihren Kräutern einen leisen Gruß zu.

Aus dem einen Glas Wein war fast eine Flasche geworden, und Miriam erwachte mit einem ziemlichen Kater. Sie zwang sich, eiskalt zu duschen.

Das half.

Danach trottete sie Percy durch den morgendlichen Garten hinterher.

Jenseits der Mauer schlenderte ihr Nachbar – wie schon am Vortag im Out-of-Bed-Look und mit einer Tasse Kaffee in der Hand – über die sonnenbeschienene Wiese. Als er Miriam erblickte, lächelte er sogar.

»Guten Morgen.« Er kam näher. »Na, wie war dein Besuch in der Hotelküche? Ich habe dir die Daumen gedrückt.«

Etwas distanziert antwortete Miriam: »Es war ganz gut. Zukünftig werde ich mit meinem Garten tatsächlich ein bisschen Geld verdienen.«

»Herzlichen Glückwunsch!« Lucians Lächeln vertiefte sich. »Darauf sollten wir anstoßen, oder?«

Miriam blinzelte. Gestern Abend hätte sie gerne mit ihm angestoßen. Aber da hatte er ja etwas Besseres zu tun.

»Warum schaust du so komisch?«, erkundigte sich Lucian. »Trinkst du keinen Alkohol?«

»Doch, doch, aber … ich hatte gestern ein Glas Wein zu viel.«

»Schade. Sonst hätte ich rasch eine Flasche Sekt in die Tiefkühltruhe gelegt.«

Miriam konnte sich die Frage nicht verkneifen. »Hast du nicht Besuch?«

Sein Blick veränderte sich, und langsam antwortete Lucian: »Mein Besuch ist schon wieder fort. Aber du möchtest ja sowieso nicht auf deinen Erfolg anstoßen. Oder hast du deine Meinung geändert?«

Miriam zögerte.

Dylan wollte heute kommen. Aber war das ein Grund, nervös zu werden? Was war denn schon dabei, mit dem Nachbarn ein Glas Sekt zu trinken?

»In einer Stunde«, hörte sie sich sagen. »Bis dahin dürfte der Sekt kalt genug sein.«

Sie verabredeten sich am Fluss.

Jürgen war sonntags manchmal mit Freunden zum Frühschoppen gegangen, doch Miriam hatte ihn nie begleitet.

Die Vorstellung, angetrunken zu ihrer Tochter zurückzukehren, um sich den restlichen Tag über matschig zu fühlen, während sie Brettspiele spielen, kochen und bei den Hausaufgaben helfen musste, war ihr ein Graus gewesen.

Aber jetzt war Miriam frei, und das spontane Glas Sekt mit Lucian kam ihr vor wie ein Symbol für ihre Freiheit. Sie war niemandem mehr Rechenschaft schuldig über das, was sie tat oder nicht tat.

Aufgekratzt lief sie mit dem schwanzwedelnden Percy zum Fluss.

Ich habe allen Grund zu feiern. Und ich will richtig feiern!

»Was hältst du von einer Gartenparty?«, fragte sie Lucian, der mit einer Flasche und zwei Gläsern auf sie wartete. Auf *seiner* Seite der Mauer.

»Bin ich denn eingeladen?«, fragte er, schenkte Sekt ein und reichte Miriam ein Glas hinüber.

»Nein, natürlich nicht. Ich wollte dich nur bitten, dich nicht über den Lärm zu beschweren, wenn du deinen Krimi lesen willst, während ich mit meinen Gästen die Nacht durchfeiere.«

Lucian lachte. »Danke, ich komme gern.«

Sie stießen an.

»Auf deine Kräuter«, sagte Lucian. »Mögen sie dir den Weg in die berufliche Selbständigkeit ebnen.«

»Danke.« Miriam nippte an ihrem Sekt. »Hm, der ist gut. Schmeckt wie Champagner.«

»Es ist ein englischer Sekt.« Stolz zeigte Lucian ihr die Flasche. »Der Name klingt nach Cider, aber der Inhalt schmeckt nach Champagner.«

»Besser als umgekehrt.« Miriam grinste. »Möchtest du nicht rüberkommen? Percy und ich beißen nicht.«

Lucian warf einen skeptischen Blick auf den schwarzen Rüden. »Lässt du mich in dein Revier, mein Freund?«

Percy brummte nur gleichmütig.

»Ich glaube, er meint ja«, sagte Miriam, und Lucian schwang sich über die Mauer.

»Was erforschst du eigentlich?«, fragte Miriam später.

Sie saßen am Fluss mit den Füßen im Wasser.

»Die antike Welt«, antwortete Lucian. »Genauer gesagt, die Hochkultur des antiken Griechenland und des Römischen Reiches. Und wenn du es noch genauer wissen willst, im Moment arbeite ich an einem Projekt zur systematischen Analyse der vorchristlichen griechischen Epik.«

Lucian warf ihr einen vorsichtigen Blick zu. »Das klingt furchtbar trocken, ich weiß. Ist es aber nicht, im Gegenteil. Ich finde es ungeheuer spannend.«

»Was fasziniert dich so daran?«, fragte Miriam neugierig.

Lucian schob die Brauen zusammen. Für eine Weile schaute er nachdenklich übers Wasser.

Schließlich antwortete er: »Ich glaube, meine Arbeit hilft mir, die Welt zu verstehen. In den Werken, die ich analysiere, ist alles enthalten, das ist nicht einfach nur Poesie. Wenn man diese alten Texte liest, taucht man ganz tief ein in Konzepte von Krieg und Frieden, von Psychologie, kultureller Identität, Religion und natürlicher Ordnung. Es geht um Mythen und den Ursprung der Götter, aber ebenso um den Menschen, um persönliche Schuld, unabwendbares Schicksal, innere Konflikte. Und vieles davon ist hochaktuell. Es gilt heute genauso wie gestern.«

Miriam schwirrte der Kopf. »Gib mir ein Beispiel«, bat sie.

»Deine Kräutergärtnerei. Sag mir, warum du so viel im Garten arbeitest.«

»Was hat das denn mit der antiken Welt zu tun?«

»Abwarten«, meinte Lucian lächelnd.

Sie überlegte.

»Ich kann es nicht gut erklären«, gestand sie nach einer Weile. »Es ist … eine Art inneres Bedürfnis. Wenn ich Erde und Pflanzen um mich habe, bin ich einfach ich. Je mehr ich mich auf meine Kräuter einlasse, je besser ich ihr Wesen begreife, desto mehr komme ich gleichzeitig zu mir selbst … irgendwie.«

Verlegen strich Miriam sich eine Strähne hinters Ohr.

Lucian nickte. »Werde, der du bist. Das sagt dir dein Gefühl, das sagt die moderne Psychologie, und das hat vor rund 2500 Jahren der Dichter Pindar gesagt. Verstehst du, was ich meine? Man kann so viel Erkenntnis, so viel Weisheit wiederentdecken, wenn man nur bereit ist, hier und da ein wenig Dreck wegzukratzen oder den Staub fortzublasen. Ich finde das großartig. Und es verblüfft mich immer wieder aufs Neue.«

Miriam zog die Füße aus dem Wasser und schlang die Arme um ihre Knie.

Werde, der du bist.

Lucian hatte ihr nur ein Beispiel geben wollen. Doch die Worte wühlten Miriam auf.

»Wenn ich erst jetzt, mit über vierzig, die werde, die ich bin«, fragte sie leise, »wer war ich dann all die Jahre zuvor?«

Sie erwartete nicht wirklich eine Antwort darauf.

Umso erstaunter war sie, als Lucian behutsam sagte: »Du warst auf dem Weg, nehme ich an. Wie wir alle.«

Ihre Blicke verhakten sich ineinander.

»Hier bist du!«, hörte Miriam Dylans Stimme, und instinktiv zuckte sie zusammen. »Ich dachte mir schon, dass ich dich im Garten finden würde.«

»Hey.« Miriam stand auf und ließ sich von ihm auf die Wange küssen. »Tut mir leid, ich habe dein Klingeln nicht gehört. Ich hatte dich nicht so früh erwartet. Bist du über die Mauer geklettert?«

»Bin ich.« Dylan sah von ihr zu Lucian. »Anscheinend nicht als Einziger.«

Hastig stellte Miriam vor: »Das ist mein Nachbar, Lucian Brent«, und aus unerfindlichen Gründen hatte sie plötzlich ein schlechtes Gewissen. »Lucian, Dylan Thomas.«

»Möchten Sie auch ein Glas Sekt, Mr Thomas?«, fragte Lucian höflich. »Wir feiern gerade Miriams Erfolg auf Ivystone Manor.«

»Dylan ist der Geschäftsführer des Hotels«, beeilte Miriam sich zu erklären. »Er hat mir diese Chance überhaupt erst ermöglicht.«

»Oh, das wusste ich nicht«, entschuldigte sich Lucian. »Mir gehört dieses Cottage zwar schon etliche Jahre, aber ich bin nur an den Wochenenden hier, und die Integration ins Dorfleben ist mir nie so recht gelungen.«

Miriam unterdrückte ein Grinsen. Hübsch ausgedrückt.

Wahrscheinlich kannte ihr Nachbar von Reedcombe kaum mehr als die Zufahrtsstraße zu seinem Haus.

»Gegen ein Glas Sekt hätte ich nichts einzuwenden.« Dylan legte Miriam den Arm um die Taille. »Aber danach muss ich Ihnen meine Freundin leider entführen, Mr Brent. Wir haben nämlich noch etwas vor.«

Lucian blinzelte. »Selbstverständlich«, sagte er.

Miriam stand stocksteif da. Obwohl Dylan in der Öffentlichkeit nie besonders zurückhaltend gewesen war, war dies das erste Mal, dass er sie offiziell als seine Freundin bezeichnet hatte. Mit seiner Hand auf ihrer Taille meldete er zudem unmissverständlich seine Besitzansprüche an.

Und auch wenn Miriam es an und für sich gut fand, dass Dylan zu ihrer Beziehung stand, so löste diese Geste dennoch Unbehagen in ihr aus. Sie gehörte Dylan nicht und auch sonst niemandem, und sie wollte schon gar nicht gegen einen anderen Mann verteidigt werden! Es war unangenehm, auf diese Weise vereinnahmt zu werden.

Missmutig trank sie ihr Sektglas leer.

»Was haben wir denn vor?«, fragte sie Dylan, als sie durch den Garten zurück zum Cottage gingen.

»Es ist eine Überraschung.« Dylan sah auf seine Armbanduhr. »Wenn du den Anfang mitkriegen willst, müssen wir uns beeilen. Dein Nachbar hat uns mit seinem Sekt ziemlich aufgehalten. Hast du ein helles Kleid?«

Nun wurde Miriam doch neugierig. Sie warf einen Blick auf Dylans Outfit: cremefarbene Hose, cremefarbenes Hemd.

»Sag schon.« Sie zwickte Dylan in die Seite. »Wo gehen wir hin?«

»Autsch. Also gut, ich gebe dir einen kleinen Tipp. Du lebst nun hier, und du arbeitest hier. Du hast deine Reitkenntnisse aufgefrischt, hast einen Hund, begeisterst dich fürs Gärtnern und hast Sex mit einem Angehörigen des Landadels. Was fehlt da wohl noch, um als würdige Bewohnerin dieser schönen, traditionsreichen Insel durchzugehen?«

Miriam grinste. »Das unfassbare britische Selbstbewusstsein?«

»Falsch.« Dylan küsste sie auf die Schläfe. »Cricket, my love.«

Der gepflegte Rasen am Dorfrand, der an diesem Sonntag als Cricketplatz diente, wurde unter der Woche von der Reedcomber Jugend als Fußballfeld genutzt. Miriam war ein paarmal daran vorbeigeradelt und fand, dass der Platz für einen Sport wie Fußball viel zu pittoresk war. Er lag am Fluss und war so malerisch von Walnussbäumen gesäumt, dass Schweiß, grobe Scherze und wilde Flüche nicht zu ihm passten.

Heute jedoch fluchte niemand. Stattdessen herrschte eine heitere Gelassenheit. Männer und Frauen standen in kleinen Grüppchen in der Nähe des Spielfeldes, unterhielten sich und lachten. Ehepaare saßen mit ihren Kindern auf Picknickdecken. Elegante junge Paare tranken Champagner, weniger elegante saßen oder lagen entspannt auf der Wiese.

»Wir haben Glück«, sagte Miriam, als sie sich der friedlichen Szenerie näherten. »Es hat noch gar nicht angefangen.«

»Ähm, doch«, sagte Dylan. »Sieh mal aufs Spielfeld. Das sind keine Aufwärmübungen, weißt du?«

Sie reckte den Hals. Und richtig, da liefen ein paar Männer herum. Manchmal wurde ein Schläger geschwungen, ein Ball geworfen oder gefangen. Doch dann war wieder Ruhe, und auch unter den Zuschauern herrschte nicht gerade Aufregung. Keiner brüllte herum, keiner feuerte die Spieler an. Alle schienen vollkommen damit zufrieden, ihrer jeweiligen Beschäftigung nachzugehen, und wenn diese in einem Nickerchen bestand.

»Das ist das Spiel?«, fragte Miriam ungläubig.

»Gefällt es dir nicht?«

»Doch, natürlich, es ist nur sehr … unspektakulär.«

»Das ist ja das Schöne.« Dylan lächelte. »Man kann hierherkommen und seinen Sonntag genießen, Freunde treffen und gemütlich etwas essen und trinken, und wenn einem der Sinn nach ein wenig Abwechslung steht, kann man auch das Spiel verfolgen. Die Leute lieben das. Schau!« Er zeigte über die Wiese zu einem Walnussbaum. »Deine Freunde, die Hortons, sind auch da.«

Tatsächlich saßen dort Kate, Freddy und Stella mit einem immensen Picknickkorb.

Miriam und Dylan schlenderten zu ihnen hinüber und wurden sogleich freudig eingeladen, sich auf die karierte Decke zu setzen und etwas mitzuessen.

Stella nahm dies zum Anlass, mit gelangweilter Miene zu verkünden: »Mir wird's hier zu eng. Ich gehe zu Lissy rüber.«

»Wohl eher zu ihrem hübschen Bruder, was?«, neckte Kate ihre Tochter.

Stella verdrehte die Augen und trollte sich.

»Ist sie etwa verliebt?«, erkundigte Freddy sich besorgt, als das Mädchen außer Hörweite war. »In diesen Lackaffen Dave?«

»Ich denke schon.« Kate zuckte die Schultern. »Warum auch nicht? Gönn es ihr doch, Darling. Die Liebe ist so etwas Wundervolles.«

Dylan legte seine Hand auf Miriams Hand und sagte lächelnd: »Da kann ich nur zustimmen.«

Erschrocken senkte Miriam den Blick.

Liebe?

Dylan und sie, das war der Moment. Es war wunderbar. Zuneigung, Leichtigkeit und Verlangen. Es war Feuer. Es war Sex.

Aber Liebe?

Konnte das, was sie hatten, wirklich von Dauer sein? Der Reiz ihres Abenteuers – und das war es, was sie hatten, ein Abenteuer – lag im Augenblick. In der Freiheit, nichts zu müssen, aber nach Lust und Laune alles tun zu können, wonach ihnen der Sinn stand. Irgendwann jedoch würde das vorbei sein. Es war eine Affäre. Das wusste er doch, sie wussten es doch beide! Oder?

Ihre Hand unter seiner fühlte sich heiß und feucht an, und Miriam zog sie fort.

Dylan sah sie fragend an.

»Hättet ihr Lust auf eine Gartenparty?« Miriam lächelte verkrampft in die Runde. »Mein Nachbar hat schon zugesagt.«

Die Fragezeichen in Dylans Augen wurden größer.

Doch dann lehnte er sich zurück, stützte sich auf die Ellenbogen und sagte locker: »Klar. Ich kann die Deko mitbringen, wenn du willst. Wir haben jede Menge davon im Hotel, für Hochzeiten und Feste.«

»Wir kommen auch!«, rief Kate begeistert und begann sofort aufzuzählen, welche kulinarischen Köstlichkeiten sie beisteuern würde.

Erleichtert stürzte Miriam sich in eine ausführliche Diskussion über Fingerfood, Getränkeauswahl und Lampionfarben.

Dylan wandte sich Freddy zu, nahm dankend ein Ginger Beer an und lachte über einen von Freddy bedächtig vorgetragenen Scherz. Miriam beobachtete ihn verstohlen, und langsam entspannte sie sich.

Es ist alles wie immer, sagte sie sich, es hat sich nichts verändert.

Sie schob ihre Hand wieder unter Dylans, und sie verschränkten ihre Finger ineinander.

Die nächste Woche brachte so viel Arbeit mit sich, dass Miriam alles andere vergaß.

Als Erstes erstellte sie für Mr Clark eine Liste ihrer Kräuter. Mit Pflanzenlexikon, Smartphone, Block und Bleistift bewaffnet durchschritt sie ihren Garten und schrieb jede Sorte mit dem englischen und dem lateinischen Namen auf. Wenn das nicht möglich war, weil sie die Pflanze nicht zweifelsfrei bestimmen konnte oder weil sie eine von Phyllis' Spezialzüchtungen war, vermerkte Miriam zumindest die Art und ihre Besonderheiten in Aussehen und Geschmack.

Anschließend schrieb sie die Listen am Computer ins Reine und schickte sie per E-Mail an Mr Clark.

Danach kümmerte sie sich um die notwendigen Formalitäten der Existenzgründung. Sie meldete sich online als Einzelunternehmerin beim Finanzamt an. Die Sozialversicherungsnummer zu beantragen war aufwendiger. Zunächst musste Miriam dazu beim zentralen »Jobcenter Plus« anrufen, wo man ihr einen Termin für das Regionalbüro in Honiton gab. Dort hatte sie dann persönlich zu erscheinen, um so ziemlich jedes Dokument vorzulegen, das sie jemals in ihrem Leben erhalten hatte.

Doch obwohl sie stundenlang in Warteschleifen hängen, sich mit unfreundlichen Beamten herumschlagen und die abwegigsten Bescheinigungen zusammensuchen musste, fand Miriam das alles in erster Linie aufregend. Sie, Miriam Weiden, gründete ein Unternehmen. Zwar hatte es noch keinen Namen, und es bestand nur aus ihr selbst, aber es war ein Unternehmen. Ihre Kräuter waren jetzt offiziell mehr als ein Hobby. Und das, fand Miriam, war beflügelnd.

Weniger beflügelnd war die Kalkulation, die sie abends am Esstisch erstellte, während Percy sorglos in seinem Körbchen schnarchte.

Finanziell würde es knapp werden.

Sehr knapp.

Mr Clark hatte Miriam zu verstehen gegeben, dass er ihr ausschließlich frische Kräuter abkaufen wollte. Für Trockenware hatte er seine Lieferanten in der Provence und der Toskana. Was bedeutete, dass Miriam außerhalb der Freilandsaison keinen Penny verdienen würde.

Momentan war das zwar noch kein großes Problem, da sie noch bis einschließlich September Unterhaltszahlungen von Jürgen bekam, sodass sie den gesamten Erlös aus dem Kräuterverkauf ansparen konnte. Davon würde sie bis zum Jahresende leben können. Doch spätestens im Januar wären diese Ersparnisse aufgebraucht.

Wie sollte sie die Zeit bis zum Beginn der nächsten Freilandsaison finanziell überbrücken?

Miriam rechnete, raufte sich die Haare und rechnete wieder.

Und wenn sie doch ihr Erbe anzapfte? Für einige Zeit käme sie damit ganz gut über die Runden. Aber wenn es aufgebraucht wäre, hätte sie nicht nur keine Rücklagen mehr, sondern wäre auf Sozialhilfe angewiesen.

Nein, langfristig musste es anders gehen.

Sie legte Tabellen an, machte Listen. Strich hier einen kleinen Luxus und dort eine Versicherung und konnte immerhin positiv verbuchen, dass sie keine Miete zahlen musste, kein Auto besaß und nicht zu den Frauen gehörte, die jeden Monat neue Schuhe brauchten. Große Anschaffungen standen nicht an, und sich noch eine Weile mit Phyllis' alten Möbeln und den Blümchentapeten zu begnügen war auch kein Problem.

Demgegenüber stand die Tatsache, dass sie im Winterhalbjahr trotzdem nicht von Luft und Liebe leben konnte. Dass früher oder später das Reetdach faulen und der alte Rasenmäher den Geist aufgeben würde, Percy Impfungen vom Tierarzt brauchte und sie selbst vielleicht mal eine Brille – oder auch nur neue Gummistiefel.

An diesem Abend wurde Miriam klar, dass der Verkauf frischer Kräuter an Ivystone Manor lediglich ein Anfang sein konnte. Für die Wintermonate der kommenden Jahre würde sie sich etwas einfallen lassen müssen.

Und zwar bald.

Die Arbeit im Garten wuchs täglich an. Über einige der Pflanzen waren Läuse hergefallen. Miriam setzte hektisch Spritzbrühen aus Brennnesseln und Wermut an und bestäubte die Kräuter in der Zwischenzeit mit Asche aus dem Kamin.

Wenn Läuse früher in ihrem Garten in Deutschland die Beete heimgesucht hatten, hatte Miriam einfach abgewartet und die Arbeit hungrigen Schlupfwespen, Ohrwürmern und Marienkäfern überlassen. Doch diese Ruhe konnte sie sich jetzt nicht mehr leisten. Mr Clark erwartete perfekte Ware, und sie würde ihm perfekte Ware liefern. Und wenn sie jede einzelne Laus mit dem Fingernagel von den Halmen kratzen musste!

Am Abend vor der ersten Lieferung traf eine Mail von Mr Clark ein. Er habe sich entschlossen, schrieb der Küchenchef, Miriams Kräuter bevorzugt für die Tageskarte zu verwenden. Somit bleibe bei seinen Bestellungen lediglich ein Grundstock von zehn Kräutern immer gleich, der Rest würde täglich variieren, weshalb Miriam allabendlich mitgeteilt bekomme, was sie am nächsten Tag zu liefern habe.

»So flexibel sind Sie ja hoffentlich«, schloss der Küchenchef unfreundlich. »Anbei die erste Liste.«

Die erste Liste.

Die erste Ernte.

Das erste Mal, dass sie ihre Kräuter wirklich und wahrhaftig verkaufen würde.

Miriam war so aufgeregt, dass sie nachts hellwach im Bett lag.

Also vertrieb sie sich die Zeit damit, sich bis ins Detail ihren neuen Arbeitsalltag auszumalen: Sobald die Nachtfeuchte getrocknet wäre, würde sie in den Garten gehen und die schönsten und aromatischsten der angeforderten Kräuter auswählen. Zwischen die frischen Blätter durfte sich selbstverständlich kein einziges welkes schmuggeln. Deshalb würde sie die empfindlichen Kräuter in die Beutel stecken, die sie in Exeter erstanden hatte, und die weniger empfindlichen in Körben lagern. Sie würde sie in der Küche abwiegen, damit die Menge genau stimmte. Am Mittag würde die Ware wie abgesprochen mit dem Lieferwagen des Hotels abgeholt.

Im Prinzip ist das Ganze doch sehr einfach, dachte Miriam, und mit einem Lächeln auf den Lippen schlief sie ein.

Aber die Realität hatte es nicht so mit Prinzipien.

Denn als Miriam am nächsten Morgen aufstand, regnete es. Mehr noch, es schüttete. Miriam fragte sich, was schlimmer war: die Kräuter im strömenden Regen zu pflücken, was laut Gartenratgeber eine Todsünde war, oder Mr Clark zu bitten, ihr den Lieferwagen erst am frühen Abend zu schicken.

Sofern es bis dahin aufgehört hatte zu regnen …

Aber blieb dem Küchenchef dann noch genügend Zeit, um die Kräuter für seine Gerichte zu verarbeiten? Die Vorbereitungen für das Dinner fingen ja schon nachmittags an.

Warum hatte sie nicht rechtzeitig an all diese Dinge gedacht und sie mit ihm besprochen?

Miriam brach der Schweiß aus.

Sie stand am Fenster, starrte in den Regen und begriff entsetzt, dass sie in jeder Hinsicht unprofessionell war. Keine gelernte Gärtnerin, keine Geschäftsfrau, keine … gar nichts. Eine geschiedene Hausfrau mit Hund, die sich gewaltig überschätzt hatte. Dass gleich der erste Auftrag in die Hose ging, war der beste Beweis dafür.

Welcher Teufel hatte sie eigentlich geritten, sich auf diese Kräutergeschichte einzulassen? Warum hatte sie sich nicht einen ganz normalen Job gesucht, einen, in den man eingeschult wurde oder einen Kurs oder eine Fortbildung machen konnte. Irgendetwas Vernünftiges jedenfalls, womit man Geld verdiente, um über die Runden zu kommen.

In Miriams Verzweiflung mischte sich immer mehr Panik.

Schließlich griff sie zum Telefon und rief den einzigen Menschen an, dem sie sich in ihrer Verfassung anzuvertrauen wagte.

Barbara hörte sich ihr atemloses Gestammel in aller Seelenruhe an.

Nachdem Miriam geendet hatte, fragte sie: »Habe ich das richtig verstanden, Miri? Es regnet?«

»Ja.«

»Es regnet also. In England.«

»Ja …«

»Miri?«

»Ja?«

»Beweg deinen Hintern in den Garten und ernte die verdammten Kräuter! Wenn dieser Mr Clark Freilandware will, dann kriegt er Freilandware, und wenn er trockene Freilandware will, dann soll er gefälligst nach Australien ziehen.«

Miriam schniefte.

»Okay«, sagte Barbara und atmete tief durch. »So wie ich das sehe, hast du einen akuten Rückfall. Einen Rückfall in alte Muster, in Jürgen-kann-alles-besser-und-ich-bin-eine-Null-Zeiten.«

Tatsächlich fühlte Miriam sich wie eine Null. Oder sogar wie eine Doppelnull.

Leise sagte sie: »Ich habe Angst, Barbara. Ich weiß doch gar nichts über professionellen Kräuteranbau. Ich habe zwar einen tollen Garten, aber die Pflanzen wachsen von ganz alleine, und sobald es ein Problem gibt, bin ich total überfor…«

»Hey«, unterbrach Barbara sie sanft. »Hast du mir nicht schon mehr als einmal erzählt, du würdest jeden Tag in deinem Garten arbeiten?«

»Ja …«

»Also wachsen deine Pflanzen zwar von alleine, weil alle Pflanzen auf dieser Erde das tun. Aber du scheinst sie zumindest sehr tatkräftig dabei zu unterstützen.«

»Und wenn das nicht reicht? Ich meine, ist diese Kräuterverkaufsidee nicht ein völliger Irrsinn?«

»Jeder große Traum ist eigentlich ein völliger Irrsinn. Gib

doch nicht auf, noch bevor du überhaupt richtig angefangen hast.« Barbara seufzte. »Ach, Miri. Du und deine Selbstzweifel!«

Miriam schluckte.

»Sag mal«, meinte Barbara, »soll ich dich nächstes Wochenende besuchen? Dann kann ich dich seelisch ein bisschen aufbauen und sehe endlich mal, wie du jetzt lebst. Was hältst du davon?«

»Das würdest du tun?«, fragte Miriam gerührt, und sofort ging es ihr besser. »Ich würde mich sehr, sehr, sehr über deinen Besuch freuen, Barbara!«

»Sicher? Dann buche ich nämlich gleich einen Flug.«

»Absolut sicher.«

»Stellst du mir dann auch deinen Dylan vor?«

»Na klar. Ich will sowieso eine Party geben, da kannst du gleich alle kennenlernen, die Hortons, die Wicklows und sogar Bob.«

»Und Bob ist ...?«

»... der alte Taxifahrer, der mich damals von Exeter nach Ivystone Manor gefahren hat. Er ist Kates und Freddys Nachbar, wir haben ihn beim Cricket getroffen, und da habe ich ihn spontan eingeladen. Bob und ich wollten uns sowieso mal zum Tee treffen. Er kommt mit seiner Frau, die kenne ich aber noch nicht ...«

Begeistert planten Barbara und Miriam ihr gemeinsames Wochenende, und darüber vergaß Miriam nicht nur die Zeit, sondern auch ihre Panik.

»Ich sag dir noch Bescheid, wann ich ankomme. Kannst du deinen Taxifahrer vielleicht bitten, mich in Exeter abzuholen? Der verfährt sich wenigstens nicht, wenn ich ihm die Adresse deines Hexenhäuschens sage.«

»Ich wohne doch nicht im finsteren Wald, liebe Gretel.«

»Wer weiß, wer weiß … Also bis bald, liebe Hexe.«

Grinsend legte Miriam auf.

Dann flog ihr Blick zum Fenster.

Beweg deinen Hintern in den Garten und ernte die verdammten Kräuter!

Miriam rief nach Percy und ging schnurstracks hinaus in den Regen.

Am späten Abend bekam sie einen Anruf von Mr Clark.

O nein, dachte sie und biss die Zähne zusammen, jetzt kommt's.

»Wie haben Sie das gemacht?«, blaffte der Küchenchef sie an, als sie abhob.

»Ich weiß, Mr Clark, das ist heute nicht optimal gelaufen. Aber für das Wetter kann ich nichts und …«

»Spitzenware, obwohl alles klatschnass war.«

Miriam stutzte.

»Dann waren Sie zufrieden?«

»Sag ich doch, oder können Sie kein Englisch?«, kam es gereizt zurück. »Machen Sie weiter so, kapiert?«

»Okay«, murmelte Miriam. »Kapiert.«

Und während der Küchenchef sie streng darauf hinwies, dass sie sein Lob keineswegs als Freibrief für künftige Schlamperei verstehen dürfe, ging Miriam zum Fenster, öffnete es weit und schickte ihren Kräutern durch Regen und Dunkelheit einen stummen Dank.

Da der Tag für ihre Gartenparty nun feststand, begann Miriam nach und nach mit den Vorbereitungen.

Dylan klärte sie darüber auf, dass es üblich war, Einladungskärtchen zu verschicken. Sie lagen im Bett, und er streichelte sie.

»Vergiss nicht, eine Anfangs- und Endzeit zu vermerken.«

Miriam kicherte. »Ich kann den Gästen doch nicht vorschreiben, wann sie gehen müssen.«

»Jeder Gastgeber hier tut das«, erwiderte Dylan ungerührt. »Außerdem solltest du eine Antwortkarte beilegen für die Zu- und Absagen. Nach dem Fest musst du dann allen schriftlich dafür danken, dass sie gekommen sind, und deine Gäste werden sich im Gegenzug für die tolle Party bedanken. Ebenfalls schriftlich.«

»Da hat die Post aber zu tun. Und das alles für ein Gartenfest?«

»Natürlich. Sei froh, dass du keinen runden Geburtstag feierst. Dann müsstest du vor der Einladung nämlich noch Save-the-Date-Karten verschicken.«

»Ihr seid schon komisch, ihr Engländer«, grinste Miriam.

»Wir mögen komisch sein«, sagte Dylan selbstbewusst, »aber wir haben so unsere Vorzüge.«

»Habt ihr das?«

»Haben wir.«

Er legte sich auf sie, und Miriam spürte seine Lust.

»Unter anderem können wir ziemlich oft hintereinander.«

»Du meinst, du kannst ziemlich oft hintereinander«, sagte sie lächelnd.

Als Antwort drang Dylan in sie ein.

Lag es daran, dass sie schon müde war vom ersten Mal oder daran, dass sie in Gedanken noch bei dem Fest war, bei Barbaras Besuch, bei den Vorbereitungen? Diesmal jedenfalls blieb Miriams Höhepunkt aus.

Die Arbeit mit den Kräutern spielte sich ein. Miriam erhielt jeden Abend per E-Mail Mr Clarks Bestellung, und jeden Vormittag – ob Sonne oder Regen – ging sie mit Schere, Beuteln und Körben hinaus. Sorgfältig erntete sie die Halme der Winterheckzwiebel, die veilchenblauen Blüten der Duftnessel, die jungen Blätter des Frauenmantels. Sie zupfte Gänsefußblätter ab, grub Meerrettichwurzeln aus und pflückte die reinweißen Blüten der Nachtviole. Dabei stellte sie sich gern vor, wie Mr Clark ihre Kräuter einsetzen würde: Er würde Gemüsegerichte mit der exotischen Würze des Curryblatts kochen. Gegrilltes Fleisch mit dem feinen mediterranen Aroma der Myrte. Selbstgemachtes Eis, verziert mit den panaschierten Blättchen der Duftpelargonie.

Lob kam keines mehr, Klage aber auch nicht. Der Küchenchef schien zufrieden mit ihr zu sein. Das musste ihr wohl reichen.

Und dann kam Barbara.

Wie ein rotgelockter Wirbelwind fegte sie am Freitagabend durch Cottage und Garten. Sie fand die Streublümchentapete »allerliebst« und den gusseisernen Herd »vintage«, und sie war von allem so begeistert, dass Miriam richtig stolz auf ihr neues Zuhause war.

Nach dem Abendessen setzten sie sich hinaus in den Garten auf eine Decke unter die Apfelbäume. Sie plauderten, lachten und tranken eine Flasche englischen Sekt, den Miriam durch Lucian schätzen gelernt hatte. Percy ließ sich stundenlang genüsslich von ihnen kraulen. Erst spät in der Nacht gingen sie schließlich schlafen – Percy ins Körbchen vor dem Kamin, Miriam aufs Sofa und Barbara ins Bett. Barbara protestierte zwar gegen diese Sonderbehandlung, doch Miriam überredete sie mit dem Argument, dass Gäste, die bei den Vorbereitungen für ein Fest helfen würden, wenigstens gut schlafen müssten.

Am nächsten Vormittag schlenderten sie durch Reedcombe. Es war warm, Rosen blühten in den Vorgärten, und in der Ferne hörte man das Knattern eines Mopeds. Sonst herrschte Stille.

»Sag mal, wo sind denn alle?«, fragte Barbara und sah sich auf der leeren Dorfstraße um. »Es wohnen doch Menschen hinter diesen hübschen grünen Türen, oder?«

»Nicht nur das. Manchmal sitzen sogar welche davor auf den Bänken.« Miriam lachte. »Keine Angst, es ist keine Filmkulisse. Obwohl es mir am Anfang auch so vorkam.«

»Dann sind die Reedcomber wohl sehr häuslich?«

»In den Pub und auf den Cricketplatz gehen sie schon. Reedcombe ist halt keine Stadt.« Miriam hatte das Gefühl, ihr Dorf verteidigen zu müssen. »Immerhin gibt es in der Village Hall ziemlich viele Kurse.«

»Aha«, meinte Barbara zweifelnd. »Und gehst du auch zu diesen Kursen?«

»Bis jetzt noch nicht.«

»Das solltest du aber, wenn sonst schon nichts los ist.«

Barbara hakte sich bei Miriam unter. »Ich habe gerade einen Workshop gemacht. Fotografieren im Urlaub. Er war klasse. Ehrlich, wenn ich in einem so kleinen Dorf leben würde, ich glaube, ich würde alles mitmachen, was es gibt. Wenn es mich nur aus der Isolation befreien würde.«

Miriam sah Barbara von der Seite an.

»Aber ich bin nicht du, Barbara. Für mich ist es besser, einen Schritt nach dem anderen zu gehen.«

Barbara schwieg überrascht.

Dann sagte sie: »England hat dich wirklich verändert.«

»Findest du?«

»Aber hallo! Mir scheint, du hast sogar ein paar neue Falten bekommen.«

»Na besten Dank.«

»Lachfalten, Miri! Das ist ein gutes Zeichen. Schließlich warst du in den letzten Jahren nicht unbedingt für deine Heiterkeit bekannt.«

Forschend sah Barbara ihr ins Gesicht. »Dir fehlt echt nichts in diesem Kaff, oder?«

Miriam zuckte die Schultern. »Nein. Weil ich mich hier nicht einsam fühle.«

»Klar. Hier hast du ja auch deinen Liebhaber.«

»Nein, Barbara«, sagte Miriam ruhig. »Hier habe ich mein eigenes Leben.«

Am Nachmittag fuhr Dylan mit dem Lieferwagen des Hotels vor, der statt mit Kräutern diesmal bis unters Dach mit Dekorationsmaterial für die Party beladen war.

»Wenn schon, denn schon«, grinste Dylan, als Miriam angesichts all der Feuerkörbe, Holzscheite, chinesischen Lampions und bunten Bodenkissen die Augen weit aufriss.

Zu dritt trugen sie die Dekoration in den Garten, und während Dylan die schweren Feuerkörbe auf der Wiese verteilte, hängten die beiden Frauen Lampions in die Apfelbäume.

»Ist ja ein ganz schöner Hottie, dein Dylan«, flüsterte Barbara.

»Ja.« Miriam schmunzelte. »Nett ist er übrigens auch.«

»Das bezweifle ich nicht.« Barbara nahm einen roten Lampion zur Hand. »Aber Reden ist nicht der primäre Zweck eurer Beziehung, oder?«

Miriam sah sich nach Dylan um, der gerade Holzscheite in den Eisenkörben aufschichtete. Er wandte den Kopf und lächelte ihr zu. Ihr Hals wurde eng.

»Ich möchte nicht über Dylan sprechen, als sei er ein Spielzeug«, sagte sie heiser. »Das hat er nicht verdient.«

»Bist du etwa verliebt?«, fragte Barbara verblüfft.

»Ich … ich mag ihn.« Miriam schluckte. »Sehr sogar. Seine Sorglosigkeit, seine Energie, seine ganze Art, das Leben anzugehen. Er hat keine Angst vor Herausforderungen, und obwohl er aus einer Adelsfamilie stammt, ist es ihm scheißegal, was die Leute von ihm denken. Von ihm und von uns.«

Barbara schwieg. Sie hängte einen grünen Lampion auf, einen blauen, einen gelben und einen orangefarbenen.

»Und wenn er mal Kinder will?«, fragte sie dann. »Hast du darüber nachgedacht?«

Miriam lehnte sich gegen den Stamm des geschmückten

Apfelbaums. Kinder? Nein, darüber hatte sie noch nicht nachgedacht. Überhaupt schien sie, was Dylan und sie betraf, viel zu wenig nachgedacht zu haben.

Zerknirscht sagte sie: »Du meinst, ich nehme ihm seine Zukunft, wenn ich mit ihm zusammenbleibe. Ist es so?«

Barbara sagte nichts, doch ihr Gesichtsausdruck sprach Bände.

Miriam seufzte.

»Ich habe mich wohl einfach fallen gelassen«, gestand sie. »In diesen Rausch und in die guten Gefühle, die diese Affäre in mir ausgelöst hat.«

»Hat«, wiederholte Barbara. »Vergangenheit?«

»Nein. Doch. Ach, ich weiß es nicht.« Miriam stieß sich vom Baumstamm ab. »Das Ganze ist ernster geworden, als ich es beabsichtigt hatte.«

»Verstehe. Dann ist er es, der sich verliebt hat, hm?«

Miriam seufzte.

»Du hast anfangs gemeint, ich sollte mir Dylan warmhalten«, sagte sie. »Erinnerst du dich?«

»Da hättest du wohl besser nicht auf mich hören sollen. Ich habe mich immer schon zu viel in dein Leben eingemischt.«

Eine Weile schwiegen sie beide.

Dann fragte Barbara: »Was hätte ich dir damals raten sollen, Miri?«

Miriam sah wieder zu Dylan hinüber. Eine zärtliche Wehmut stieg in ihr auf, und sie antwortete leise: »Ihn früh genug loszulassen.«

Da die Stunden vor dem Gartenfest der denkbar schlechteste Zeitpunkt waren, um die Zukunft ihrer Beziehung zu klären, bekämpfte Miriam ihre Melancholie mit hektischer Betriebsamkeit. Sie arrangierte die Bodenkissen, richtete Gläser und Geschirr her und bereitete mit Barbara die Speisen für den Abend vor, während Dylan zum Duschen und Umziehen kurz zurück in seine Wohnung ging.

Miriam hatte die Zutaten für das Essen am Vortag im Farm Shop gekauft. Doch zufrieden war sie mit dem, was Rick Elliston ihr angeliefert hatte, diesmal nicht.

»Den hier habe ich aber nicht ausgesucht.« Sie hielt einen schlaffen Salatkopf in die Höhe, dann wies sie auf ein paar schrumpelige Paprika. »Und die auch nicht. Mr Elliston scheint mir seine Reste angedreht zu haben.«

»Was, wirklich?«

Barbara verrührte Öl und Essig zu einer Vinaigrette und presste eine Knoblauchzehe dazu. »Macht der das öfter?«

»Wenn ich so darüber nachdenke… Ja, in letzter Zeit schon. Im Laden bestelle ich knackfrische Äpfel, und geliefert bekomme ich die wurmstichigsten Exemplare von allen!«

»Komisch. Hat dieser Mr Elliston was gegen dich?«

Miriam verzog das Gesicht. »Keine Ahnung. Seine Frau, ja, die hasst mich, obwohl sie mich kaum kennt. Aber er war eigentlich immer recht freundlich. Ich verstehe das nicht.«

»Dann kauf doch woanders ein«, schlug Barbara pragmatisch vor.

»Geht nicht ohne Auto.«

»Na, dann leg dir eins zu.«

»Geht auch nicht.«

Barbara verdrehte die Augen. »Und wieso nicht, bitte schön?«

»Weil du gesagt hast, dass ich nicht mehr auf deine Ratschläge hören soll.« Miriam grinste.

Barbara stieß sie mit dem Ellenbogen in die Seite.

»Ausnahmen bestätigen die Regel, du Nuss. Und jetzt lass uns diesen unansehnlichen Salat putzen. In einer Stunde kommen unsere Gäste!«

Kate und Freddy trafen als Erste ein, Lucian kurz danach. Rebecca und Brandon brachten neben Pralinen auch ihr neuestes Sorgenkind mit, eine gehörlose Hündin namens Sunny, die Percys Herz dadurch eroberte, dass sie ihn komplett ignorierte. Stoisch saß die Hündin neben Rebecca im Gras, während Percy um sie herumschwänzelte wie ein verliebter Teenager.

Der alte Bob, für den Miriam einen Stuhl herausgetragen hatte, lehnte diesen entrüstet ab und bestand darauf, sich wie alle anderen auf ein Kissen am Boden zu setzen. Seine Frau, eine schlanke Dame in den Sechzigern, deren graues Haar zu einem langen Zopf geflochten war, ließ sich sogar im Lotussitz nieder.

»Sie sind Meditationslehrerin, Mrs Frye?«, fragte Miriam, denn sie meinte sich zu erinnern, dass Bob während ihrer Taxifahrt im März so etwas angedeutet hatte.

»Meditation, Yoga, Atemtechniken, Pilates … Ich habe so einiges im Programm.«

»Wie interessant. Ist das Ihr Hauptberuf?«

»Ja, wenngleich man leider sagen muss, dass die Reedcomber ein wenig konservativ sind. Lassen Sie es mich so ausdrücken. Meine Kurse könnten voller sein. Mit einem Beruf wie meinem verdient man hier zu wenig zum Leben und zu viel zum Sterben.« Mrs Frye zuckte lächelnd mit den Schultern. »Aber nennen Sie mich doch bitte Carol, Liebes. Überhaupt würde ich vorschlagen, dass wir uns hier alle mit Vornamen anreden. Es verbessert den Energiefluss innerhalb der Gruppe erheblich, wenn man gleich zu Anfang die seelischen Mauern einreißt.«

»O bitte, Darling«, brummte Bob liebevoll neben ihr. »Wir sind hier nicht in einem deiner Kurse. Dies ist eine Party.«

»Ich finde Carols Idee sehr gut«, sagte Miriam schnell. Sie blickte in die Runde. »Wenn das für alle in Ordnung ist?«

»Klar«, sagte Dylan sofort, und auch die anderen nickten.

Nur Barbara fragte verständnislos: »Entschuldige, Miri, aber was sollen wir einreißen?«

Damit begann für Miriam die Aufgabe des Dolmetschens an diesem Abend, denn Barbara konnte zwar vieles, doch ihr Englisch war erbärmlich schlecht. Sie verstand nur Bruchstücke von dem, was gesprochen wurde. Allerdings störte sie das nicht weiter. Fröhlich trank sie Sekt, radebrechte mit den Gästen und stürzte sich mit Feuereifer in die anspruchsvollsten Gesprächsthemen. Wenn sie ihr Gegenüber nicht verstand, sah sie Miriam einfach erwartungsvoll an und ließ sich von ihr hin- und herübersetzen.

Es wurde dunkel, der Mond ging auf, die Lampions leuchteten in allen Farben, und Miriams Gäste wurden immer ausgelassener. Sogar die taube Sunny ließ sich von

Percys beharrlichem Werben erweichen und erkundete an seiner Seite schnüffelnd den Garten. Dylan unterhielt sich mit Brandon, Kate fragte Lucian über das aufregende Leben in London aus. Carol diskutierte mit Rebecca über Homöopathie bei Tieren, Bob und Freddy tauschten sich rege über die neuesten Entwicklungen der Reedcomber Lokalpolitik aus.

Nur Miriam fand in kein Gespräch richtig hinein. Kaum hatte sie sich irgendwo eingeklinkt, rief Barbara schon wieder: »Miri, könntest du wohl mal kommen? Nur ganz kurz …«

Irgendwann hatte Miriam genug. Mit der Ausrede, ein paar Gläser spülen zu müssen, floh sie ins Cottage.

»Ein schönes Fest«, hörte sie Lucians Stimme in dem Moment hinter sich, als sie die Hände ins Spülwasser tauchte. »Aber ich brauche dringend eine Pause von Kates neugierigen Fragen. Ich könnte dir nicht zufällig beim Spülen zur Hand gehen?«

Miriam wandte sich um und lächelte schwach. »Eine Pause brauchen wir wohl beide. Ich spüle, und du trocknest ab, okay?«

Schweigend kümmerten sie sich um die Gläser.

Schließlich fragte Miriam: »Warum hast du deine Freundin eigentlich nicht mitgebracht? Die Einladung galt auch für sie.«

»Ich habe keine Freundin.«

»Ach nein?«

»Nein. Und wenn du auf die Frau anspielst, die neulich zu Besuch war, die treffe ich nicht mehr.«

Konzentriert polierte Lucian ein Glas. Er stellte es aufs

Tablett und fügte beiläufig hinzu: »Ich hab's nicht so mit festen Beziehungen.«

Miriam verschlug es die Sprache.

»War das zu ehrlich?«, fragte Lucian ruhig.

»Nein. Ich hatte dich bloß nicht für einen Mann gehalten, der seine Verbindungen zu Frauen aus Prinzip oberflächlich hält«, antwortete Miriam. »War *das* zu ehrlich?«

Lucian widmete sich dem nächsten Glas.

Nach einer langen Pause antwortete er: »Ich bin geschieden, Miriam. Und ich verspüre kein Bedürfnis, mich ein zweites Mal derart verletzen zu lassen. Einmal im Leben reicht voll und ganz aus.«

Überrascht wandte sie den Kopf, und ihre Blicke trafen sich. Lucians Augen waren dunkler als sonst, fast schwarz. Gerne hätte sie ihn gefragt, was geschehen war. Doch sie spürte, dass er bereits an seine Grenzen gegangen war, vielleicht sogar ein Stück darüber hinaus.

Also sagte sie lediglich: »Ich bin auch geschieden. Ich kann mir vorstellen, wie du dich fühlst.«

»Das bezweifle ich.« Lucian verzog den Mund zu einem freudlosen Lächeln. »Du hast doch schon wieder einen Partner, oder nicht?«

Miriam schoss das Blut in die Wangen. »Und deshalb kann mir meine Scheidung nicht nahegegangen sein?«

»Doch, natürlich. Aber du scheinst dir einen gewissen Optimismus in Liebesdingen bewahrt zu haben. Was ich durchaus gut finde.« Lucian sah ihr direkt in die Augen und sagte: »Ich bin nur nicht imstande, es dir gleichzutun.«

Still saß Miriam neben Dylan. Er hatte seinen Arm locker um ihre Taille gelegt. In den Feuerkörben brannten rotglühend die Holzscheite.

Dylan, Kate und Rebecca diskutierten leidenschaftlich über das Für und Wider hoher Studiengebühren. Kate war besorgt darum, wie sie ihrer Tochter später einmal ein Studium finanzieren sollte.

Miriams Gedanken jedoch kreisten unaufhörlich um das, was Lucian ihr erzählt hatte. Um die Bitterkeit in seinen Worten, die Entschiedenheit. Was hatte Lucians Exfrau getan, dass er beschlossen hatte, niemanden mehr an sich heranzulassen? Ihr Blick schweifte über die Wiese. Da stand er. Zusammen mit Bob sah Lucian lächelnd zu, wie Carol und Barbara sich gegenseitig die kompliziertesten Yogaübungen vorturnten. Barbara praktizierte Yoga seit über zehn Jahren, und sie ließ in dieser Hinsicht keine falsche Bescheidenheit walten. Stattdessen betonte sie gern, dass sie es in der Kunst der achtsamen Verrenkung schon sehr weit gebracht habe. In Carol jedoch, das war unübersehbar, hatte sie ihre Meisterin gefunden.

»… total sauer«, drang Kates Stimme in Miriams Gedanken. »Dabei sind sie doch selbst schuld, wenn sie nur Treibhauskräuter anbieten, oder, Miriam?«

»Wie bitte?« Schuldbewusst wandte Miriam sich wieder Kate, Rebecca und Dylan zu. Das Thema Studiengebühren schien abgehakt. »Entschuldigt, ich habe nicht mitbekommen, worum es geht.«

»Kate war heute Morgen im Farm Shop«, erklärte Rebecca. »Da hat Megan wohl ziemlich gegen dich gewütet.«

Miriam erstarrte.

»Oh, es waren längst nicht alle Kunden auf Megans Seite!«, sagte Kate rasch. »Und ich habe dich mit Zähnen und Klauen verteidigt.«

»Aber wogegen denn?«, fragte Miriam ratlos. »Ich habe den Ellistons doch gar nichts getan!«

»Wie man's nimmt«, sagte Kate. »Da sie die schlechtere Ware anbieten, hast du bei Mr Clark das Rennen gemacht. Und damit ist der Farm Shop draußen.«

»Du meinst …«

»Dass du den Farm Shop ausgebootet hast, ja. Wusstest du das nicht?«

Betreten schüttelte Miriam den Kopf.

»Der Farm Shop besitzt in Reedcombe so etwas wie ein Monopol«, hakte Dylan ein, »auf Lebensmittel aller Art. Wobei die Auswahl der Kräuter nicht groß ist, und die Qualität eher mittelmäßig. Die Ellistons beziehen sie von einem Produzenten in Somerset, und Mr Clark war nie wirklich zufrieden mit dieser Lösung.«

Daher der gammelige Salat, schoss es Miriam durch den Kopf. Das war also kein Zufall, genauso wenig wie die wurmstichigen Äpfel und die schrumpeligen Paprika. Die Ellistons hassen mich.

»Du bist eben besser als sie.« Dylan küsste Miriam auf die Schläfe. »Aber das ist ja nicht dein Problem.«

Düster entgegnete Miriam: »Da bin ich mir nicht so sicher.«

Um zwei Uhr morgens waren die letzten Gäste gegangen,

und in Miriams Kopf drehte sich ein Mühlrad. Alles wirbelte durcheinander. Die Erkenntnis, dass sie Dylan die Zukunft stahl, wenn sie mit ihm zusammenblieb, und dass Lucian nicht grantig, sondern zutiefst verletzt war. Dass sie selbst, ohne es zu wissen, die Ellistons ausgebootet hatte und dass sie sich damit in ihrer neuen Heimat unversöhnliche Feinde geschaffen hatte.

Als Barbara sich ins Schlafzimmer verzogen hatte, begleitete Miriam Dylan hinaus. Mit einem Kuss wollte er sich von ihr verabschieden, doch sie wandte sich ab.

»Warum hast du es mir nicht gesagt?«, fragte sie.

»Was denn, bitte?«

»Dass es die Ellistons sind, denen ich mit meinen Kräutern ins Handwerk pfusche.«

Dylan sah sie verständnislos an. »Du hast nicht danach gefragt.«

»Weil ich davon ausgegangen bin, dass Mr Clark seine Kräuter bei einem Großhändler bestellt.« Miriam fuhr sich mit der Hand übers Gesicht. »Was soll ich denn jetzt noch tun? Für einen Rückzieher ist es doch längst zu spät.«

»Du würdest der grässlichen Mrs Elliston zuliebe einen Rückzieher machen?«, fragte Dylan fassungslos. »Ernsthaft?«

»Dylan.« Miriam ließ die Hand sinken und sah ihn eindringlich an. »Ich möchte in Reedcombe ankommen, verstehst du?«

»Ankommen bedeutet aber nicht, dass du es allen recht machen musst.« Er schüttelte den Kopf. »Deine Kräuter sind besser als die des Farm Shops, und Qualität setzt sich durch. So ist es nun mal, auch in diesem elenden Kaff!«

Miriam zuckte zusammen. »Du magst Reedcombe doch.«

»Aber provinzielles Gehabe mag ich nicht«, erwiderte Dylan mit einem wütenden Blitzen in den Augen. »Ich habe dir einen Auftrag verschafft. Und jetzt soll ich mich dafür entschuldigen, weil die hiesige Ladenbesitzerin gekränkt sein könnte? Geht's noch?«

»Du sollst dich ja gar nicht entschuldigen. Ich hätte mir nur gewünscht, dass du die Fakten auf den Tisch legst.«

»Dann hättest du dich eben danach erkundigen müssen«, sagte Dylan hart.

Aber in seinem Blick las Miriam weniger Zorn denn Schmerz.

Sie trat näher an ihn heran. Als er nicht zurückwich, schlang sie vorsichtig die Arme um ihn. Stocksteif stand Dylan da, und sie legte den Kopf an seine Brust.

Kurz hielt er seinen Widerstand noch aufrecht. Dann hob er ihr Gesicht an und küsste sie, rau und verzweifelt.

Er ahnt es, dachte Miriam traurig.

Er ahnt, dass wir uns verlieren werden.

*

Barbara musste wieder zurück nach Deutschland. Bevor sie zu Bob ins Taxi stieg, versprach sie Miriam, spätestens im Winter wiederzukommen.

»Bis dahin frische ich auch mein Englisch auf«, sagte sie und grinste. »Versprochen.«

Miriam lächelte. Barbaras schlechtes Englisch war ihre geringste Sorge. Sie umarmte ihre Freundin herzlich und wünschte ihr eine gute Heimreise.

Dann fuhr das Taxi davon, und Miriam ging zurück in ihr Cottage.

Bald danach brach sie auf ins Dorf. Sie musste im Farm Shop etwas regeln.

Im Geschäft versuchte sie angestrengt, sich ihre Unsicherheit nicht anmerken zu lassen, und hielt den Blick stur auf Mrs Elliston gerichtet. Die drapierte gerade Obst und ignorierte Miriam. Wie immer.

»Guten Tag.« Miriam blieb direkt vor der Ladenbesitzerin stehen.

»Äpfel, Mrs Weiden?«, fragte Mrs Elliston, ohne sie anzuschauen. »Oder sollen es diesmal ein paar Kräuter sein?«

Miriam räusperte sich. »Wegen der Kräuter bin ich gekommen, Mrs Elliston, ich … ich will mich entschuldigen.«

»Ach. Wollen Sie das.«

Mit zusammengekniffenen Augen wandte die Ladenbesitzerin sich ihr zu. »Wofür denn? Etwa dafür, dass Sie mir sofort nach Ihrer Ankunft im Dorf die großen Kunden abspenstig machen?«

Mrs Elliston hatte laut gesprochen, und neugierig lugten die ersten älteren Frauen zu ihnen herüber. Der Farm Shop war an diesem Nachmittag gut besucht.

Angespannt sagte Miriam: »Vielleicht sollten wir unser Gespräch besser in Ihr Hinterzimmer verlegen.«

»Und warum?« Mrs Elliston sah sich demonstrativ um. »Ich habe nichts zu verbergen. Darf ruhig jeder hören, dass Sie uns die Arbeit wegnehmen.«

»Was ist los?«, fragte eine weißhaarige Dame erschrocken. »Musst du etwa schließen, Megan? Wegen der Deutschen?«

»Noch nicht, meine Liebe. *Noch* nicht«, antwortete Mrs Elliston. Es klang jedoch bereits nach einer unheilvollen Botschaft.

»Aber Megan, ohne den Farm Shop haben wir doch gar kein Geschäft mehr in Reedcombe.« Die alte Dame rang mit einer theatralischen Geste die Hände. »Wo soll ich denn dann einkaufen?«

»Tja, meine Liebe, das fragst du am besten die Deutsche. Möglicherweise bezahlt sie dir ja jede Woche das Taxi nach Honiton«, ätzte Mrs Elliston.

Eilig wandte Miriam sich an die alte Dame. »Sie haben da etwas missverstanden, ich habe keineswegs die Absicht, Sie ...«

»... in den Ruin zu treiben?«, unterbrach Mrs Elliston sie und funkelte Miriam zornig an. »O doch, genau diese Absicht haben Sie. Und jetzt spielen Sie auch noch die Unschuldige!«

Miriam blieb der Mund offen stehen. Das war doch alles hoffnungslos übertrieben. Die Ellistons boten eine so breite Palette an Waren an, dass der Verlust des Deals mit Ivystone Manor ihnen ganz gewiss nicht das Genick brechen würde.

»Was hat die Deutsche getan?«, mischte sich nun eine andere Frau ein.

»Immer nur Ärger mit denen, heute wie damals«, brummte ein glatzköpfiger alter Mann mit gebeugtem Rücken.

»Sie wohnt in Phyllis' Cottage, nicht wahr?«, murmelte jemand.

»Aus der Ecke ist für Reedcombe noch nie was Gutes gekommen.«

»Erinnert ihr euch an die arme Jane?«

Miriam wollte nur noch fliehen. Sie hatte Frieden schließen wollen, stattdessen musste sie wahrscheinlich froh sein, wenn Mrs Ellistons Kundschaft sie nicht lynchte. Wegen Schnittlauch und Borretsch.

Mrs Elliston starrte sie herausfordernd an. »Was ich mich schon die ganze Zeit über frage, Mrs Weiden: Ist das eigentlich so Sitte bei euch Krauts, eine Bettgeschichte mit einem jüngeren Mann anzufangen, nur um ein gutes Geschäft abschließen zu können?«

Okay, dachte Miriam. Zeit zu gehen.

Sie kratzte den Rest ihrer Würde zusammen und hob das Kinn. »Ich komme ein andermal wieder, Mrs Elliston. Dann werden wir hoffentlich alle in der Lage sein, uns auf einem zivilisierten Niveau miteinander zu unterhalten.«

»Nicht nur intrigant, sondern auch noch arrogant.« Mrs Elliston kräuselte die Lippen. »Das hat man ja gern«, sagte sie spitz.

Miriam drehte sich auf dem Absatz um und verließ den Laden.

*

»Auch das ist also Reedcombe.«

Sie stand mit Kate hinter dem Schuppen und rührte mit einem langen Holzstock die Brennnesselbrühe um. Die Brühe gor bereits kräftig, und es roch entsprechend streng. Weil Miriam wusste, dass der Gestank schlimmer werden würde, hatte sie alle Spritz- und Düngebrühen vorsorglich in diese abgelegene Ecke des Gartens verbannt.

»Was hast du denn erwartet?« Kate lehnte an der Hüttenwand. »Nur weil Reedcombe auf den ersten Blick so verschlafen und idyllisch wirkt, ist es noch lange kein Paradies.«

»Schon klar. Aber …« Miriam brach ab.

Kate hatte es auf den Punkt gebracht. Genau das war es, was sie in Devon gesucht hatte: ein kleines, aus der Welt gefallenes Paradies. Ohne Exmann, ohne Einsamkeit, ohne Getuschel über sie oder ihre gescheiterte Ehe. Nichts als Apfelbäume, Kräuter, einen Hund an ihrer Seite und einen unbekümmerten, attraktiven Mann in ihrem Bett.

»Du hast recht, Kate. Wahrscheinlich habe ich mir Urlaub von allen unangenehmen Seiten des Lebens gewünscht.«

»Absolut legitim. Was meinst du, wie oft ich mir dasselbe wünsche, wenn Stella herumzickt oder die Wäschekörbe überquellen!« Kate hob die Hände. »Aber jeder Urlaub geht irgendwann zu Ende, Miriam. Und das ist in Ordnung, denn der Alltag hier ist schon ganz akzeptabel. Trotz Mrs Elliston.«

»Sie hetzt alle gegen mich auf«, sagte Miriam bedrückt.

»Ach was. Nicht jeder kann dich lieben, das ist doch normal. Oder bist du etwa eine dieser kleinen, harmoniesüchtigen Frauchen, deren größtes Bestreben es ist, dass die ganze Welt sie mag?«

Gegen ihren Willen musste Miriam lachen. »Ich fürchte, dass ich so eine mal war.«

»Brrrr.« Kate schüttelte sich theatralisch. »Dann sollten wir Mrs Elliston direkt dankbar sein. Mit der kannst du deine Konfliktfähigkeit wunderbar trainieren.«

Grinsend stellte Miriam den Stock zur Seite und legte

einen Deckel auf die Tonne mit der stinkenden Brühe. »Fertig für heute. Trinken wir noch einen Tee?«

Sie umrundeten den Schuppen und gingen zum Cottage. Kate ließ ihren Blick über den Garten schweifen.

»Was machst du eigentlich im Winter?«, fragte sie unvermittelt. »Geld verdienen musst du doch das ganze Jahr, oder?«

»Tja. Auch da sagst du was.« Miriam seufzte. »Ich weiß es noch nicht, Kate. Mit dem Kräuterverkauf ist ab Herbst jedenfalls Schluss. Mr Clark will nur frische Ware von mir.«

»Und wenn du die Kräuter trocknest«, meinte Kate, »und verarbeitest? Im Cottage ist dafür zwar kein Platz, aber es gibt doch den Schuppen. Du könntest lauter wunderbare Kräuterprodukte herstellen, Tees, Cremes und solche Dinge.«

Diese Idee war Miriam in den langen Nächten, in denen sie, über ihre berufliche Zukunft grübelnd, wachgelegen hatte, auch schon gekommen. Doch sie hatte sie als unrealistisch verworfen.

»Ivystone Manor ist schließlich nicht der einzige Betrieb, den du beliefern kannst«, fuhr Kate fort. »Denk an all die Touristen, die an der Küste in die kleinen Geschäfte einfallen. Die wären bestimmt begeistert, original Reedcomber Teemischungen zu bekommen oder Lavendelsäckchen oder Rosmarinseife oder … oder Estragonessig. Hach, ich sehe es schon vor mir, die Leute werden sich reißen um deine Liebestränke, deine Kräuterliköre, deine unfassbar wohlriechenden Potpourris …«

»Sorry, Kate?«, unterbrach Miriam den Wortschwall ihrer

Freundin. »Das klingt toll. Aber es gibt da ein winziges Problem.«

»Und welches?«

»Ich habe in meinem ganzen Leben noch keinen Tee zusammengemischt, geschweige denn Kräuterlikör angesetzt oder Seife gesiedet. Ich kann das nicht!«

»Du kannst das *noch* nicht.« Kate ließ sich nicht beirren. »Aber du könntest es lernen. Wofür gibt es Bücher und das Internet?«

»Wenn es so einfach wäre, dann würden das doch alle machen.«

»Falsch. Denn nicht alle haben einen so üppigen Garten, eine solche Leidenschaft für Kräuter und einen so grünen Daumen wie du.«

Und nicht alle erkennen, dachte Miriam, intuitiv das Wesen und die Wirkung der Pflanzen.

Als sie hineingingen, folgte ihnen ein Raunen durch die offene Hintertür.

Fort mit dem Kleinmut, fort!

Und plötzlich sah Miriam es vor sich.

Regale voller Tees, selbstgerührter Cremes und mit Kräutern verfeinerter Marmeladen, nach denen die Menschen griffen, als würden sie magisch angezogen. Die traurige junge Frau von dem Funken Hoffnung, den die Königskerze ihr spenden würde. Der ängstliche Mann von der Stärke, die der blaugraue Thymian ihm versprach. Die kranke Alte von der heiteren Zuversicht des Muskatellersalbeis.

Fort mit dem Kleinmut, fort!

Miriam ging zum Küchenschrank und nahm zwei Teedosen heraus. Ihre Gedanken überschlugen sich, und sie wandte sich Kate wieder zu.

Kate, die ihr bei der Gartenarbeit half, Kate, die Kräuter ebenso sehr liebte wie sie selbst, Kate, die sich nach Abwechslung in ihrem Alltag sehnte.

Mit leuchtenden Augen hielt Miriam die Dosen in die Höhe. »Assam oder Darjeeling?«

»Gegenfrage«, sagte Kate. »Warum schaust du auf einmal so seltsam?«

Miriam lächelte.

Dann fragte sie feierlich: »Liebe Kate, möchtest du meine Geschäftspartnerin werden?«

Aus Phyllis' Tagebüchern, 2000

Zum ersten Mal in meinem Leben wünsche ich mir einen Freund. Einen ohne Blätter und Blüten, einen, bei dem ich mir abends, wenn ich vor dem Kamin sitze, alles von der Seele reden kann. Meinen Ärger, meine unendliche Sehnsucht nach William, die Sorge, dass ich mein Leben verschwendet haben könnte. Dass ich zu unversöhnlich war. Dass meine ewig flüsternden Kräuter recht haben.

Vielleicht sollte ich mir einen Papagei anschaffen.

August

»Die Rose (Rosa spp.) ist seit jeher der romantischen Liebe gewidmet. Bäder mit Rosenblüten, Kränze, Rosenwasser … Es gibt unzählige Arten, diese Pflanze anzuwenden. Auch hat sie magische Eigenschaften. So können unentschlossene Frauen mehrere Hagebutten pflücken, eine für jeden ihrer Liebhaber. Die Frucht, die am längsten rot und prall bleibt, gibt die Antwort. Dieser Mann ist der Richtige.

Folglich sollte man Rosen im August nur dann zurückschneiden, wenn man keinen Wert auf die Hagebutten legt, zum Beispiel weil man schon verheiratet ist.«

Aus: Devons umfassende Kräuterfibel (vergriffen)

*

»O Freddy, die sind ja toll geworden!« Kate drückte ihrem Mann einen Kuss auf die Wange. Dann wirbelte sie zu Miriam herum. »Miriam, schau nur, jetzt können wir richtig loslegen.«

Kate hatte Miriams Vorschlag, ihre Geschäftspartnerin zu werden, nicht nur angenommen, sondern hatte mit ihrer Begeisterung auch Freddy angesteckt. Tagelang hatte Kates Mann an der heimischen Werkbank gezimmert, hatte Kiefernholzleisten zusammengeschraubt, Löcher für Rundstäbe gebohrt und Edelstahlgitter, die ursprünglich einmal Lichtschachtabdeckungen gewesen waren, zwischen die so entstandenen Rahmen geklemmt. Das Ergebnis waren zwei

Dutzend stapelbare Gestelle, auf denen selbst die empfindlichsten Kräuter sanft und schonend getrocknet werden konnten.

Miriam, die seit Stunden den Schuppen entrümpelte, trug trotz der Augusthitze dicke Gartenhandschuhe. Nun kam sie heraus, um ganz in Ruhe Freddys Werk zu begutachten.

»Du bist der Held des Tages. Ach, was sage ich, du bist der Held des Sommers!«

»Da hörst du's«, sagte Freddy grinsend zu seiner Frau. »Ich bin dein Held in schimmernder Rüstung.«

»XXL-Rüstung, was?« Liebevoll klopfte Kate ihrem Mann auf den Bauch.

»Sobald ich mit dem Ausräumen und Putzen fertig bin, können wir die Gestelle in den Schuppen tragen«, schlug Miriam vor. »Dann sind sie vor Schauern geschützt.«

»Vor welchen Schauern?« Kate wies auf den wolkenlosen Himmel, von dem die Augustsonne herunterbrannte. »Es regnet doch praktisch nie dieses Jahr.«

»Jahrhundertsommer nennen sie es im Fernsehen«, meinte Freddy.

»Den Kräutern tut's jedenfalls gut. Die meisten lieben Wärme und Trockenheit, vor allem die Mittelmeergewächse.«

Freddy kratzte sich hinterm Ohr. »Aber irgendwann muss der Regen kommen. Die Bauern beklagen sich seit Wochen über den Wassermangel.«

»Tja, wir können es nicht beeinflussen.« Kate zupfte Miriam eine Spinnwebe aus dem Haar.

»Pass auf«, sagte sie, »ich hole schon mal das Putzzeug,

dann kannst du fertig entrümpeln, und ich übernehme den Rest. Ich schwör's euch, diese Hütte wird nicht wiederzuerkennen sein.«

Nach Tagen schweißtreibender Arbeit war aus dem alten bruchfälligen Schuppen tatsächlich ein vorzeigbarer Raum geworden.

Rasenmäher und Kabeltrommel waren noch dort untergebracht, alles andere war entsorgt oder anderweitig eingesetzt worden. Jetzt säumten die von Freddy gezimmerten Trockengestelle die Rückwand. An der Decke hingen Haken für die Kräuter, die in Bündeln getrocknet wurden, und an die Seiten hatte Miriam lange Regalbretter für die fertigen Waren montiert.

Waren, die natürlich erst einmal hergestellt werden mussten.

Und so fand Miriam sich unversehens in Zwölfstunden-Arbeitstagen wieder, denn auch die Lieferungen für Ivystone Manor durfte sie nicht vernachlässigen.

Am frühen Morgen stand sie auf und legte sofort los.

Zuerst erledigte sie die nötigsten Pflegemaßnahmen im Garten. Anschließend musste sie Mr Clarks Listen abarbeiten, damit sie dem Lieferwagenfahrer die gewünschten Kräuter pünktlich übergeben konnte.

An den Nachmittagen ernteten Miriam und Kate gemeinsam die Samen der Doldenblütler, schnitten Rosmarin und Oregano, hängten große Sträuße aus Beifuß auf und legten die zarten Blüten von Malven, Hibiskus und Wildrosen auf die Edelstahlgitter. Zwischendurch informierten sie einander darüber, was sie spätabends jede für sich recherchiert hatten: dass man aus Engelwurz, Majoran und Thymian eine wirksame Erkältungssalbe herstellen konnte. Dass Marmelade aus Kornelkirschen gut für das Immunsystem war. Dass man die Blütenknospen der Kapuzinerkresse als sogenannte falsche Kapern einlegen konnte. Und dass man bei der Herstellung von Seife mit Natronlauge besser eine Schutzbrille trug, da die Lauge stark ätzend und der Umgang mit ihr nicht ungefährlich war.

»Seife«, sagte Kate bestimmt, »machen wir also als Letztes.«

Auch Tees und Potpourris mussten noch warten, weil die Ernte erst vollkommen durchgetrocknet sein musste.

»Aber Kräuteröle gehen jetzt schon«, meinte Miriam. »Damit können wir einsteigen.«

Und so ernteten die Freundinnen Unmengen von Fenchelgrün und Dill. Sie wuschen die Kräuter sorgfältig ab und steckten sie in Flaschen mit Sonnenblumenöl, die sie nebeneinander auf die warme Fensterbank stellten. Nach zwei Wochen würden sie das Öl durch ein Sieb gießen und in die hohen, dekorativen Flaschen umfüllen, die sie im Internet entdeckt hatten.

»Das ging jetzt fast zu schnell«, sagte Kate tatendurstig, während sie sich die öligen Finger abwischte. »Komm, wir rühren noch eine Creme an.«

Was in dem Buch, das Miriam sich in Honiton gekauft hatte, einfach aussah, offenbarte in der Umsetzung allerdings einige Tücken. Der Aufguss aus Lavendel, Rosenblüten und Myrte war unkompliziert herzustellen, doch Kakaobutter und Jojobaöl weigerten sich, im Wasserbad miteinander zu verschmelzen. Als Miriam und Kate es mit ständigem Rühren schließlich geschafft hatten, ließen sie die Creme vorschriftsmäßig abkühlen, nur um festzustellen, dass sie viel zu flüssig geworden war.

»Da haben wohl die Mengenangaben nicht gestimmt«, seufzte Miriam. »Also ab in die Tonne damit. Zweiter Versuch?«

Es wurde nach Mitternacht. Miriam und Kate, beide seit sechs Uhr auf den Beinen, waren todmüde. Im Cottage roch es wie in einer Lavendeldestillerie, sodass Percy sich trotz später Stunde grummelnd an die frische Luft verzog.

Doch am Ende standen Dutzende Gläschen mit feinster Creme auf dem Küchentisch, und fast andächtig saßen die beiden Frauen davor. Miriam hatte Kakaobutter an der Wange. Kate klebten Myrtenblüten an der Stirn.

»Das war großartig«, sagte Miriam ernst.

»*Wir* sind großartig«, erwiderte Kate. »Und morgen kochen wir Chutney.«

*

Miriam hatte Dylan schon ein paar Tage nicht mehr gesehen. Jetzt im August war das Hotel komplett ausgebucht, und Dylan arbeitete praktisch rund um die Uhr. Am Samstag hatte er endlich mal zwei Stunden frei und lud Miriam zu einem Ausritt ein.

Auf den Pferden preschten sie über die Felder. Das Zischen des Windes im Ohr, die Sonne im Gesicht gab Miriam sich dem langgestreckten Galopp hin, und in diesen

Momenten war alles wieder da – das Adrenalin, der Übermut, das Prickeln. Doch nach dem Ausritt musste Dylan wieder an die Arbeit, und es blieb ihnen kaum Zeit für einen Kuss.

Miriam radelte enttäuscht und erleichtert zugleich nach Hause.

Als sie sich Lucians Cottage näherte, sah sie seinen Rover in der Auffahrt stehen und dann ihn selbst. Ächzend hievte er einen Karton aus dem Kofferraum.

»Kann ich helfen?« Sie bremste neben ihrem Nachbarn ab. »Scheint schwer zu sein.«

»Das haben diese Wälzer so an sich«, stöhnte Lucian. »Gott, warum bin ich nicht IT-Spezialist geworden?«

Kurz entschlossen stieg Miriam ab, griff sich ebenfalls einen Karton und schleppte ihn hinter Lucian ins Haus.

Keuchend erkundigte sie sich: »Hat dich die Angst gepackt, dir könnte eines Sonntags der Lesestoff ausgehen, oder warum verlagerst du deine Bibliothek aufs Land?«

»Semesterferien.« Polternd ließ Lucian seine Kiste neben drei andere fallen, richtete sich auf und strich sich das dunkle Haar aus der Stirn. Er sah Miriam an.

»Ich habe beschlossen, London für August und September den Rücken zu kehren. Hier ist es ruhiger.«

»Und was ist mit Percys geräuschvoller Jagdleidenschaft für Eichhörnchen?«

Lucian grinste. »Daran habe ich mich mittlerweile gewöhnt. Und an die Anwesenheit meiner Nachbarin auch.«

»Sehr charmant.«

»Oh, das war durchaus positiv gemeint.« Lucian wies auf

einen abgewetzten Ledersessel. »Setz dich doch. Ich schließe den Wagen ab, dann bekommst du einen Tee, okay?«

Er stiefelte wieder hinaus, und während Miriam sich im Sessel vor dem kalten Kamin niederließ, blickte sie sich in Lucians Wohnzimmer um.

Wohnzimmer? Eher war es eine Mischung aus Salon und Arbeitszimmer. Ledersessel und Sofa teilten sich den Raum mit einem antiken Schreibtisch, einer gepolsterten Bank, auf der sich wissenschaftliche Zeitschriften stapelten, und brechend vollen Bücherregalen. Mit zur Seite geneigtem Kopf studierte Miriam die Buchtitel, und auf einmal musste sie leise lachen. Neben Schriften von Anakreon, Hesiod und Menander standen ein Krimi von Lisa Cody und mehrere Ausgaben von Asterix.

»Für ein paar Wochen kann ich hier genauso gut arbeiten wie im Institutsbüro.« Lucian war zurück und ging an Miriam vorbei in die Küche. »Ich brauche nichts weiter als meinen Laptop und die Bücher. Darjeeling oder Assam?«

»Darjeeling, bitte.«

Lucian klapperte mit Teekocher und Tassen herum, und Miriam lehnte sich zurück und ließ die Atmosphäre des Cottages auf sich wirken.

Ein sanfter Geruch nach Leder und Papier. Ein silberner Laptop auf dem antiken Schreibtisch. Ein Männerhemd, nachlässig über den hölzernen, unergonomischen Schreibtischstuhl geworfen. Und auf dem Fensterbrett … ihre Verbene! Die, mit der sie Lucian im Juni die Freundschaft angeboten hatte. Offenbar hatte er das Pflänzchen gehegt und gepflegt, denn es war ordentlich gewachsen.

»Du fühlst dich wohl in diesem Haus, hm?«, murmelte Miriam, während sie die Verbene versonnen betrachtete. »Ich auch. Ich könnte ewig hier sitzen bleiben.«

Sie kuschelte sich tiefer in den Sessel, schmiegte sich an das Leder und schloss die Augen.

»War das Tragen so anstrengend?« In Lucians Stimme lag ein Lächeln.

Blinzelnd richtete Miriam sich wieder auf. Um ein Haar wäre sie eingeschlafen. Lucian stellte ein Tablett mit dampfenden Teetassen auf die Bank mit dem Zeitschriftenstapel. Er setzte sich ihr gegenüber hin, und einen irrwitzigen Moment lang hatte Miriam das Gefühl, diesen Mann schon immer gekannt zu haben und ihn besser zu kennen als alle Menschen sonst.

Verwirrt griff sie nach ihrer Tasse.

»Ich spiele mit dem Gedanken, mir ein Auto zuzulegen«, beeilte sie sich zu sagen, um sich von dem Gefühl der Vertrautheit abzulenken und Lucian von der Tatsache, dass sie es sich in seinem Sessel ein bisschen zu gemütlich gemacht hatte.

»Einen Pkw?«, wollte Lucian wissen.

»Eher einen Lieferwagen. Kate und ich haben angefangen, Kräuterprodukte herzustellen, und irgendwie müssen wir die zu unseren Kunden transportieren.«

»Wer sind denn eure Kunden, wenn ich fragen darf?«

Miriam erzählte Lucian von ihren Plänen. Dass Kate und sie jetzt Geschäftspartnerinnen waren, dass sie sich die Herstellungskosten für die Kräuterprodukte teilten und auch den Gewinn und dass ihr Ziel erstmal darin bestand, Miriam den Lebensunterhalt zu finanzieren und Kates Tochter Stella die Studiengebühren.

»Das wird allerdings noch dauern«, räumte sie ein. »Viel mehr als die Idee und die ersten Cremes, Öle und Chutneys gibt es noch nicht.«

»Dafür, dass du noch kein halbes Jahr hier lebst, finde ich das schon ziemlich gut.«

Miriam zuckte die Schultern. »Ziemlich gut« war ein Anfang; gut genug, um davon zu leben, war es nicht. Herrje, ob diese Existenzängste sie nun für immer und ewig begleiten würden?

»Ich kenne mich mit Autos aus«, meinte Lucian unvermittelt. »Wenn du willst, kann ich dir beim Kauf helfen.«

»Das ist lieb von dir.« Miriam lächelte. »Aber ich denke, das kriege ich hin.«

Annabels zwanzigster Geburtstag nahte. Mit leiser Wehmut wurde Miriam bewusst, dass dies der erste war, den sie nicht zusammen feiern würden. Hätte Annabel es sich gewünscht, wäre Miriam zu ihr nach Deutschland geflogen, zumal der Geburtstag auf einen Samstag fiel. Doch so standhaft ihre Tochter sich weigerte, sie in England zu besuchen, so wortkarg wurde sie, wenn es um eine Reise Miriams nach Deutschland ging.

Da Miriam sich nicht aufdrängen wollte, hatte sie das in den letzten Monaten stillschweigend akzeptiert. Aber die Zeit ohne Annabel kam ihr lang und länger vor. Manchmal beschlich sie die leise Furcht, dass sie ihre Tochter unwiederbringlich verloren hatte.

Nun, Annabel war erwachsen, und ihr Verhältnis hatte sich verändert. Das war normal.

Doch war es nicht auch normal, sich hin und wieder zu sehen?

Anscheinend hatte Annabel ihrer Mutter den überstürzten Umzug in ein anderes Land noch immer nicht verziehen.

Am Tag vor Annabels Geburtstag fuhr Miriam nach Honiton und besorgte die Zutaten für eine üppige Torte. Sie liebte Annabel und war glücklich, sie auf die Welt gebracht zu haben. Das würde sie feiern, auch alleine.

Es dämmerte, als sie mit ihren Einkäufen von der Bushaltestelle nach Hause ging. Schon von Weitem hörte sie Percy kläffen, und beunruhigt lief sie schneller. Die vollen Einkaufstüten prallten schmerzhaft gegen ihre Beine.

Seit sie nicht mehr im Farm Shop einkaufen konnte – sie hatte noch einen Versuch gewagt, sich bei den Ellistons zu entschuldigen, und war mit Hausverbot belohnt worden –, musste sie für die Grundnahrungsmittel nach Honiton fahren. Allein dafür, dachte Miriam, während sie zu ihrem Cottage hetzte, würde sich ein Auto lohnen. Keine Odyssee mehr mit dem Überlandbus, nur um Milch und Brot zu besorgen.

Vor ihrer Haustür hockte eine junge Frau. Lange blonde Haare, schmaler Körper. Miriam blinzelte, und als sie näher kam, sah sie die grünen Augen und die Gesichtszüge, die ihr so vertraut waren wie ihre eigenen.

»Annabel?«

»Hallo, Mama.« Ihre Tochter rappelte sich auf. »Na endlich, ich dachte schon, du kommst gar nicht mehr.«

Sie wies mit dem Daumen rückwärts auf die geschlossene Haustür, hinter der Percy sich heiser bellte, und meinte mit schiefem Grinsen: »Dein Hund mag Fremde wohl nicht so gern, was?«

Kurze Zeit später saßen Miriam und Annabel bei Tee und Keksen in der Küche. Percy hatte sich wieder beruhigt. Den Kopf auf den Pfoten lag er zwischen ihnen unter dem Tisch.

Miriam konnte immer noch nicht ganz glauben, dass Annabel wirklich da war.

»Sag mal«, tastete sie sich heran, »du hast dich nicht vielleicht mit Felix gestritten?«

»Nö.« Annabel nippte an ihrem Tee. »Autsch. Heiß.«

»Aber warum …?«

»Warum ich dich besuche? Mensch, Mama, weil ich morgen Geburtstag habe und weil wir uns echt lange nicht mehr gesehen haben.«

»Da hast du recht«, stimmte Miriam zu. »Ich freue mich sehr, dass du gekommen bist.« Sie sah ihre Tochter liebevoll an. »Bis wann kannst du denn bleiben?«

»Nur bis Sonntag. Papa und Patrizia haben für zwei Wochen ein Ferienhaus auf Sylt gemietet und mich eingeladen mitzukommen. Am Montag geht's los.«

»Oh …«

»Du hast jetzt aber kein Problem damit, oder?«, fragte Annabel mit einer Spur Sorge in der Stimme.

Miriam spürte in sich hinein.

Doch da war nichts, kein Stich, kein Gram. Sie hatte den

Kummer überwunden und war über die zermürbende Eifersucht endgültig hinweg.

»Nein. Ich wundere mich nur«, antwortete sie ehrlich. »So eng wart ihr doch nie, du und dein Vater, vor allem nicht, seit er weg war.«

»Stimmt, so eng waren wir nie.« Annabel sah sie an. »Aber du bist ja jetzt weg, Mama. Also nehme ich, was ich kriege.«

Miriam zuckte zusammen. »Das hört sich ja fast so an, als hätte ich dich verlassen, als du fünf warst.«

»Ach Quatsch.« Annabel knallte ihre Tasse auf den Tisch, dann stand sie auf. »Ich habe heute schon genug herumgesessen. Zeigst du mir den Garten?«

Der Fluss. Die Kräuterbeete. Die wilden Rosen. Die Apfelbäume. Alles, was Miriam auf Anhieb bezaubert hatte, entlockte ihrer Tochter nur einen einzigen Kommentar: »Nett.« Miriam war erleichtert, als sie mit dem Rundgang fertig waren und ins Haus zurückkehren konnten.

Sie backte die Geburtstagstorte und kochte nebenbei ein Nudelgericht. Annabel saß währenddessen am Küchentisch und erzählte von lustigen Studentenpartys, und nach dem Essen verzog sie sich bald ins Bett.

Miriam dekorierte die Torte und räumte die Küche auf. Dann ließ sie sich müde aufs Sofa fallen und kuschelte sich in ihre Decke.

So war es schon immer, dachte sie, bevor sie einschlief. Ich arbeite, und Annabel schaut zu. Tja, selbst schuld. Wenn jemand das Kind zu sehr verwöhnt hat, dann ich.

Der Tag danach wurde eine Katastrophe.

Annabel fand die Torte zu süß, das Happy-Birthday-Ständchen ihrer Mutter kindisch und Percy, der sie hin und wieder beschnupperte, aufdringlich.

Mittags schneite überraschend Kate herein, um ein neues Kräuterrezept vorbeizubringen. Annabel musterte die mollige Engländerin so von oben herab, dass Miriam sich für ihre Tochter richtig schämte.

»Kate ist ein sehr lieber Mensch. Außerdem ist sie meine Geschäftspartnerin«, sagte sie, nachdem Kate wieder gegangen war. »Du hättest ihr gegenüber ruhig ein bisschen freundlicher sein können.«

»Geschäftspartnerin?«, wiederholte Annabel gedehnt. »Diese Kate kommt mir eher wie ein Bauerntrampel vor. Hast du den Dreck unter ihren Fingernägeln gesehen? Und sie hatte Gummistiefel an. Überhaupt dieses ganze Kräuterding. Das ist doch nur so ein Zeitvertreib.«

Mit schmalen Augen sagte Miriam: »Mit diesem Kräuterding, wie du sagst, kann ich hoffentlich bald meinen Lebensunterhalt bestreiten.«

»Echt?« Annabel reckte sich auf ihrem Stuhl und sagte gleichgültig: »Papa glaubt ja nicht dran. Aber wer weiß.«

Miriam blieb die Spucke weg.

»Was ist eigentlich los mit dir?«, platzte es nun aus ihr heraus. »Du reist extra hierher, um deinen Geburtstag mit mir zu feiern, und dann stänkerst du ununterbrochen herum!«

Annabels Blick veränderte sich. Sie schluckte, doch ehe sie antworten konnte, klingelte es erneut.

»Warte einen Moment. Vielleicht hat Kate etwas vergessen.« Miriam ging zur Tür.

Es war nicht Kate, sondern Dylan. »Hallo, meine Schöne.« Ohne Umschweife zog er Miriam in die Arme. »Ich konnte mir eine Stunde freischaufeln, und da dachte ich, wir haben so lange nicht mehr miteinander …«

»Ähm, Dylan, es ist gerade nicht so passend«, unterbrach Miriam ihn hastig. »Meine Tochter ist gekommen. Wir feiern ihren Geburtstag.« Wenn auch mit wenig Spaß.

Dylan ließ sie los. »Deine Tochter ist zu Besuch? Davon hast du mir gar nichts erzählt.«

»Es sollte eine Überraschung sein«, mischte Annabel sich ein. Sie war dazugekommen und musterte den attraktiven jungen Mann, der neben ihrer Mutter stand, mit großen Augen.

Nervös stellte Miriam die beiden einander vor.

Dylan stellte Annabel drei, vier freundliche Fragen, die Annabel einsilbig beantwortete.

Dann sagte er höflich: »Ich fürchte, ich störe euch nur. Ich rufe dich an, Miriam, okay? Ihnen noch einen schönen Aufenthalt, Annabel.«

Und weg war er.

Langsam wandte Annabel den Kopf. »Wie alt ist der Typ, Mama?«

»Ich weiß, ich hätte es dir erzählen sollen.« Miriam räusperte sich. »Dylan ist 27.«

»27?« Annabel stöhnte auf. »Gott, das ist ja … ekelhaft!«

»Annabel.«

»27! Wie krank ist das denn?«

»Annabel!«

»Ödipus lässt grüßen oder was? Bist du ein Mutterersatz für den Typen? Ist er pervers?«

Da platzte Miriam der Kragen.

»Jetzt hör mir mal gut zu!«, sagte sie scharf. »Dein Vater ist 47 und hat eine 35-jährige Freundin, das ist ein Unterschied von zwölf Jahren, richtig? Bei Dylan und mir sind es nur drei Jahre mehr. Warum, verflucht nochmal, akzeptierst du den Altersunterschied bei Jürgen, während du dich bei mir fast übergibst? Im Gegensatz zu deinem Vater tue ich wenigstens niemandem weh!«

»O doch«, sagte Annabel angewidert. »Du wirst ihm wehtun, Mama. Er liebt dich nämlich.«

Miriam atmete stoßartig aus. »Wie bitte? Du hast Dylan keine fünf Minuten gesehen und willst beurteilen, ob ...«

»Ich habe gesehen, wie ihr euch anschaut«, unterbrach Annabel sie. »Er liebt dich. Aber du liebst ihn nicht. Deshalb ist das Ganze einfach nur Scheiße!«

In diesem Augenblick hatte Miriam genug.

Genug davon, sich rechtfertigen zu müssen, sich von Annabel wegen der zu süßen Torte, der trampeligen Kate und des 27-jährigen Dylan anpflaumen zu lassen. Genug davon, die liebe, beherrschte, alles verzeihende Mutter zu sein. Schluss mit der Verstellung. Sie war unbeschreiblich sauer auf ihre anmaßende Tochter, und sie würde damit nicht länger hinter dem Berg halten.

»Weißt du was, Annabel? Selbst wenn es so wäre, dass er mich liebt und ich ihn nicht, würde es dich nicht das Geringste angehen!«

Aufgebracht stemmte Miriam ihre Hände in die Hüften.

»Du findest doch alles scheiße, was mit meinem neuen Leben zu tun hat. Kommst hierher und mäkelst herum wie ein verwöhntes Gör. Und warum? Weil ich nicht mehr parat stehe, um dir deine tausend Wünsche zu erfüllen? Ist es das? Bist du beleidigt, weil ich nicht mehr springe, sobald du Piep sagst?«

Sie war immer lauter geworden, und dass Annabel ein erschrockenes Gesicht machte, war Miriam gerade recht.

»Ich bin kein Fußabstreifer!«, fuhr sie ihre Tochter an. »Lass deine schlechte Laune meinetwegen an Felix aus, aber nicht! an! mir!«

Mutter und Tochter starrten sich an.

Annabels Unterlippe bebte.

»Ich gehe nach Neuseeland, Mama«, sagte sie erstickt. »Für ein Jahr, vielleicht auch länger. Deshalb bin ich hier, und nur deshalb fahre ich mit Papa in den Urlaub. Als … Abschied.«

»Was?«

»Felix hat mit mir Schluss gemacht. Mein Studium macht mir keinen Spaß. Ich habe keine Ahnung, ob ich das Fach wechseln oder besser gleich eine Lehre machen soll.« Es sprudelte nur so aus ihr heraus. »Alles läuft schief in meinem Leben, während ihr glücklich seid. Du und Dylan, Papa und Patrizia, Felix und seine Neue … Nur ich kriege nichts auf die Reihe und bin der letzte Loser und ich … ich …«

Annabel schlug verzweifelt die Hände vors Gesicht.

Miriam nahm sie in die Arme, drückte sie an sich und strich ihr übers Haar, und Annabel schmiegte sich an sie und weinte wie ein kleines Kind.

Als das Schluchzen langsam nachließ, fragte Miriam leise: »Warum hast du nie etwas gesagt? Am Telefon hast du nicht die kleinste Andeutung gemacht, dass es dir nicht gut geht.«

»Weil du genug mit dir selbst zu tun hattest«, schniefte Annabel. »Du hast jetzt ein neues Leben, und ich gehöre nicht mehr dazu, und ich dachte … Ich dachte, ich sollte dich nicht mit meinen Problemen belasten. Wo du deine nun endlich hinter dir lässt.«

Miriams Herz wurde schwer, als sie ihr eigenes Verhalten in Annabels wiedererkannte. Da war sie ihrer Tochter wohl kein gutes Vorbild gewesen.

»Ach Annabel. Du wirst immer zu meinem Leben gehören. Weißt du das denn nicht?«

Ihre Tochter hob den Kopf und schaute sie stumm an.

»Dass ich nicht mehr in deiner Nähe wohne«, fuhr Miriam ernst und sanft fort, »bedeutet nicht, dass ich nicht für dich da bin. Ich kann dir zwar nicht mehr die Wäsche waschen. Aber das würde ich in Deutschland auch nicht mehr tun.«

»Nach deinem Ausbruch gerade eben«, Annabel zog die Nase hoch, »glaube ich dir das sogar.«

»Der Ausbruch war nötig«, sagte Miriam fest. »Doch egal wie sehr du rumnörgelst, egal wie sauer ich bin, und egal was sonst noch zwischen uns vorfallen wird. Ich höre dir zu, sooft du mich brauchst. Ich *will* dir zuhören, und wenn es mitten in der Nacht ist. Klar?«

»Klar.« Mit Tränen in den Augen lächelte Annabel. »Mama?«

»Hm?«

»Die Torte ist gar nicht zu süß.«

Miriam gab ihrer Tochter einen Kuss. »Ich weiß, mein Schatz.«

Es war Sonntagabend, und Miriam ging langsamen Schrittes durch ihren Garten. Annabel war wieder abgereist. Ein ganzes Jahr lang würden sie einander nicht wiedersehen. Mindestens.

Beim Abschied hatten sie sich fest umarmt, und obwohl Miriam eine Träne hatte verdrücken müssen, war das Lebewohl auf melancholische Weise schön gewesen. Nichts Unausgesprochenes stand mehr zwischen ihnen, weder unterdrückter Groll noch nagende Zweifel noch heimlicher Kummer.

Endlich waren sie sich wieder nahe.

Miriam war außerdem sicher, dass Annabel die richtige Entscheidung für sich getroffen hatte.

»Ich möchte weg, Mama«, hatte sie gesagt, und Miriam hatte die Sehnsucht in den Worten ihrer Tochter genau gespürt. »Ganz woanders sein, losgelöst von allem. Zu Hause kann ich mich nicht befreien von diesen zermürbenden Fragen. Was ich tun sollte, tun müsste, und warum Felix mich verlassen hat. Ich habe ein solches Gedankenknäuel im Kopf, dass ich überhaupt nichts mehr erkennen kann. Ich weiß nur, dass mein Studium nicht das Richtige für mich ist. Und Felix offensichtlich nicht der Richtige.«

Miriam hätte ihr gern geholfen. Aber es war Annabels Suche, und es war ihr Weg, auf den sie sich allein machen musste.

Miriam war beeindruckt davon, was ihre Tochter alles auf

eigene Faust organisiert hatte. Sie hatte sich ein Working-Holiday-Visum für Neuseeland besorgt, mit dem sie ein Jahr lang herumreisen und Gelegenheitsjobs annehmen durfte. Auf Biofarmen, hatte sie mit leuchtenden Augen erzählt, könne man gegen freie Kost und Logis bei der Arbeit helfen. Auch Weingüter hätten ständig Bedarf an Unterstützung und vergaben Jobs an Saisonniers und junge Reisende wie sie. Außerdem gab es natürlich Tourismus und Gastronomie und große Skigebiete mit Jobangeboten als Lifthelferin oder Parkplatzwächterin.

Miriam staunte über Annabels Tatendrang. Das Land erkunden, dort arbeiten – sie freute sich einfach auf alles. Miriam hatte sich bei dem Gedanken ertappt, dass es Annabel sicher guttun würde, in solchen Jobs mal kräftig mit anzupacken.

Wahrscheinlich würde sie um wertvolle Erfahrungen bereichert und viel erwachsener zurückkommen, als wenn sie sich diese Zeit nicht nehmen würde.

Langsam brach die Nacht über den Garten herein. Percy streifte durch die Schatten. Hinter den Bäumen murmelte der Fluss. Sonst war es still, nur ein sehr leiser Wind strich durch die Blätter.

Miriam fielen die Worte ihrer Tochter wieder ein.

Ich habe gesehen, wie ihr euch anschaut. Er liebt dich. Aber du liebst ihn nicht.

Im Zorn hervorgestoßen, dachte Miriam, doch nichtsdestotrotz wahr.

Plötzlich zitterten ihre Knie, und sie setzte sich ins Gras. Der herbe Geruch des Rosmarins stieg ihr in die Nase.

Warum zögerst du es hinaus?

Miriam schlang die Arme um ihre Knie und legte den Kopf darauf.

Sie wollte Dylan nicht wehtun. Aber sie würde ihm wehtun müssen, weil das immer noch fairer war, als zuzulassen, dass er sich mit jedem Tag tiefer in seine Gefühle für sie verstrickte.

Irgendwann, das wusste Miriam, würde sie Dylan nicht mehr nur wehtun, wenn sie ihn verließ.

Sie würde ihm das Herz brechen.

Wie ein böser Traum wehte der Tag der Scheidung durch ihre Erinnerung, das Blinzeln in die kalte Wintersonne, ihre Benommenheit, der Frost auf ihrer Seele. Verzweiflung. Unglück. Resignation.

Sie hob den Kopf. Nein, keine Leidenschaft der Welt war es wert, ihm so etwas anzutun. Sie musste einen Schlussstrich ziehen.

*

Miriam bat Dylan am Telefon um einen Spaziergang.

Mit einem verwunderten Lachen sagte er, dass er sich gern ein, zwei Stunden dafür stehlen würde. Auch wenn er den Wunsch, durch die Hitze zu spazieren, nicht ganz nachvollziehen konnte.

Seine Sorglosigkeit schnitt Miriam ins Herz.

Dann gingen sie nebeneinander her über die weiten, abgeernteten Felder. Seine warmen Finger umfassten Miriams, der Himmel war samtig blau, es roch nach Heu, und die Welt war zu schön, um sich von einem liebgewonnenen

Menschen zu trennen. Es passte nicht. Aber es würde nie passen.

Miriam schluckte schwer, entzog Dylan ihre Hand und sagte: »Wir müssen reden.«

»Oha. Das klingt aber ernst.« Er blieb stehen und sah sie an.

Wie angenehm es gewesen war, in seinen grauen Augen zu versinken. Seinen schön geschwungenen Mund zu betrachten. Ihn zu küssen.

»Dylan …«

Miriam hatte sich die Worte zurechtgelegt, sie sogar geübt, doch jetzt, wo es darauf ankam, kamen sie ihr nicht über die Lippen.

Sie wollte Dylan sagen, dass er ihr eine wundervolle Zeit geschenkt, sie von ihrem Kummer befreit und glücklich gemacht hatte. Dass er es geschafft hatte, Leichtigkeit und Lebensfreude in ihr Leben zurückzubringen. Dass sie es ihm schlecht vergelten würde, wenn sie ihm im Gegenzug seine Zukunft stahl.

Doch in Dylans Augen stand plötzlich so viel Angst, dass ihr alles, was sie hatte sagen wollen, falsch und hohl vorkam. Er wollte keinen Dank, keine Abschiedsworte. Er wollte mit ihr zusammenbleiben.

Heiser sagte Dylan: »Du willst mich verlassen.«

Ein leichter Wind zauste seine Haare, und Miriam stellte sich vor, wie leicht es wäre, ihn auf diesem goldgelben Stoppelfeld zu umarmen, zu küssen und die Augen zu schließen.

Wie leicht zu vergessen, dass Dylan so jung war. Dass sie

ihn, so sehr sie ihn auch mochte, nicht liebte. Dass er nicht der Richtige für sie war, und sie nicht die Richtige für ihn.

Mit einer gewaltigen Anstrengung verschränkte Miriam die Arme vor der Brust.

»Du bist mir wichtig geworden, Dylan. Zu wichtig«, sagte sie gepresst. »Wir passen nicht zueinander. Du hast alles noch vor dir. Du sprühst vor Energie, während ich … ich will einfach nur ankommen. Vielleicht möchtest du einmal Kinder und …«

»Ich will dich, Miriam«, sagte Dylan. »Kinder sind mir egal.«

»Ja, jetzt, aber vielleicht ändert sich das in ein paar Jahren, Dylan. Ich … ich kann das nicht. Ich kann nicht mit einem Mann zusammen sein, ernsthaft zusammen sein, der so viel jünger ist als ich. Ich will mir nicht vorstellen, dass du später mal meinen Rollstuhl schiebst, dass du mitleidige Blicke erntest, wo immer man uns zusammen sieht.«

»Dann geht es dir um die anderen?« Mit beiden Händen fuhr er sich durchs Haar. »Mittlerweile müsstest du doch wissen, dass ich mich nicht um die Meinung der Leute schere!«

»Ja. Das weiß ich.«

Er ließ die Hände sinken und sah Miriam verzweifelt an. »Warum willst du uns dann aufgeben? Scherst du dich darum?«

Er hat ein Recht darauf, dass ich es ausspreche, dachte Miriam, und ihr Herz tat weh. Nur wenn er es hört, kann er akzeptieren, dass es zu Ende ist.

»Wenn du … wenn du die Liebe meines Lebens wärst«,

sagte sie leise und stockend, »wäre alles andere unwichtig. Dann wäre ich vielleicht egoistisch genug, um dich an mich zu binden. Aber … das bist du nicht, Dylan. Ich bin vernarrt in dich. Ich schätze dich als Menschen, als Freund, als Liebhaber. Aber … mehr ist es nicht. Und mehr wird es nie sein.«

In seinen Augen las sie, dass er begriff, und sie hasste sich für ihre harten Worte. Hasste sich dafür, dass sie nicht eher die Reißleine gezogen hatte. Dass sie es nicht bei ein paar heißen Nächten hatte belassen können. Denn Dylan schaute sie an, als hätte sie ihm ein Messer in die Brust gerammt.

Er legte sich beide Hände vors Gesicht. Sein Brustkorb hob und senkte sich schwer.

Als er Miriam wieder ansah, gab sein Blick nicht mehr die geringste Gefühlsregung preis.

»Wenn das so ist«, sagte er tonlos, »hat es tatsächlich keinen Sinn mit uns. Mach's gut, Miriam.«

Er drehte sich um und ging über das Feld davon.

Aus Phyllis' Tagebüchern, 2006

Ich habe einen Welpen. Schwarz wie die Nacht ist der Kleine, und so süß wie Zucker.

Ich habe ihn auf einem Komposthaufen gefunden. Offensichtlich wollte der Bauer, dieser Verbrecher, ihn dort entsorgen. Ich hätte nicht übel Lust, diesen Unhold in seine Jauchegrube zu werfen.

Der arme Welpe war schon ganz schwach. Doch der Tod, das spüre ich mit jeder Faser meines alten, vertrockneten Herzens, ist nicht die Bestimmung dieses kleinen schwarzen Hundes. Auf ihn wartet das Leben.

Oh, ich werde ihn päppeln, hegen und pflegen. Er wird zu einem starken, stolzen Rüden heranwachsen, und mit den Jahren wird er zum Garten gehören wie ich selbst, wie die Kräuter, wie der Fluss.

Parzival habe ich ihn genannt, meinen kleinen Helden. Aber rufen werde ich ihn Percy.

September

»Bis weit in den September hinein blüht die Kamille (Matricaria recutita). Sie wird auch Kummerblume genannt, was irreführend ist, da sie Kummer nicht hervorruft, sondern vertreibt. Als Tee genossen richtet sie die Seele in schweren Zeiten wieder auf und verleiht neue Hoffnung.

Früher wurde die Kamille auch zur Bekämpfung von Flüchen eingesetzt. Man sagt, besonders gut wirke sie gegen den Fluch der Eifersucht.«

Aus: Devons umfassende Kräuterfibel (vergriffen)

*

»Vauxhall Combo, Diesel, 137.000 Meilen, Farbe: weiß«, las Miriam halblaut vor. »Was meinst du, Kate, soll ich mir den mal anschauen?«

Kate steckte einige Estragonstängel in die letzte Flasche und füllte diese mit Essig auf. Dann stellte sie die Flasche zu den anderen aufs Fensterbrett und kam zu Miriam an den PC. Mit zusammengekniffenen Augen las sie das Angebot des Gebrauchtwarenhändlers.

»Der Händler sitzt in Honiton. Du kannst nicht viel falsch machen, wenn du da schnell hingehst«, nickte sie. »Wobei der Wagen bei dem Preis eine ziemliche Klapperkiste sein muss.«

»Klappern darf er, solange er nur fährt.«

Miriam griff nach dem »Parkers Car Price Guide«, der die aktuellen Marktpreise für Gebrauchtwagen auflistete, und blätterte darin herum. »Hier haben wir ihn ja schon. Vauxhall Combo. Der kostet im Durchschnitt … Du, das Angebot scheint wirklich gut zu sein.«

Sie ließ das Magazin sinken und grinste. »Dass ich mal so eine Zeitschrift lesen würde, hätte ich mir früher auch nicht träumen lassen.«

»Immerhin lernst du bei dieser Lektüre viele neue Vokabeln.« Kate lachte.

»Kann man wohl sagen.« Mit gespielter Verzweiflung verzog Miriam das Gesicht. »Manual gearbox, semi-automatic gearbox, VIN.«

Mittlerweile wusste sie, dass es sich hier um Schaltgetriebe, Wandlerautomatik und Fahrzeugidentifizierungsnummer handelte.

Trotzdem blieb die Autosuche für Miriam eine echte Herausforderung. Doch es half nichts. Um ihre Kräuterprodukte an den Mann und an die Frau zu bringen, brauchten Kate und sie nun einmal einen Lieferwagen.

Also setzte Miriam sich am Nachmittag in den Überlandbus nach Honiton, um sich den Vauxhall anzusehen.

Sie lehnte den Kopf gegen die Scheibe, und während der Bus an frühherbstlichen Wiesen und abgeernteten Feldern vorbeifuhr, ließ sie ihren Gedanken freien Lauf.

Sie vermisste Dylan, hatte sie doch nicht nur den Liebhaber verloren, sondern auch einen guten Freund. Wenn sie Dylan zufällig über den Weg lief und er sie kühl musterte, bevor er sich grußlos abwandte, war es für sie jedes Mal ein Stich ins Herz.

Dennoch war sie davon überzeugt, dass ihre Entscheidung richtig gewesen war. Mit Dylan zusammenzubleiben wäre purer Egoismus gewesen.

Blind starrte Miriam durch das Busfenster.

Dass die Affäre beendet war – und die Leichtigkeit des Sommers mit ihr –, war nicht die einzige Veränderung in der letzten Zeit. Immer deutlicher wurde auch, dass Miriams Bedenken, Geschäft und Privatleben zu verquicken, berechtigt gewesen waren. Seit Dylan und sie kein Paar mehr waren, hagelte es Beschwerden von Mr Clark. Gründe dafür gab es objektiv gesehen nicht. Miriam ließ bei der Kräuterernte nach wie vor größte Sorgfalt walten. Sie benutzte die gleichen Verpackungen und lieferte dem Küchenchef nur die beste Ware. Doch unter hundert perfekten Blättchen fand Mr Clark zuverlässig das eine, das unter dem Transport gelitten hatte. Unter hundert makellosen Blüten die eine, die gerade verwelkte. Dann griff er augenblicklich zum Hörer und stauchte Miriam zusammen.

Nach der dritten Schimpftirade war Miriam zu der Überzeugung gelangt, dass der Küchenchef diese Wutausbrüche einfach brauchte. Im Grunde waren nicht seine Beschwerden erstaunlich – mit seinen Köchen ging er schließlich um keinen Deut besser um –, sondern die Tatsache, dass Miriam ihnen so lange entgangen war. Jedenfalls bekam sie Mr Clarks unangenehmes Naturell nun, wo die schützende Hand des Geschäftsführers nicht mehr über ihr lag, mit voller Wucht zu spüren. Und sie begriff: Fehler oder Lieferschwierigkeiten konnte sie sich weniger leisten denn je.

Entschlossen wischte Miriam die Sorgen beiseite. Zukunftsängste hin oder her: Sie brauchte ein Auto, und sie war auf dem Weg nach Honiton, um eines zu kaufen. Darauf konzentrierte sie sich jetzt! Und Mr Clark konnte ihr für den Moment gestohlen bleiben.

»Auf die Schilder achten«, murmelte Miriam vor sich hin. »Und auf die Haltelinien. Wie war das? Es gibt kein rechts vor links und kein links vor rechts, sondern nur … Hilfe, auf welche Spur muss ich jetzt?«

Der Vauxhall schepperte, der Rowdy hinter ihr drängelte, und Miriam brach der Schweiß aus.

Seit zwei Tagen war sie stolze Besitzerin des Kastenwagens, doch das Linksfahren bereitete ihr noch große Probleme. Weshalb sie lange Übungsfahrten durch die umliegenden Dörfer unternahm – bisher mit wenig Erfolg.

Die Vorfahrtsregeln waren Miriam trotz oder wegen der unzähligen Fahrbahnmarkierungen ein einziges Rätsel. Dass es Schilder gab, die vor wildem Geflügel warnten, fand sie höchstens vor dem sicheren Computer lustig. Sie hatte sich nämlich die britische Straßenverkehrsordnung heruntergeladen. Doch obwohl sie sich redlich bemühte, sich die Regeln für Kreuzungen, Kreisverkehre und die sogenannten Minikreisverkehre einzuprägen, war ihr Gehirn wie leergefegt, wenn sie mit dem Auto unterwegs war. So wie jetzt. Sie musste abbiegen, und zwar nach …

Neben ihr quietschten Bremsen, hinter ihr hupte es, und Miriam riss fluchend das Lenkrad herum. Ihr Herz raste. Nichts passiert, beruhigte sie sich, gerade noch mal gut gegangen. Ein Königreich für einen Verkehrsübungsplatz …

Nass geschwitzt vor lauter Stress fuhr Miriam nach Reedcombe zurück. Als sie an Lucians Cottage vorbeiknatterte, lud er gerade seine Einkäufe aus dem Wagen und hob die Hand zum Gruß. Miriam umklammerte krampfhaft das Lenkrad und lächelte gequält.

Das hatte Lucian offensichtlich erkannt. Denn kaum hatte sie den Vauxhall langsam und vorsichtig in Phyllis' enge Garage gesteuert, kam er die Straße hinunter.

»Originelles Auto«, sagte er. »Aber die Fahrerin sieht ein wenig unglücklich aus.«

»Geschafft trifft es eher.« Miriam wischte mit einer Hand über ihr verschwitztes Gesicht. »Der englische Verkehr macht mich fertig. Vielleicht sollte ich ein paar Fahrstunden nehmen, bevor ich eine Katastrophe verursache …«

»So schlimm?«

Miriam seufzte nur.

Lucian steckte die Hände in die Hosentaschen. »Ein verwirrter Professor als Fahrlehrer genügt dir nicht, oder?«

Fragend blickte Miriam ihn an.

»Nun ja, ich könnte mich neben dich setzen«, erklärte Lucian. »Beim Autokauf durfte ich nicht helfen, aber gegen einen wachsamen Beifahrer hast du ja vielleicht nichts?«

Das, fand Miriam, war ein sehr nettes nachbarschaftliches Hilfsangebot. Oder war es mehr? Ach was, er wollte nichts von ihr, denn er wollte keine Beziehung. Das hatte er ihr ja auf dem Gartenfest unmissverständlich mitgeteilt.

Sie gab sich einen Ruck. »Danke. Ich glaube, einen Beifahrer könnte ich wirklich gebrauchen. Wann hast du denn mal Zeit?«

Lucian sah ihr in die Augen und lächelte. »Jetzt.«

Ihr Nachbar warf sie sofort ins kalte Wasser.

»Kreisverkehre«, sagte er bestimmt, »mit denen fangen wir an. Bieg rechts ab, da kommen wir zuerst auf einen Mini-Roundabout und dann auf einen großen. Ach, und einige Double Mini-Roundabouts gibt es auf dieser Strecke auch noch. Fein, fein.«

Miriam musste lachen. »Du wärst wohl gerne Fahrlehrer geworden, oder?«

»Mein großer Kindheitstraum.«

»Und jetzt bist du bloß Professor, du Armer.«

»Tja, jeder hat sein Päckchen zu tragen. Dort kommt übrigens der erste Kreisverkehr.«

»Wo denn das?«

Von rechts mündete eine winzige Straße in ihre kleine, dazwischen war ein weißer Punkt. Miriam rauschte mit dem Vauxhall darüber hinweg.

»Das wäre er gewesen«, sagte Lucian trocken. »Ein weißer Punkt auf der Fahrbahn zeigt an, dass es sich um einen Mini-Roundabout handelt, wo die von rechts kommenden Autos automatisch Vorfahrt haben. Also beim nächsten Mal besser etwas langsamer fahren, okay? So, noch hundert Meter, dann kommt der große Kreisverkehr. Du kennst die Regeln?«

»Ähm …«

»Links herum hineinfahren, denn der Kreisverkehr verläuft im Uhrzeigersinn, aber rechts blinken, außer du nimmst sofort die erste Ausfahrt wieder hinaus. Links oder geradeaus fahren heißt äußere Spur, rechts fahren heißt innere Spur. Dort bleibst du, bis du deine Ausfahrt erreichst. Dann darfst du auf die äußere Spur wechseln und musst blinken, und zwar …?«

»Rechts?«

»Aber nein, links natürlich.«

»Natürlich.« Miriam schlug das Herz bis zum Hals. »Lucian, ich sehe mir das lieber erst noch einmal auf Papier oder am Computer an. Kann man hier irgendwo wenden?«

»Sicher«, erwiderte er gelassen. »Auf dem Kreisverkehr.«

Miriam bekam Panik. »Aber da fahren wahnsinnig viele Autos … Wollen wir nicht woanders üben, wo weniger …«

»Rechts blinken«, befahl Lucian, »und rein.«

Und dann waren sie drinnen, ohne Auffahrunfall, ohne wütendes Gehupe, und Lucian wies Miriam an, auf der inneren Spur zu bleiben und permanent rechts zu blinken, so lange, bis ihr Puls sich beruhigt hätte. Also drehten sie die erste Runde, die zweite und die dritte.

Bei der vierten Runde fing Miriam an, sich für ihre Feigheit zu schämen, und bei der fünften verkündete sie: »Puls wie ein Faultier. Dafür bekomme ich gleich einen Drehwurm. Links blinken, äußere Spur, abbiegen?«

»Exakt«, antwortete Lucian zufrieden. »Ich glaube, jetzt bist du reif für ein bisschen Magie.«

Die Magie fand in Lucians Wohn- und Arbeitszimmer statt, auf seinem Laptop.

Er zeigte Miriam ein Video über den Magic Roundabout in Swindon, der sieben Kreisverkehre zu einem großen verband, wobei der Verkehr sowohl mit dem Uhrzeigersinn floss als auch gegen ihn.

»Horror!« Miriam schüttelte sich. Percy, den sie nach ihrer Fahrstunde aus dem Cottage herübergeholt hatte, schüttelte sich solidarisch mit.

»Irgendwann üben wir das mal zusammen«, sagte Lucian. »Danach kannst du dir eines dieser T-Shirts kaufen, die es dort gibt. Darauf steht: *I survived the magic roundabout.*«

»Super. Dafür lohnt sich die Lebensgefahr ja richtig.«

Lucian lachte.

Er hatte ihnen ein paar Sandwiches zubereitet und Bier aus dem Kühlschrank geholt, und während sie aßen und tranken, hatte Miriam wieder dieses seltsame Gefühl, Lucian schon sehr lange zu kennen. Es erschien ihr wie das Normalste auf der Welt, mit ihm vor seinem Laptop zu sitzen und den antiken Schreibtisch vollzukrümeln.

Aus den Augenwinkeln beobachtete sie, wie Lucian verstohlen ein Stück Sandwich für Percy auf den Boden fallen ließ.

Er genießt unser Zusammensein genauso wie ich, dachte sie. Er ist einsam und will es nicht sein, obwohl er sich dafür entschieden hat. Und er … er mag mich. Ich mag ihn ja auch.

Aber eine seiner nächsten Geliebten werden? Eine derjenigen, die nach ein paar Tagen schon wieder abgeschrieben waren, weil er mehr nicht wollte?

Mit Dylan hatte alles federleicht angefangen, doch das Ende war bitter gewesen, für ihn, aber auch für sie. Nein, sie wollte auf keinen Fall in die nächste Affäre schlittern! Sie hatte genug von Kummer und Herzschmerz. Da blieb sie lieber allein.

Als hätte er ihre Gedanken gelesen, meinte Lucian: »Dein Freund kommt gar nicht mehr.«

Sie schaute ihn an. »Das ist dir also aufgefallen.«

Lucian wurde verlegen. »Ich bin ja jetzt ständig hier. Da kriegt man schon mehr mit ...«

»Ich habe mich von ihm getrennt«, erklärte Miriam kurz und bündig.

Lucian riss schweigend ein Stück von seinem Sandwich ab und gab es Percy, der schwanzwedelnd danach schnappte.

Miriam schmunzelte. »Eigentlich soll er nichts vom Tisch bekommen.«

»Wie bitte? Oh, ähm, Percy, sorry, kommt nicht wieder vor.«

Sie mochte es, wenn er sie so versonnen ansah. Als stellte er sich vor, wie es wäre, die letzten Zentimeter zwischen ihnen zu überbrücken und ...

Wer hatte eigentlich ihre Stühle so nah nebeneinandergestellt?

Zu nah.

Viel zu nah.

Hastig stand Miriam auf. »Ich muss gehen. Kate kommt heute Abend vorbei, wir wollen Rosenzucker herstellen.«

Immer noch dieser versonnene Blick, aber jetzt lag eine Spur Bedauern darin.

»Ich bringe dich zur Tür.«

Ich bin zu alt für diese Gefühlsachterbahn, dachte Miriam

verdrossen, als sie die Tür zum Cottage aufsperrte. Ich sollte das alles lassen, so wie Phyllis. Meine Kräuter, mein Hund und ich. Das genügt doch zum Leben!

Seufzend hängte sie Percys Leine an den Haken.

Sich in einem Hexenhaus zu verschanzen mochte zum Leben genügen. Aber reichte es auch, um glücklich zu werden? Phyllis musste, wenn man den Reedcombern glaubte, mit den Jahren immer schrulliger und ungenießbarer geworden sein. Doch sie war nicht verlassen worden, und sie hatte niemanden verletzen müssen. Ein Leben ohne Höhen und Tiefen, ohne das große Glück, aber auch ohne Risiko.

War das erstrebenswert?

Miriam fragte sich, was wohl Lucians kluge griechische Dichter dazu sagten.

Das Telefon riss sie aus ihren Gedanken.

»Mrs Weiden, ich habe ein Problem.«

Es war Mr Clark, und er klang noch übellauniger als sonst.

»Ihre Kräuter«, blaffte der Küchenchef sie an, »sind nicht schlecht, aber viel zu teuer. Auf Mr Thomas' Rat hin habe ich einige Konkurrenzangebote eingeholt, und ich muss sagen, Mrs Weiden, was Sie verlangen, ist der reinste Wucher.«

Miriam erstarrte.

Langsam wiederholte sie: »Auf Mr Thomas' Rat hin?«

»Ganz recht. Er hat im ganzen Hotel Sparmaßnahmen angeordnet, was er sowieso längst hätte tun sollen, wenn Sie mich fragen. Er hat auch die Küche nicht verschont, und als wir deshalb eine kleine … ähm … Meinungsverschiedenheit hatten, schlug er mir vor, den teuren Kräuterposten zu reduzieren. Entweder durch Gerichte ohne Kräuter – wie stellt er sich das vor, der Ignorant? Oder durch einen günstigeren Lieferanten.«

Dylan, dachte Miriam und ballte die Hand zur Faust, das hast du getan? Vor Enttäuschung krampfte sich ihr Magen zusammen.

»Also, was sagen Sie?«, drängelte Mr Clark. »Kommen Sie mir preislich entgegen, sodass wir unsere Zusammenarbeit aufrechterhalten können? Ich dachte an eine Reduzierung von fünfzig Prozent.«

»Fünfzig Prozent?«

»Wenn Ihnen das nicht passt, kann ich auch gerne diesen Lieferanten in Somerset ...«

»Nein, nein. Ist schon in Ordnung«, presste Miriam hervor. »Fünfzig Prozent.«

»Sehr schön. Sagen Sie mir das verbindlich zu, Mrs Weiden?«

»Das werde ich wohl müssen, Mr Clark.«

»Gut, dann wäre das geklärt. Ich maile Ihnen noch die Liste für morgen. Bye.«

Wie betäubt legte Miriam auf.

Fünfzig Prozent.

Sie verstand das nicht. Dass Dylan ihr eins auswischen wollte, konnte sie ja noch irgendwie nachvollziehen, obwohl sie ihm so ein schäbiges Verhalten niemals zugetraut hätte. Aber Mr Clark? Der hatte doch angeblich so lange nach einem guten Kräuterlieferanten gesucht und keinen gefunden, sonst hätte er ja nicht beim Farm Shop bestellen müssen. Warum war es plötzlich so einfach, Miriams Lieferungen durch andere zu ersetzen? Gab es wirklich Anbieter, die mit ihrer Auswahl, Qualität und Frische mithalten konnten, und das zu einem wesentlich günstigeren Preis?

Vor Ärger biss sie sich in die Faust, als es ihr dämmerte.

Mr Clark hatte sie über den Tisch gezogen. Er hatte sie überrumpelt. Er hatte die Tatsache ausgenutzt, dass sie als Geschäftsfrau noch unerfahren und auf Ivystone Manor angewiesen war. Warum hatte sie es dem Mistkerl so leicht gemacht? Sie hätte cool bleiben und verhandeln müssen, zur Not auch bluffen.

Miriam stöhnte. Fünfzig Prozent weniger Einnahmen. Das war nicht ärgerlich. Es war eine Katastrophe.

»Ich muss mich so schnell wie möglich von Ivystone Manor unabhängig machen, Kate.«

»Sehe ich genauso. Selbst wenn du Mr Clark anrufst und auf sechzig, siebzig Prozent hochhandelst, kommt der Kerl dir übermorgen mit der nächsten Schikane. Nein, nein, deine Zukunft liegt nicht in Ivystone Manors Küche.« Kate tippte auf einen Trockenrahmen mit Kamillenblüten. »Sondern in diesem Schuppen hier. In unserer Zusammenarbeit, Miriam.«

Die Freundinnen hatten in den letzten Wochen viel geschafft. Die Regale im Schuppen bogen sich förmlich unter ihren Produkten. Da gab es Rosmarinöl, Likör mit drei verschiedenen Minzen und Heilöl mit Gundermann. Basilikumpesto, Löwenzahnsirup, Pflegeseifen und duftende Cremes. Raumsprays. Bienenwachs-Möbelpolitur mit Zitronenmelisse. Ein Mittel gegen Parasiten bei Hunden, aus Knoblauch und zerstoßenen Fenchelsamen, eingelegt in

Kokosöl. Und natürlich Tee: für gute Nächte, als Digestiv, gegen Erkältung und zur Ermutigung. In Letzterem war vor allem viel von Phyllis' besonderer Kamille, doch das hatte Miriam für sich behalten. Sie war sich wirklich nicht sicher, wie Kate auf »Hexenkräuter« reagieren würde, und sie wollte ihre neue Geschäftspartnerin auf keinen Fall damit in die Flucht schlagen.

»Lass uns noch in diesem Monat die Dörfer abfahren«, schlug sie Kate vor. »Wir werden schon ein paar Kunden finden. Und wenn wir jeden Teeladen und jedes Feinkostgeschäft in ganz Devon aufsuchen müssen.«

In Kates Augen blitzte der Kampfgeist. »Dann fülle ich jetzt den Wintertee ab. Der muss nämlich mit auf Tour.«

Miriam griff sich einen großen Korb. »Und ich ernte die Hagebutten.«

Orangerot und prall leuchteten ihr die Früchte der Wildrosen entgegen.

Es würde eine Heidenarbeit werden, sie alle zu ernten und zu putzen, aber Miriam freute sich darauf. Mit dem Stielende eines Teelöffels würde sie die kleinen Kerne herausschaben und dann mit Zucker in Gläser legen. Nach und nach würde der Zucker dadurch ein leichtes, feines Vanillearoma annehmen. Die Hagebuttenfrüchte wollten Miriam und Kate ein paar Tage in Weißwein einlegen und dann mit Zitronensaft und Zucker zu einem vitaminreichen Mus verkochen. Für den gesundheitsbewussten Gourmet, dachte Miriam. Wenn es um ihre Kräuterprodukte ging, machte ihr sogar das Kreieren werbewirksamer Bezeichnungen Spaß.

Beschwingt zog sie ihren neuen iPod aus der Hosentasche.

Während der stundenlangen Erntearbeit im Garten hörte Miriam gern Musik, und sie hatte sich spezielle Playlists zusammengestellt. Rockballaden, Filmmusik, Klassik. Telemann, Händel, Vivaldi ... Die Klänge verliehen ihrem Garten gleichsam eine musikalische Form. Es erfüllte sie mit einer stillen, fast andächtigen Freude, als die Musik einsetzte und sie die erste Hagebutte pflückte. Sie schloss die Augen. Spürte die glatte Schale der Frucht, roch daran, atmete die milde, weiche Septemberluft tief ein, überließ sich den Schwingungen des virtuosen Geigenspiels. Alles schien ineinanderzufließen, zu tanzen und zu vibrieren vor unbändiger Lebensfreude.

Als die Musik verstummte, schlug sie die Augen wieder auf.

Da stand Lucian, an die Mauer gelehnt, und blickte sie an.

Plötzlich fühlte Miriam sich nackt. »Wie lange bist du schon hier?«

Verlegen antwortete Lucian: »Ich bin gerade erst gekommen.« Doch es war offensichtlich, dass er ihr zugesehen hatte.

Spontan hielt Miriam ihm einen der iPod-Hörer hin.

»Nimm«, sagte sie herausfordernd. »Wenn du wissen möchtest, was ich fühle, solltest du mich nicht beobachten, sondern die Musik hören, die ich höre.«

Lucian strich sich über den Bart. Und kletterte über die Mauer.

Er kam näher und griff nach dem Hörer. Jetzt waren sie

miteinander verbunden, in seinem Ohr steckte der linke Hörer, in ihrem der rechte.

»Vivaldi?«, fragte er.

Miriam nickte. Es war eines ihrer Lieblingsstücke.

Einträchtig lauschten sie dem warmen, weichen Klang, und Lucian legte einen Arm um Miriam. Wie hypnotisiert sahen sie einander an, bis das Stück zu Ende war.

Abrupt ließ Lucian sie los und gab ihr den Hörer zurück. Dann drehte er sich um und ging wortlos durch die Rosensträucher, die Bäume, die feuchte Wiese hinunter zum Fluss.

Miriam folgte ihm.

Schweigend setzten sie sich nebeneinander ans Ufer.

Lucian starrte auf das Wasser.

»Alle haben es gewusst«, begann er irgendwann mit rauer Stimme. »Professoren, Doktoranden, Studierende. Sogar die Putzfrauen und der Pförtner. Alle. Nur ich nicht. Ich war so blind wie Thales vor zweieinhalb Jahrtausenden, der Philosoph, dessen Kopf in den Wolken steckte.«

Miriam begriff, dass er über seine Ehe sprach. Und sie kannte Lucian mittlerweile gut genug, um zu wissen, dass die Erklärung, was Thales betraf, folgen würde.

Still wartete sie darauf, dass er weitererzählte.

»Thales beobachtete die Sterne, und während er unverwandt in den Himmel starrte, stolperte er und fiel in einen Brunnen«, fuhr Lucian tonlos fort. »Dafür wurde er von einer Frau verspottet. Sie sagte, dass ihm vor lauter Anstrengung, die Dinge im Himmel zu erkennen, verborgen bleibe, was ihm vor den Augen und den Füßen liege.«

Miriam sagte nichts.

Und dann brach es auf einmal aus Lucian heraus.

Dass er Musik liebe, aber kaum mehr höre, weil er die Emotionen fürchte, die sie hervorrufen könnte. Dass er früher getanzt habe, leidenschaftlich gern sogar, dem Tanzen seit seiner Scheidung jedoch abgeschworen habe. Dass es der Dekan gewesen sei, ausgerechnet sein Dekan. Dass es über Jahre gegangen sei. Überall. Im Büro nebenan, in der Bibliothek, in der Putzkammer. Sie seien von Studierenden verdächtigt und von Kollegen erwischt worden. Aber alle, alle hätten sie dichtgehalten. Aus Angst vor dem Dekan, der in seinem kleinen Reich autoritär und einflussreich war. Möglicherweise auch, weil es nicht weiter schwer war dichtzuhalten. Denn er, der gehörnte Professor Brent, der sich mit Leib und Seele seinen griechischen Studien verschrieben hatte, nahm pikante Andeutungen gar nicht erst wahr, geschweige denn ernst.

»Ich wurde zum Gespött des gesamten Instituts und habe nichts, aber auch gar nichts davon mitbekommen. Irgendwann habe ich sie in flagranti in unserem Ehebett überrascht und bin aus allen Wolken gefallen. Sie warf mir vor, ich hätte sie dazu gezwungen, sich anderswo das zu holen, was sie von mir nicht bekam. Zuwendung, Bewunderung, Liebe. Meine Empathie würde toten Griechen gelten, nicht aber meiner Umgebung im Hier und Jetzt und am allerwenigsten ihr. Ich hätte als Ehemann auf der ganzen Linie versagt.«

Er hielt einen Moment inne.

»Natürlich. Sie musste ihre Affäre rechtfertigen und deshalb den Spieß umdrehen, indem sie mir die Verantwortung dafür zuschob. Aber ich war zu Tode verletzt und fühlte mich abgrundtief gedemütigt. Mindestens genauso schlimm war es für mich zu erkennen, dass sie in vielen Punkten recht hatte. Dass ich viel zu viel übersehen und viel zu viel falsch gemacht habe in meiner Ehe. Wie unglücklich sie meinetwegen geworden war. Ich schwor mir, dass mir so etwas nie wieder passieren sollte. Nie wieder, Miriam.«

Der Wind frischte auf und ließ Miriam in ihrem dünnen Kleid frösteln.

Sie hob die Hand und legte sie auf Lucians Wange. Unter ihren Fingern spürte sie seinen Bart, struppig und abwehrend.

»Wenn du dir keine Gefühle mehr gestattest«, sagte sie leise, »wenn du keine Musik mehr hörst und nicht mehr tanzt, wenn du keine Frau mehr an dich heranlässt, Lucian, wie willst du dann leben?«

Sanft brachte er sie auf Abstand, indem er ihre Finger von seiner Wange nahm. Doch er schien sich nicht dazu entschließen zu können, sie loszulassen, und wie zwei eigenständige Wesen schlossen ihre Hände sich umeinander.

»Und du?«, fragte er nach kurzem Schweigen statt einer Antwort zurück. »Als es ernst wurde mit deinem Liebhaber, hast du Schluss gemacht. Hast du nicht genauso viel Angst wie ich? Du wärst vielleicht wieder weg, noch ehe ich begriffen hätte, dass ich ein weiteres Mal in den Brunnen gefallen bin.«

Miriam wollte widersprechen, sie wollte ihm sagen, dass er sich irrte. Doch sie blieb stumm, denn in einem hatte Lucian recht.

Auch sie fürchtete sich.

Und zwar gewaltig.

Wäre sie wirklich dazu bereit, sich Lucian vorbehaltlos zu öffnen? Sich ohne Netz und doppelten Boden fallen zu lassen in eine Beziehung, die schon jetzt viel ernster und viel gefährlicher zu werden drohte als ihr Verhältnis mit Dylan?

Affären verwehten mit dem letzten Sommerwind. Sie gaben einen wieder frei.

Liebe nicht.

Am Abend saß Miriam lange vor dem Telefon.

Als sie mit den Hagebutten ins Cottage zurückgekehrt war, hatte Kate sie verwundert gefragt, ob sie beim Ernten einen Geist gesehen hätte.

Miriam hatte sich ein Herz gefasst und ihr alles erzählt.

Kate hatte reagiert, wie nur Kate reagieren konnte. Pragmatisch hatte sie gesagt: »Ruf deinen Ex an. Bevor du nicht Frieden mit ihm geschlossen hast, wird das mit einem neuen Mann sowieso nichts.«

Deshalb hockte Miriam nun auf dem Sofa, starrte das Telefon an und kaute auf ihrer Unterlippe.

»Ach, Scheiße!«

Sie schnappte sich das Gerät und wählte Jürgens Nummer.

»Riebel«, meldete sich eine Frauenstimme.

»Hallo Patrizia. Hier ist Miriam.«

Stille in der Leitung.

»Jürgens Exfrau«, fügte Miriam hinzu.

»Ich weiß«, sagte Patrizia.

Erneut Stille.

»War es schön auf Sylt?«, fragte Miriam. »Annabel war ja richtig begeistert von eurem gemeinsamen Urlaub.«

Das stimmte nicht ganz. Annabel hatte über Patrizias Launen gelästert und über Jürgens lächerlichen Stolz darauf, sich am Strand mit seiner jungen, knackigen Freundin zu zeigen.

»Knackig im Gegensatz zu ihm jedenfalls«, hatte Annabel geätzt. »Papa hat schon eine richtige Altmännerwampe. Voll peinlich.«

Steif antwortete Patrizia: »Danke, es war sehr nett auf Sylt. Die Insel ist zu jeder Jahreszeit eine Reise wert.«

Fast hätte Miriam laut losgelacht.

Doch sie riss sich zusammen und fragte höflich: »Könnte ich bitte mit Jürgen sprechen?«

»Ich hole ihn. Er hat sicher kurz Zeit.«

Aber nur kurz. Miriam verdrehte die Augen.

»Miriam«, sagte ihr Exmann beunruhigt. »Ist etwas passiert?«

Wann hatte ihr Herz aufgehört, sich beim Klang seiner Stimme zusammenzuziehen? Die Liebe war fort, der Hass ebenfalls, und das war gut so.

»Hallo, Jürgen. Ich wollte mich von dir verabschieden.«

»Verabschieden? Was meinst du damit? Wir haben uns doch verabschiedet«, sagte Jürgen misstrauisch.

»Du hast dich verabschiedet. Aber ich nicht, und es ist Zeit dafür.«

»So. Ah. Nun, ich …« Jürgen räusperte sich. »Mensch, Miriam, was willst du denn von mir hören?«

»Nichts, Jürgen. Du musst nichts sagen. Du stehst nicht mehr in meiner Schuld, und ich möchte, dass du das weißt. Ich hätte gern, dass wir in Zukunft normal und sachlich miteinander sprechen können. Da wir eine gemeinsame Tochter haben, können wir den Kontakt ja sowieso nicht ganz abbrechen, und ich wünsche mir …«

… nicht mehr, das Rad der Zeit zurückzudrehen. Nicht mehr, dass alles so ist wie früher. Nicht mehr, dass du Patrizia nie kennengelernt hättest.

»… dass wir uns, sollten wir uns irgendwann noch einmal wiedersehen, ohne Groll in die Augen schauen können.«

Jürgen antwortete nicht sofort. Ihre Worte schienen ihn zu überraschen.

»Das klingt wirklich vernünftig«, sagte er endlich. »Miriam, ich habe dich das nie gefragt, aber … Geht es dir eigentlich gut? Bist du glücklich in England, in deinem neuen Leben?«

Miriam streckte die Hand aus und strich Percy, der sich neben sie aufs Sofa gemogelt hatte, über den Kopf.

Ruhig sagte sie: »Ich denke, ich bin auf dem Weg.«

Das Hagebuttenmus schmeckte fantastisch. Der Wintertee war abgefüllt und beschriftet. Miriam und Kate hatten Preislisten und eine Aufstellung potenzieller Kunden erstellt, und Rebecca hatte sich bereit erklärt, Percy eine Woche lang tagsüber zu sich zu nehmen. Tiegel, Gläser, Tütchen und Flaschen wurden im Vauxhall verstaut, abgewetzte Jeans gegen elegante Hosen ausgetauscht.

Und dann begann die große Tour.

Von morgens bis abends kurvten Miriam und Kate durch Devon. Kate wählte die Reihenfolge der Geschäfte aus, Miriam steuerte den Wagen, und bei jedem Kreisverkehr, den sie meisterte, dankte sie Lucian im Stillen für seine Fahrstunde.

Wenn sie die Teeläden, Feinkostgeschäfte und Farm Shops betraten und sich vorstellten, klopfte Miriams Herz vor Aufregung schneller. Auch Kate identifizierte sich voll und ganz mit den Produkten aus Miriams Kräutern. Enthusiastisch pries sie Cremes und Öle an, hielt skeptischen Ladenbesitzerinnen duftende Potpourris unter die Nase, ließ interessierte Angestellte von Marmeladen und Chutneys kosten.

Miriam war jedes Mal aufs Neue überwältigt, wenn der Gesichtsausdruck der Leute ihr verriet, dass sie es *spürten*. Die Hexenkräuter entfalteten ihre Wirkung! Sie brachten mürrische Gesichter zum Lächeln und trübe Augen zum Leuchten.

Eine Teeverkäuferin sagte beispielsweise: »Ich kann Ihnen nicht versprechen, dass meine Kundschaft diese Mischungen annimmt. Aber versuchen können wir es ja mal. Zehn Tüten für den Anfang?«

»Morgen ziehen wir Bilanz«, sagte Miriam, als sie Kate am letzten Abend ihrer Tour vor deren Haus absetzte.

»Ich freu mich drauf.« Die Freundin stieg aus und gähnte. »Das war eine tolle Woche. Reich werden wir in diesem Winter zwar noch nicht, aber ich glaube, wir können mehr als zufrieden sein.«

»Schlaf gut, Kate.«

»Du auch.«

Miriam holte Percy bei Rebecca ab, schenkte dieser zum

Dank fürs Hundesitten eine bunte Mischung ihrer Kräuterprodukte und fuhr nach Hause. Während sie den Vauxhall parkte, hallten Kates Worte in ihr nach.

Wir können mehr als zufrieden sein.

Ja, dachte Miriam mit einem Gefühl des Triumphs, das können wir!

Doch in diesem Augenblick wehte eine Vorahnung durch die Nacht, kalt und beklemmend, und Miriam lief ein Schauer über den Rücken. Unwillig runzelte sie die Stirn. Vorahnungen? Auch das noch. Reichte es nicht, dass sie die Kräuter flüstern hörte?

Sie war todmüde. Am besten würde sie sich jetzt eine heiße Dusche gönnen und danach mit einem Buch ins Bett legen.

Sie öffnete die Haustür, ließ den Hund hinein und sperrte zweimal hinter sich ab. Dann machte sie sofort alle Lampen im Cottage an.

Am nächsten Morgen war die Müdigkeit verschwunden.

Die Vorahnung nicht.

Miriam zog ihren Morgenmantel über und ging in die Küche. Sie brauchte jetzt erstmal einen Kaffee.

Als sie Percy zur Hintertür hinauslassen wollte, läutete es.

Ob das schon Kate war? So früh hatte Miriam sie nicht erwartet.

Sie ging zur Tür.

»Guten Morgen«, sagte Lucian. Er wirkte nervös. »Ich bin schon eine Weile wach, und da dachte ich … hm …«

»… ich sei auch schon eine Weile wach?« Miriam deutete

auf ihren Morgenmantel. »Wach bin ich, aber könnten wir eventuell später plaudern, wenn ich geduscht und angezogen bin? Es ist doch noch sehr früh.«

Das kam barscher heraus, als Miriam beabsichtigt hatte. Sie biss sich auf die Zunge. Seit ihrem Gespräch am Fluss wusste sie nicht mehr, wie sie mit Lucian umgehen sollte. Es war inzwischen klar, dass sie sich voneinander angezogen fühlten. Trotzdem war da eine innere Sperre.

Fahrig fuhr Lucian sich durchs Haar. »Ich gehe gleich nach Hause und lasse dich in Ruhe. Die Sache ist die. Ich … du … ich … also, ich meine, ich wollte fragen …«

In Miriams Magen begann es zu kribbeln.

»Wollen wir tanzen gehen?«, stieß Lucian hervor. »In der Village Hall findet heute ein Tanzabend statt, und ich würde mich freuen, wenn du Lust hättest, mich dorthin zu begleiten.«

Miriam sah ihn überrascht an. »Du willst tanzen gehen?«

»Warum nicht?« Er schien wild entschlossen. »Da ich wochentags nicht mehr in London bin, werde ich mich wohl oder übel ein wenig in die Dorfgemeinschaft integrieren müssen.«

»Du musst gar nichts, Lucian.«

»O doch.« Er hob die Hände. »Glaub mir, ich liebe meine Bücher und Texte. Aber selbst ich werde sonderbar, wenn ich wochenlang nur mit toten Griechen kommuniziere.«

»Also gut«, sagte Miriam zögernd. »Gehen wir tanzen. Was erwartet uns denn dort? Walzer oder Dorfdisco?«

»Ehrlich gesagt um die Feinheiten habe ich mich nicht so gekümmert.«

»Okay. Und wie sollte man sich anziehen?«

Ratlos kratzte Lucian sich hinterm Ohr.

Miriam musste lachen.

»Aber wann es losgeht, weißt du schon?«

»Um acht.«

Fragend sah Lucian sie an, und da Miriam keinen Rückzieher machte, lächelte er erleichtert. »Ich hole dich ab. Bis dann.«

Sie sah ihm nach, wie er die Straße hinunterging, und plötzlich freute Miriam sich so sehr auf den Tag, dass sie anfing zu pfeifen. Sie freute sich auf alles. Auf ihre Dusche, auf Kate, auf das Bilanzziehen, auf die Gartenarbeit und vor allem auf den Tanzabend mit Lucian.

Ob er sie nur gefragt hatte, weil er sonst niemanden kannte? Weil er endlich mal wieder tanzen gehen wollte? Oder wollte er *mit ihr* tanzen gehen? Hatte er sie vermisst, während sie und Kate durch Devon gekurvt waren und Miriam verbissen, aber immer wieder erfolglos versucht hatte, nicht an ihn zu denken?

Vielleicht würde sie der Antwort in der Village Hall ja ein Stückchen näher kommen.

»Das«, sagte Miriam leise zu Lucian, »ist jetzt irgendwie schräg.«

Sie standen am Eingang der Village Hall und blickten in den großen Raum, der von ungemütlichem Neonlicht erhellt wurde. Viel war noch nicht los, nur drei ältere Paare drehten sich ungelenk auf der Tanzfläche. Einige Jugendliche lungerten an der improvisierten Bar herum, die übrigen Gäste saßen an Tischen, die an den Wänden entlang aufgestellt worden waren.

Auf der Bühne, gerahmt von schweren roten Samtvorhängen, spielte eine Band Hits aus den Siebzigern und Achtzigern.

Lucian, in Anzug und Krawatte eindeutig overdressed, sah sich unschlüssig um. »Wo möchtest du hin, zu den Rentnern oder zu den Jugendlichen?«

»Auf die Tanzfläche. Zum Tanzen sind wir schließlich hergekommen.«

»Du hast recht. Machen wir das Beste aus dieser merkwürdigen Veranstaltung.« Höflich bot Lucian ihr den Arm. »Darf ich bitten?«

Wow, dachte Miriam atemlos. Wer hätte gedacht, dass Lucian Brent so tanzen kann?

Seit einer Stunde wirbelte er sie über die Tanzfläche. Die Band hatte sich warm gespielt, und der Saal hatte sich gefüllt. Etliche Paare hatten sich zu ihnen gesellt, um alles zu tanzen, was Spaß machte. Besonders beliebt war Quickstepp, aber auch Samba und Jive kamen bei den Reedcombern gut an. Die Seniorinnen und Senioren hatte keine Hemmungen, kokett die Hüften zu schwingen oder beherzt die Beine in die Luft zu werfen. Es war wunderbar.

Miriam hatte zum letzten Mal vor vielen Jahren auf der Hochzeit eines Kollegen von Jürgen getanzt. Sie war völlig aus der Übung. Doch Lucian brachte es fertig, sie das ebenso vergessen zu lassen wie die Tatsache, dass er um Klassen besser tanzte als sie. Unaufdringlich und sicher führte er, und beinahe unmerklich veranlasste er Miriam zu immer gewagteren Schritten und Drehungen. Seine Augen glänzten, und ein mutwilliges kleines Lächeln umspielte seine Lippen, wenn er sie schwungvoll in die Luft hob und sanft wieder absetzte, sie an sich zog und von sich weg wirbelte. Miriams Wangen glühten, und der Stoff des Kleides klebte an ihrem Rücken, doch um nichts in der Welt hätte sie jetzt aufhören mögen zu tanzen. Die Band spielte einen Charleston, die Paare auf der Tanzfläche jubelten, und Miriam und Lucian erhöhten ihr Tempo. Sie wedelten in bester Charleston-Manier mit den Armen in der Luft, machten X- und O-Beine, tanzten umeinander, nebeneinander, miteinander, fanden sich in einer engen, verschwitzten Umarmung wieder, atemlos, die Blicke ineinander versenkt, während die Menschen um sie herum zappelten und lachten. Miriam blickte Lucian auf den leicht geöffneten Mund. Er neigte seinen Kopf, und sie schloss die Augen.

Jetzt, dachte sie.

Jetzt.

»Du auch hier?«

Miriam und Lucian fuhren erschrocken auseinander.

»Mit dem netten Nachbarn?« Dylan hob spöttisch eine Augenbraue. »Sieh mal einer an.«

Miriam rang um Fassung.

»Ertappt?«, fragte Dylan süffisant. »Ja, ja, die Triebe … Bringen einen sogar so weit, auf der Tanzfläche zu knutschen. Ziemlich schlechtes Benehmen, wenn ich das anmerken darf. Aber zum Glück konnte ich ja gerade noch rechtzeitig dazwischengehen.«

Lucian trat einen Schritt vor. »Sie sind betrunken, Mr Thomas. Lassen Sie uns in Frieden.«

»Ach, jetzt siezen wir uns wieder? Auf Miriams Gartenfest war das noch anders. Aber seither hat sich ja auch einiges geändert, nicht wahr?« Er lachte freudlos. »Abgesehen davon haben Sie natürlich recht, Mr Brent. Ich hatte den einen oder anderen Drink zu viel. Na und? Anders ist diese traurige Veranstaltung doch gar nicht auszuhalten.«

»Warum bist du dann hier, wenn du es so schrecklich findest?«, fragte Miriam, bemüht, ruhig zu bleiben.

»Weil sie es sich gewünscht hat.«

Dylan zeigte auf eine hübsche junge Frau, die am Rand der Tanzfläche stand und sie beobachtete, die Finger nervös um ein Cocktailglas gekrallt.

»In den Pub gehen, tanzen, vögeln«, seufzte Dylan. »Was soll man in Reedcombe auch sonst tun?«

Lucian nahm Miriam beim Ellenbogen. »Komm, lass uns gehen.«

»Nicht so hastig!« Dylan hob den Zeigefinger. »Ich habe noch was mit Miriam zu besprechen. Aber unter vier Augen.«

»Nein, das glaube ich nicht.« Lucians Blick bohrte sich in Dylans. »Wenn Sie uns jetzt entschuldigen würden, Mr Thomas.«

»Es ist aber wichtig«, beharrte Dylan. »Miriam, auf ein Wort. Komm schon. Das bist du mir schuldig.«

Sie schwankte. Schaute von Dylan zu Lucian, der den jungen Mann mit schmalen Augen fixierte, und zurück zu Dylan, der nur sie zu sehen schien.

»Miriam«, sagte er leise, und in seinem Blick lag ein Ausdruck, der etwas in ihr anrührte. »Bitte.«

Sie gab sich einen Ruck.

»Gut. Aber nur ganz kurz und nicht hier auf der Tanzfläche, lass uns dort an den Rand gehen. Lucian, würdest du …?«

Lucian nickte knapp. »Ich lasse euch allein.«

In entgegengesetzten Richtungen verließen sie die Tanzfläche, auf der gerade begeistert geswingt wurde. Miriam ballte die Fäuste. Dylan hatte die wunderbare Stimmung kaputtgemacht. Mit einer Mischung aus Zorn und Mitleid folgte sie ihm in eine ruhige Ecke.

Er blieb stehen und drehte sich zu ihr um.

Sie verschränkte die Arme vor der Brust. »Okay, Dylan. Was willst du von mir?«

»Dir mitteilen, dass du leider bald auf dich allein gestellt bist, was deine Kräuterlieferungen betrifft. Auf Ivystone Manor hast du ab Oktober keinen Fürsprecher mehr.«

»Erst ab Oktober? Du warst es doch, der Mr Clark geraten hat, die Preise zu drücken, oder nicht?«

Schuldbewusstsein flackerte in Dylans Augen auf. »Ich war sauer. Es war eine Kurzschlussreaktion. Aber es war falsch, und das tut mir leid.«

»Das nützt mir wenig.«

»Ich weiß.«

Dylan fuhr sich mit der Hand übers Gesicht. Nun wirkte er nicht mehr betrunken, sondern nur noch müde und traurig.

Miriam seufzte. »Ist schon okay. Wenn alles gut geht, bin

ich sowieso nicht mehr auf Ivystone Manor angewiesen. Ich habe mich anderweitig orientiert.«

»Ja, das habe ich gesehen«, sagte Dylan bitter. »Lucian Brent. Der Mann mit der Vorliebe für Sektfrühstück am Fluss.«

Miriam schluckte. »Das habe ich nicht gemeint.«

Die Zeit mit Dylan war so schön gewesen, und hier standen sie nun. Er war unglücklich und betrunken, und sie wusste nicht, was sie mit der Situation anfangen sollte.

Mit einem Mal wollte Miriam nur noch weg.

»Musst du nicht zurück zu … wie heißt sie nochmal?«

»Carrie. Du kennst sie, sie arbeitet im Hotel.«

»Du datest deine Angestellten?«

»Nur sie. Und ich date sie nicht nur, ich schlafe auch mit ihr. Stört dich das?«

»Nein, Dylan. Aber Carrie scheint es zu stören, dass du sie so lange allein lässt.« Miriam warf einen Blick auf die junge Frau, die mit zusammengepressten Lippen zu ihnen herüberstarrte.

»Ach, die fängt sich schon wieder. Carrie stellt keine Ansprüche. Sie weiß ja, dass ich bald fort bin. Frankreich, Miriam. Paris!« Seine Augen leuchteten auf. »Ich verlasse Ivystone Manor, ich habe ein sehr gutes Angebot bekommen. Nur an meinem Französisch muss ich noch ein bisschen feilen, aber hey«, er breitete die Arme aus, »ich liebe Herausforderungen!«

»Etwas Ähnliches hast du damals auch gesagt.« Unwillkürlich musste Miriam lächeln. »Im Salon von Ivystone Manor. Weißt du noch?«

»Ich weiß alles noch.« Dylan lächelte gequält. »Schenk mir eine letzte Umarmung, Miriam. Nur für die Erinnerung.«

Er zog sie an sich und vergrub seine Nase in ihrem Haar. Tief sog er ihren Geruch ein, dann ließ er sie los.

»Auf Wiedersehen.«

Er drückte ihr einen raschen Kuss auf den Mund und bahnte sich seinen Weg durch die Tanzenden, ohne sich noch einmal umzudrehen.

Miriam sah ihm nach, bis er verschwunden war.

»Viel Glück in Paris«, murmelte sie.

Es war gut, dass sie mit Dylan gesprochen hatte. Irgendwann hätte sie es bereut, wenn sie ihn ohne Lebewohl hätte ziehen lassen. Auch wenn er sie und Lucian empfindlich gestört hatte und es nicht beim ganz kurzen Gespräch geblieben war.

Miriam hielt Ausschau nach Lucian, konnte ihn jedoch nirgends entdecken.

Langsam durchschritt sie den Saal, abwechselnd nach links und rechts schauend. Auf der Tanzfläche war er nicht. Sie ging an den Tischen vorbei und dann zur Bar, doch sie fand ihn nirgends.

Sie beschloss, an der Bar zu warten.

Fünf, zehn, fünfzehn Minuten vergingen.

Über eine halbe Stunde später sah sie ein, dass es vergebens war. Lucian war gegangen.

Ohne sie.

Aber warum?

Miriams Gedanken überschlugen sich. Hatte Lucian gesehen, wie Dylan sie umarmt und am Ende geküsst hatte, und womöglich die falschen Schlüsse daraus gezogen?

Wenn ja, dachte Miriam kämpferisch, werde ich ihm den Kopf zurechtrücken. Abgesehen davon, dass sie es ziemlich unhöflich von ihm fand, ohne ein Wort zu verschwinden und sie dort allein zu lassen, sollte er auch begreifen, dass sie nicht war wie seine Exfrau.

Sie holte ihren Mantel von der Garderobe ab und verließ die Village Hall.

Doch als Miriam Lucians Haus erreichte, war dort alles finster. Sie schaute hinauf zu Lucians Schlafzimmer. Ob er schon zu Bett gegangen war? Das Fenster war geschlossen, die Läden zugeklappt.

In dem Moment ging ihr auf, dass der Rover fort war. Lucian hatte keine Garage, sondern parkte an der Straße.

Mit schlafwandlerischer Sicherheit wurde es ihr klar.

Er war zurück nach London gefahren.

Tränen schossen ihr in die Augen, und zum zweiten Mal an diesem Abend ballte sie die Fäuste.

Percy freute sich überschwänglich über ihre Rückkehr, und da Miriam ahnte, dass sie in dieser Nacht sowieso keinen Schlaf finden würde, ließ sie den alten Rüden zur Hintertür hinaus und folgte ihm in den nächtlichen Garten.

Der Mond goss kaltes Silberlicht über Bäume und Gräser. Miriam schlang sich die Arme um den Oberkörper. Fröstelnd schlich sie hinter Percy her.

Da wurde ihr Blick von etwas angezogen, das auf der Mauer lag, ein Blatt Papier, beschwert von einem Stein.

»Was ist es, sprich, was bei den Menschen Liebe heißt?
O Kind, das Süßeste und Bitterste zugleich.«

Euripides

Keine Unterschrift.

Kein persönliches Wort.

War dies Lucians letzte Botschaft an sie? Ein Zitat, das eine Liebeserklärung war, und zugleich eine Kapitulation?

Sie öffnete die Hand, und das Papier segelte zu Boden.

Lucian hatte nicht um sie gekämpft.

Er hatte vor den Wunden seiner Vergangenheit die Waffen gestreckt.

Aus Phyllis' Tagebüchern, 2014

Meine Hand will nicht mehr schreiben. Die Augen sehen kaum mehr. Die Ohren werden taub.

Die Grenzen zwischen hier und dort verschwimmen, William ruft mich, und Percy, mein kleiner schwarzer Held, macht sich bereit. Nicht mehr lange, und er wird meine Fehler wiedergutmachen. Denn ich habe so viel falsch gemacht. Je näher das Ende rückt, desto klarer wird mir das.

Doch Percy wird die Richtige erkennen. Er wird sie hierher führen, und ich bete inbrünstig darum, dass sie auf das Flüstern hören wird, auch in ihrem dunkelsten Moment. Der Garten und das Dorf haben lange genug geschlafen.

Vielleicht sollte ich hierbleiben, auf die eine oder andere Weise, bis sie es geschafft hat.

Oder gescheitert ist.

Ob Jane mir verziehen hat?

Und ob mein William noch so aussieht wie früher, wenn wir uns drüben wiedersehen? Na, das wird ein Spaß! Er blutjung und ich steinalt … Armer Kerl!

Oktober

»Der Rosmarin (Rosmarinus officinalis) blüht bei uns zwar im Frühjahr, in seinem ursprünglichen Verbreitungsgebiet jedoch erst im Oktober. Rosmarin braucht lange, um zu voller Schönheit heranzuwachsen. Doch wo er einmal groß und stark geworden ist, da wird er zum Segen, da kann man sich ein Leben lang auf ihn verlassen.«

Aus: Devons umfassende Kräuterfibel (vergriffen)

*

Die Äpfel waren rot und reif, die Holunderbeeren tiefschwarz. Die Goldrute blühte in voller Pracht. Miriam und Kate ernteten und kochten ein, dörrten Obst und setzten Elixiere an. Mr Clark bestellte nun vornehmlich Kräuter für Wildgerichte. Morgens lagen weiße Schleier über dem Garten, und abends wurde es so kalt, dass Kate auf dem Heimweg eine Wollmütze aufsetzte.

Immer noch war Lucians Cottage fest verriegelt.

Jedes Mal, wenn Miriam an dem verlassenen Haus vorbeiging, tat ihr das Herz weh. Und jedes Mal fragte sie sich, ob sie nicht doch Lucians Londoner Adresse herausfinden und ihn aufsuchen sollte, um ihm zu erklären, dass sie ihn niemals verletzen würde und dass er bei ihr sicher wäre.

Denn je mehr Zeit ins Land ging, ohne dass Lucian zurückkehrte, desto klarer wurde es Miriam: Wenn sie es noch einmal wagen wollte, sich mit Leib und Seele, Herz und Verstand auf die Liebe einzulassen, dann nur mit Lucian.

Lucian, der so barsch sein konnte und so empfindsam. Der verstehen wollte, was die Welt in ihrem Innersten zusammenhielt. Der die alten Griechen studierte wie wohl kein Zweiter und nebenher Comics las. Der mit jeder Faser seines Körpers Wissenschaftler war. Der trotzdem nichts seltsam daran fand, dass Miriam mit ihren Kräutern sprach. Der sich zu ihr in den Vauxhall gesetzt hatte, um zu verhindern, dass sie im englischen Straßenverkehr zu Schaden kam. Der mit ihr Charleston getanzt hatte, wild, ausgelassen, leidenschaftlich, obwohl er eigentlich nie wieder tanzen wollte. Und den sie nur sehr langsam aus seinem Schneckenhaus hatte locken können.

Mit dem sie gemerkt hatte, dass sie nach wie vor zu tiefen Gefühlen fähig war, zum Willen, sich erneut dauerhaft zu binden.

Doch was nützte ihr dieser Wille, wenn Lucian sich weigerte, über den Schatten seiner Ängste zu springen? Miriam konnte ihn zwar aufsuchen und mit ihm reden. Sie konnte sich bemühen, ihn von ihrer Aufrichtigkeit zu überzeugen. Sie konnte ihm Dylans Umarmung erklären und seinen Kuss.

Aber es wäre vergeblich.

Solange Lucian überall Betrug und Verrat witterte, hatte ihre Liebe keine Zukunft.

Ab und zu meldete sich Annabel aus Neuseeland. Sie war begeistert von der Vielseitigkeit des Landes, erzählte von heißen Quellen und Pinguinkolonien und freute sich schon auf den Dezember, der reichlich Jobangebote mit sich bringen würde.

»Sie ist seit zwei Jahren volljährig«, sagte Miriam nachdenklich zu Kate, während sie Baldrianwurzeln reinigten. »Aber ich habe den Eindruck, richtig erwachsen wird sie erst jetzt in der Ferne.«

Kate schnitt eine saubere Wurzel in schmale Stücke. »Manchmal tut Abstand einfach gut.«

Miriam dachte unvermittelt an Lucian, und die Tränen schossen ihr in die Augen. Ärgerlich wischte sie sich mit dem Handrücken übers Gesicht.

Ihre Freundin ließ Wurzel und Messer sinken und sah sie mitfühlend an. »Vermisst du ihn so sehr?«

Miriam nickte nur.

»Die Semesterferien sind vorbei«, sagte Kate im Bemühen, sie zu trösten. »Vielleicht *muss* er ja in London bleiben.«

»Aber nicht am Wochenende. Nein. Wenn er wollte, könnte er kommen.«

Kate nahm Miriams Hand. »Du hast immer noch mich, vergiss das nicht. Mich und deinen Garten und unser tolles Geschäftsmodell, das uns bald unermesslich reich machen wird!«

Unter Tränen musste Miriam lachen. »Und wovon träumst du nachts?«

»Das willst du gar nicht wissen.« Kate grinste. Dann nahm sie sich die nächste Baldrianwurzel vor. »Übrigens hat Tea and Books sich gemeldet.«

»Haben sie etwa nachbestellt?« Schlagartig hob sich Miriams Laune.

»Und wie. Anscheinend sind ihre Kunden ganz verrückt nach unseren Tees. Es ist alles ausverkauft, und Mrs Allham möchte so bald wie möglich Nachschub. Vor allem der Erkältungstee geht anscheinend weg wie warme Semmeln.«

Was Miriam nicht wunderte, enthielt dieser Tee doch neben Kräutern gegen Husten und Halsweh auch Phyllis' spezielle Malvenblüten. Und die sorgten nicht nur für einen guten Geschmack: Wer die Essenz der magischen Malve in der Teetasse hatte, kam mit den Widrigkeiten des Lebens besser zurecht.

Das wäre vielleicht auch was für mich, dachte Miriam grimmig.

Natürlich machte die Malve Widrigkeiten bloß erträglicher, sie aus dem Weg zu räumen vermochte sie nicht. Also konnte sie weder dafür sorgen, dass Geld auf Miriams leeres Konto floss – seit diesem Monat erhielt sie keine Zahlungen mehr von Jürgen –, noch sie vor Mr Clarks Launen schützen. Erst am Vortag hatte der Küchenchef gewettert, dass er beim nächsten Mal, wenn sich wieder drei welke Blätter unter den Kräutern befänden, maximal die Hälfte für die Lieferung bezahlen würde.

Die Hälfte der Hälfte, und das wegen drei welker Blättchen unter Hunderten frischen? Da konnte sie es auch gleich ganz lassen.

Aber sie hatte sich auf die Zunge gebissen und geschwiegen, denn noch konnte sie es sich nicht leisten, auf Mr Clarks Aufträge zu verzichten. Mochte der alte Tyrann auch wenig bezahlen, immerhin bestellte er regelmäßig. Nichtsdestotrotz sehnte Miriam den Tag herbei, an dem ihre Kräuterprodukte sich gut genug verkaufen würden, um Kate und ihr auch ohne Mr Clark ein ausreichendes Einkommen zu sichern.

Ob dieser Tag je kommen würde?

Miriam legte die Baldrianwurzel beiseite und stand auf. »Ich koche mir einen Erkältungstee. Möchtest du auch einen?«

Ein paar Malvenblüten, sagte sie sich, schadeten schließlich nie.

Und dann schlug das Wetter um.

Als Miriam morgens die letzten Äpfel erntete, fing es an zu nieseln.

Als sie mittags Lorbeerblätter vom Strauch zupfte, um sie im Schuppen zu trocknen, brauchte sie schon Regenmantel und Gummistiefel.

Am Abend schüttete es so heftig, dass Percy sich standhaft weigerte, für eine späte Runde Gassi das Cottage zu verlassen.

Der Regen prasselte die ganze Nacht hindurch auf das Land und hielt auch am nächsten Tag an. Am übernächsten wurde er noch schlimmer. Stürme fegten über die Felder. Miriam hörte im Radio, dass es auf den Straßen wegen Überflutungen etliche Unfälle gegeben hatte. Bobs Taxi musste in der Garage bleiben. Carol sagte ihre Meditationskurse ab. Rebeccas Pensionshunde verwüsteten ihr das Haus, weil sie nicht in den Garten konnten. An Stellas Schule fiel der Unterricht aus, denn der Schulbus fuhr nicht mehr.

»Die freut sich auch noch, das faule Stück!«, schimpfte Kate, die der Sturmwind reizbar machte.

Zuerst hatte Miriam das Wetter noch ganz gemütlich gefunden. Es gab schließlich Schlimmeres, als mit heißem Tee und Keksen im Cottage zu sitzen, ein Feuer im Kamin, eine kuschelige Decke um die Schultern und Percy zu ihren Füßen. Doch je weiter der Himmel seine Schleusen öffnete, desto größer wurde Miriams Unruhe, und mit Macht kehrte die düstere Vorahnung zurück.

Sie kämpfte verbissen dagegen an, trank Malvenblütentee, räucherte mit Thymian, lenkte sich mit heiteren Romanen ab und joggte mit dem widerstrebenden Percy die überfluteten Straßen entlang.

Diesmal jedoch war die Vorahnung zu stark, um sich abweisen zu lassen, und als sich der Sturm am Freitagabend zu einem wahren Orkan auswuchs, wurde Miriam so beklommen zumute, dass sie im Wohnzimmer hin und her lief wie ein Tiger im Käfig.

Würde ihr Garten Schaden nehmen? War diese Sintflut der trübe Ausgleich für den Jahrhundertsommer? Hatte der Himmel all sein Wasser aufgespart, damit er es jetzt mit zerstörerischer Gewalt über Reedcombe entladen konnte?

Wie sturmsicher war so ein uraltes Cottage eigentlich?

Der Wind rüttelte am Reetdach, die Wände ächzten, und in Miriam stieg Panik auf. Als es unerwartet läutete, zuckte sie vor Schreck zusammen.

Sie riss die Haustür auf, und zusammen mit einer nasskalten Windböe kam Lucian hineingestolpert. Jacke und Hose, Haare und Bart tropften, doch in seinen Augen stand eine wilde Entschlossenheit.

»Schlechter Zeitpunkt, ich weiß.« Er schlug die Tür hinter sich zu. »Aber ich musste dich sehen. Geht es dir gut?«

Miriam starrte ihn an.

Neben seinen Schuhen bildeten sich immer größer werdende Wasserlachen.

»Sorry, ich tropfe dir den ganzen Boden voll. Der Wind hat meinen Schirm geschrottet, die Jacke ist undicht, und mit dem Rover konnte ich nicht rüberkommen, weil die Straße überflutet ist. Ich habe es kaum von London bis hierher geschafft.«

»Lucian!«, rief Miriam aus. »Du bist einfach verschwunden. Du warst wochenlang verschollen. Und jetzt kommst du auf einmal wieder und erzählst mir etwas von einem kaputten Regenschirm? Es ist mir egal, ob mein Boden nass wird! Wo warst du, um Himmels willen?«

»In London.« Er schluckte. »Ich hätte mit dir reden sollen, das habe ich nun endlich begriffen. Aber … als du und Dylan, als ihr euch umarmt habt und er dich geküsst hat, … da … Es ging nicht anders, da musste ich einfach ganz schnell weg.«

»Das war doch nur …«

»Du brauchst mir nichts zu erklären.« Eindringlich blickte Lucian sie an. »Es lag an mir. Ich wusste nicht, ob ich das mit dir will, ob ich es kann. Ich musste mir darüber klar werden, und dafür musste ich allein sein, aber …«

Er wurde von einem ohrenbetäubenden Krachen unterbrochen. Miriam schrie vor Schreck auf, und Percy verkroch sich winselnd unter dem Sofa.

Lucian stürzte zum Fenster. »Da wird doch nicht …«

Orangerotes Licht erhellte die Gewitterschwärze.

Lucian rannte zur Hintertür, riss sie auf und eilte in den Garten, und ohne nachzudenken, lief Miriam hinterher. Auf

Socken rannte sie durch das Gras und war binnen Sekunden nass bis auf die Haut. Die Vorahnung in ihrer Seele explodierte. Lucian rannte an der Hauswand entlang, bog um die Ecke und blieb so abrupt stehen, dass Miriam gegen ihn prallte.

»Nein!«, keuchte er, während aus Miriams Gesicht alle Farbe wich.

Der Schuppen brannte.

Lichterloh.

Für einen schrecklichen, zeitlosen Moment starrten sie beide in die Flammen, unfähig, sich zu rühren.

Dann kam Leben in Lucian.

»Der Blitz muss eingeschlagen haben. Schnell, ruf die Feuerwehr! Ich versuche inzwischen, die Flammen zu löschen. Wo ist der Gartenschlauch?«

»Habe keinen«, stieß Miriam hervor und verwünschte ihre Sparsamkeit.

Fluchend zog Lucian sein Handy aus der Hosentasche. Er wählte, meldete mit knappen Worten den Brand, gab Miriams Adresse an und antwortete auf Rückfragen.

Als er das Handy wieder einsteckte, erklärte er finster: »Sie kommen so schnell wie möglich. Aber da Reedcombe keine eigene Feuerwehr hat, kann das dauern.«

Miriam erwachte aus ihrer Erstarrung.

»Ich hole Eimer!«, rief sie und wollte sofort losrennen, doch Lucian hielt sie zurück.

»Das ist sinnlos, Miriam, es ist viel zu gefährlich!«

Immer höher schlugen die Flammen in die Nacht.

»Aber wir müssen doch irgendwas tun!«, rief Miriam.

»Ja, vom Feuer wegbleiben«, befahl Lucian, und als sie protestieren wollte, fügte er sanfter hinzu: »Gegen einen Brand dieser Größenordnung sind wir mit lumpigen Wassereimern machtlos. Siehst du das denn nicht? Bitte bring dich nicht selber in Gefahr!«

Lucian hatte recht. Wenn sie nicht Verbrennungen, eine Rauchvergiftung oder gar den Tod riskieren wollte, musste sie den Flammen fernbleiben. Sie konnte nur beten. Und hoffen, dass der Regen stärker war als das Feuer.

Doch die Hütte war bis unters Dach angefüllt mit trockenem Material – Kräuterbüschel, Holzgestelle, Holzregale … Das alles brannte wie Zunder.

»Immerhin ist das Feuer weit genug entfernt vom Cottage«, sagte Lucian. »Die Flammen werden nicht aufs Haus übergreifen. Gott sei Dank.«

»Ja«, sagte Miriam tonlos. »Was für ein unverschämtes Glück.«

Lucian seufzte. Dann legte er den Arm um ihre Schultern, und Miriam lehnte sich gegen ihn.

Der Regen ließ nach und wurde zu einem kraftlosen Nieseln.

Die Flammen loderten auf.

Das Feuer schlug über dem Schuppendach zusammen und hüllte das kleine Gebäude in glühendes Gold und Orange.

Und während Rauch und Hitze in die Herbstnacht aufstiegen, Percy zitternd unter dem Sofa kauerte und die Feuerwehr auf überfluteten Straßen in Richtung Reedcombe eilte, verbrannten die Hütte und Miriams Träume zu Schutt und Asche.

»Heilige Scheiße!« Kate hieb mit der Faust auf den Küchentisch. »Wir hatten Cremes und Leckereien, wir hatten die besten Kräutertees in ganz Devon, und was haben wir jetzt? Einen Riesenhaufen Brandschutt!«

»Das wieder und wieder zu beklagen«, meinte Lucian, »ist wenig hilfreich, Kate.«

Miriam rührte stumm in ihrem Kaffee. Sie war zu erschöpft, um auf das Schicksal zu schimpfen.

Als die Feuerwehr in der Nacht endlich eingetroffen war, waren vom Schuppen und seinem Inhalt nur noch schwarzgraue Reste übrig geblieben. Die Männer hatten die letzten Glutnester gelöscht, sich vergewissert, dass von der Brandstelle keine Gefahr mehr ausging und Miriam geraten, für die Entsorgung des Schutts eine Fachfirma zu beauftragen.

Lucian war bei Miriam geblieben, nachdem sie zurück in ihr Cottage geschlichen war und sich mit angezogenen Beinen aufs Sofa gehockt hatte. Er war geblieben, als sie angefangen hatte zu weinen. Er war auch geblieben, als sie keine Tränen mehr gehabt und nur noch vor sich hin gestiert hatte. Lucian hatte ihr Taschentücher gereicht und schwarzen Tee mit zu viel Rum gekocht, und als ihr die rot verquollenen Augen zugefallen waren, hatte er sie in seinen Armen schlafen lassen.

Kate stand auf und ging zum Fenster. Sie blickte in den grauen Morgen hinaus. »War der Schuppen wenigstens versichert?«

»Nein«, flüsterte Miriam. »Es tut mir so leid, Kate.«

»Heilige Scheiße.« Kate seufzte tief. »Heilige Scheiße!«

Miriam nickte. Was konnte man auch sonst dazu sagen?

Der Schuppen, ihre Vorräte und sämtliche Kräuterprodukte existierten nicht mehr. Die Arbeit von Monaten war dahin. Alles, was Miriam und Kate über den Winter hatten verkaufen wollen, war verbrannt.

Die Kundinnen und Kunden, die sie gerade erst gewonnen hatten, würden ihnen wieder abspringen. Denn neue Produkte könnten die Freundinnen frühestens im Sommer wieder anbieten, wenn sie den Schuppen neu aufgebaut und neue Trockenrahmen gezimmert hätten. Und bis dahin?

Miriam schloss die Augen. Übermüdet und mutlos, wie sie war, erschien es ihr verlockend, einfach aufzugeben.

»Wie sehen deine Kräuterbeete aus?«, riss Kate sie aus ihren trüben Gedanken. »Haben die überlebt?«

Miriam zwang sich, die Augen wieder zu öffnen. »Warum sollten sie nicht überlebt haben? Dort hat es doch nicht gebrannt.«

Kate sah verdrossen drein. »Heute Nacht hat es nicht nur gebrannt, Miriam. An vielen Stellen in der Umgebung von Reedcombe ist der Fluss über die Ufer getreten. Außer dass ein paar Weiden überschwemmt wurden, soll nicht viel passiert sein, aber …«

Sie blickte von Miriam zu Lucian.

»Eure Gärten sind auch die einzigen, die direkt am Wasser liegen.«

Mit einem Stöhnen ließ Miriam ihre Stirn auf die Tischplatte knallen.

Kurz danach stapften Lucian, Kate und Miriam über die Apfelbaumwiese, die unter ihren Schritten schmatzte und gluckerte. Es regnete nicht mehr, und der Fluss hatte sich wieder in sein Bett zurückgezogen. Doch schon von Weitem konnten sie erkennen, dass die Kräuter komplett unter Wasser gestanden hatten. Aus lockerer Erde und gesunden Pflanzen war ein einziger gelbbrauner Matsch geworden.

Erschüttert blieb Miriam vor einem ihrer Beete stehen.

Lucian legte ihr tröstend die Hand auf die Schulter.

»Das war mal Schnittlauch«, sagte sie dumpf.

»Das wird auch wieder Schnittlauch«, sagte Kate mit verzweifeltem Optimismus.

Miriam ging in die Hocke. Seid ihr ertrunken?, dachte sie bekümmert und strich mit den Fingerspitzen über die toten, breiigen Halme und die freiliegenden Wurzeln. Redet mit mir. Bitte, redet mit mir.

Doch der Garten blieb stumm.

Miriam rief Mr Clark an. Um Fassung bemüht teilte sie dem Küchenchef mit, dass sie ihre Kräuterlieferungen bis auf Weiteres einstellen müsse.

»Der Fluss hat meinen Garten überschwemmt, Mr Clark. Ich hoffe sehr, dass die Pflanzen sich erholen, aber vor dem nächsten Frühjahr …«

»Frühjahr?«, schrie Mr Clark so laut ins Telefon, dass Miriam es rasch vom Ohr weghielt. »Wie stellen Sie sich das vor, Mrs Weiden? Ich brauche Ihre Kräuter jetzt! Jetzt! Die Menüfolge steht, und ich kann sie so schnell auch nicht ändern, Himmeldonnerwetter!«

»Die Kräuter sind nur noch ein einziger matschiger Brei, Mr Clark. Ich kann Ihnen nichts liefern.«

»Wissen Sie was?« Der Küchenchef war außer sich. »Wenn Sie nicht dazu imstande sind, Ihre Pflanzen zu schützen, dann vergessen Sie's lieber. Machen Sie was anderes. Malen Sie, züchten Sie Kaninchen, tragen Sie Zeitungen aus, was Sie wollen. Aber wagen Sie es ja nicht, sich noch einmal bei mir zu melden, haben Sie mich verstanden?«

Miriam hatte keine Energie mehr, sich zu verteidigen.

»Ich hab's dem Grünschnabel ja gleich gesagt!«, ereiferte er sich weiter. »Aber hat er auf mich gehört? Nein. Der wusste ja alles besser. Und jetzt habe ich den Salat.« Er schien nun richtig in Fahrt zu kommen. »Sie bringen Ihre Gewächse um, und der feine Mr Thomas ist auf und davon. Paris. Ist ja auch nicht sein Restaurant und sein Stern, meine Karriere interessiert den einen feuchten Kehricht, ich bin ja nur ein unwichtiger kleiner Küchenchef, wohingegen er …«

Miriam legte auf.

Am Mittag schickte sie Lucian und Kate nach Hause.

Um jeden Widerstand im Keim zu ersticken, sagte sie: »Ich brauche ein bisschen Schlaf.«

Doch nachdem die beiden gegangen waren, legte Miriam sich weder ins Bett noch aufs Sofa. Stattdessen kochte sie sich einen starken Kaffee und setzte sich in den Ohrensessel.

Ihr großer Traum vom Neuanfang war wie eine Seifenblase geplatzt. Der Traum, hier zu leben und sich mit den Kräutern eine Existenz zu schaffen. Eine Arbeit gefunden zu haben, die sie liebte. Menschen getroffen zu haben, die sie mochte. Und die sie ebenso mochten. Stattdessen hatte sie Dylan, den Liebhaber, unglücklich gemacht, Lucian, den

Nachbarn, vertrieben, Kate, die Geschäftspartnerin, enttäuscht und Mr Clark, den einzigen festen Kunden, vergrault. Darüber hinaus war sie vollkommen ungeschult in dem, was sie tat. Wahrscheinlich hatte der Küchenchef recht, und sie hätte einfach Zeitungen austragen sollen.

Ich sollte den Brandschutt entsorgen lassen und das Cottage verkaufen, dachte sie. Ich sollte nach Deutschland zurückgehen. Ich sollte mir und aller Welt eingestehen, dass ich gescheitert bin.

»… gerechte Strafe«, zischte eine Frauenstimme. »Endlich. Verfluchte Deutsche …«

Stirnrunzelnd horchte Miriam auf. Das Fenster zur Straße war gekippt. Draußen vor ihrem Cottage stand jemand und schimpfte über sie.

»Ein Fingerzeig Gottes.«

Da erkannte Miriam Mrs Ellistons Stimme.

»Ein Brand und eine Überschwemmung in derselben Nacht, Rick, das ist doch kein Zufall.«

Miriam stand auf, öffnete das Fenster ganz und lehnte sich hinaus.

»Guten Tag, Mrs Elliston. Mr Elliston. Kann ich Ihnen weiterhelfen? Vielleicht mit ein paar Informationen?«

Die Ellistons wirkten nicht so, als würden sie sich ertappt fühlen. Dabei musste ihnen klar sein, dass Miriam alles mitangehört hatte. Aber vielleicht war genau das auch ihre Absicht gewesen.

»Guten Tag, Mrs Weiden.« Die Ladenbesitzerin verzog den Mund zu einem Lächeln, das jedem Haifisch Ehre gemacht hätte. »Danke für Ihr Angebot, aber mit Informationen sind wir bestens versorgt. Ein schöner, langer Spaziergang auf der anderen Flussseite sowie an Ihrer Mauer entlang war genug, um das Ausmaß der Zerstörung einzuschätzen. Sie müssen uns nichts erklären, Mrs Weiden, wir sind im Bilde.«

»Sie haben meinen Garten umrundet?«, fragte Miriam ungläubig.

»Leider nicht ganz, denn eine Seite wird ja vom Grundstück dieses arroganten Londoner Professors begrenzt. Was war da übrigens los in der Village Hall?« Mrs Elliston starrte Miriam mit einer Mischung aus Sensationsgier und Schadenfreude an. »Man sagt, der Professor sei wie von Furien gejagt davongestürmt, und die arme kleine Carrie habe geweint. Ts, ts, ts. Wissen Sie, Sie sollten wirklich nicht alles durcheinanderbringen, liebe Mrs Weiden. Drama und Liebeshändel, so was mögen wir Reedcomber gar nicht.«

Ihr Mann schob die Hände in die Hosentaschen und nickte bekräftigend.

»Am besten«, fuhr Mrs Elliston zuckersüß fort, »gehen Sie dorthin zurück, wo Sie hergekommen sind, liebe Mrs Weiden. Denn nach Reedcombe«, sie funkelte Miriam voller Abneigung an, »nach Reedcombe gehören Sie nicht!«

Die Wolkendecke war aufgerissen, und strahlend kam die Sonne hervor. Überall glänzte und glitzerte es. Die Luft war rein und frisch.

Langsam ging Miriam mit Percy durch den Garten. Den Weg zur Brandstelle mied sie, stattdessen ging sie zum Fluss.

Die Uferwiese war noch überschwemmt. Kaltes Wasser schwappte in Miriams Gummistiefel.

Sie legte die Hand auf den mächtigen Stamm der Weide und sah zum schäumenden, aufgewühlten Fluss. Percy blieb still neben ihr sitzen.

Wollt ihr mich loswerden? Ihr habt mich gerufen, und jetzt schickt ihr mich wieder fort, weil ich versagt habe. Ist es so? Ich verstehe es zwar nicht, aber ihr schweigt, und wenn ihr es wünscht, dann …

… gehe ich.

Sie wartete, lauschte. Das Wasser gurgelte. Die Blätter der Bäume und Büsche raschelten im Wind. Im Geäst gurrte eine Taube. Ansonsten – nichts.

Miriam senkte niedergeschlagen den Kopf.

Da stupste Percy mit der Schnauze an ihr Bein, und kaum hörbar wehte es durch den Garten.

Bleib.

Ihr Herz machte einen Sprung.

Aus der durchtränkten Erde, dem Kernholz der Weide, den harten Blättern des Rosmarins, den unversehrten Wurzeln der Pimpinelle stieg es auf. Das Flüstern drang aus Blättern und Stängeln, es zog zu Miriam herüber, hüllte sie ein und sickerte in ihre Seele. Sanft erweckte es, was dort geschlafen hatte, rührte an unbewusste Träumereien, kitzelte an Visionen, zog und zupfte an kühnen Ideen. Berückt schloss Miriam die Augen, gab sich dem Flüstern hin und öffnete sich.

Und während es in ihr wirbelte und wogte, während lose Fäden sich verbanden und letzte Puzzleteile an ihren

Platz rutschten, breitete sich auf ihrem Gesicht ein Lächeln aus.

»Pizza«, verkündete Kate. »Heiß, fettig und randvoll mit Kalorien, genau das, was wir jetzt brauchen!«

Kate und Lucian waren mittags zwar gehorsam gegangen, doch schon am Abend waren sie wieder da, mit drei Pizzakartons und der festen Absicht, »dem Schicksal mal ordentlich in den Hintern zu treten«, wie Kate es ausdrückte.

Nun saßen sie zu dritt in der Küche. Auf Miriams Teller lag eine riesige Chorizo-Chili-Pizza, und als ihr der scharfwürzige Geruch in die Nase stieg, merkte sie erst, wie hungrig sie war. Sie hatte den ganzen Tag noch nichts gegessen.

»Geht es dir besser?«, fragte Lucian besorgt.

Miriam nickte.

»Gut«, mischte Kate sich ein. »Aufgeben gilt nämlich nicht, das ist dir hoffentlich klar.«

»Ich habe auch nicht vor aufzugeben.«

»Wir bauen einen neuen Schuppen«, sagte Kate. »Das kriegen wir hin. Und Freddy zimmert uns neue Trockengestelle, so viel ist sicher.«

»Ich habe mir auch etwas überlegt«, sagte Lucian. »Meine Scheune. Ihr könnt sie haben, wenn ihr wollt. Warum mit viel Geld und Schweiß eine neue bauen, wenn auf meinem Grundstück eine steht, die kein Mensch braucht? Meine Sense kann ich schließlich auch woanders unterstellen.«

»Lucian!«, kreischte Kate, sprang auf und fiel ihm um den Hals. »Das ist ja fantastisch!«

Erschrocken wehrte er ab. »Ich finde deine Begeisterung großartig, Kate, aber kannst du dich vielleicht, nun ja, ohne so viel Körperkontakt freuen?«

»Spielverderber.« Lachend ließ Kate sich wieder auf ihren Stuhl fallen.

Lucian suchte Miriams Blick. »Was sagst du dazu?«

Miriam lächelte. »Dein Angebot ist sehr großzügig, Lucian«, antwortete sie. »Und es passt perfekt in unser Konzept. Ich danke dir von Herzen!«

»Konzept?«, fragte Kate. »Haben wir denn eins?«

Miriam lehnte sich zurück.

»Es ist jetzt acht.« Sie tippte auf ihre Armbanduhr. »Was meint ihr, ist das zu spät für eine spontane Party?«

Diesmal kamen sie ohne Einladungskärtchen aus. Drei kurze Anrufe genügten: einer bei Freddy, einer bei Rebecca und Brandon und einer bei Bob und Carol.

Keine halbe Stunde später waren die Weingläser gefüllt und sämtliche Stühle und Sessel des Cottages besetzt. Aller Augen richteten sich erwartungsvoll auf Miriam.

Es konnte losgehen.

Miriam erhob sich feierlich.

»Ihr fragt euch sicher, warum es mir an einem Samstagabend plötzlich einfällt, euch aus euren Häusern zu locken«, begann sie. »Noch dazu, nachdem mir gestern der Schuppen abgebrannt ist und der Fluss meinen Garten überschwemmt hat. Da hätte ich eigentlich viel zu tun, werdet ihr denken. Mich grün und blau ärgern, dass ich keine Versicherung abgeschlossen habe. Die Beete umgraben und einen gigantischen Komposthaufen für den Kräutermatsch anlegen. Oder gleich einen Käufer für mein Cottage suchen, die Koffer packen und nach Deutschland zurückkehren. Oder auch einfach nur heulen.«

Sie drehte ihr Glas zwischen den Fingern.

»Doch das werde ich alles nicht tun. Denn ich habe eine Idee. Die Idee zu einem Projekt, für das ich euch brauche, und wenn alles so klappt, wie ich es mir vorstelle, wird es nicht nur uns nützen, sondern dem ganzen Dorf.«

Sie sah in die Runde.

»Reedcombe schläft. Und wir können es wecken.«

»Ooookay«, meinte Kate gedehnt. »Bist du sicher, dass du nicht noch unter Schock stehst, Miriam?«

»Lass sie doch erstmal weiterreden, Darling«, mahnte Freddy.

»Ihr alle leidet darunter, dass Reedcombe so verschlafen ist«, fuhr Miriam tapfer fort. »Klar, es ist idyllisch. Aber idyllische Ruhe nützt Carol wenig, wenn niemand in ihre Yogakurse kommt. Sie nützt Bob nichts, wenn kein Mensch hier ein Taxi braucht und er deshalb bis Exeter fahren muss, um an Kunden zu kommen. Rebecca, fändest du es nicht schön, wenn das Geld etwas weniger knapp wäre? Und Kate, du hast dich hier doch jahrelang gelangweilt. Hättest du keine Lust, etwas Neues aufzubauen? Nicht allein oder zu zweit. Sondern mit vielen. Mit vielen Gleichgesinnten, die einander gegenseitig unterstützen.«

»Doch«, sagte Kate. »Doch, dazu hätte ich Lust.«

Freddy sah sie irritiert an. »Ich wusste gar nicht, dass du dich so gelangweilt hast.«

»Mach dir keine Sorgen.« Kate lächelte. »Miriam hat ja jetzt eine Idee.«

»Mehr Geld klingt gut«, meinte Rebecca. »Aber nur solange das Hundehotel nicht darunter leidet. Es ist ein Minusgeschäft, aber was soll ich sagen …«

»Du liebst es«, ergänzte Brandon, und Rebecca nickte.

Die schlohweißen Brauen zu einem dicken Balken zusammengezogen beugte Bob sich vor. »Alles schön und gut. Aber worauf willst du denn nun hinaus, Miriam?«

»Gleich, Bob. Zunächst … muss ich euch etwas gestehen.«

Miriam verschränkte die Finger ineinander. Jetzt wurde sie doch nervös.

»Diese Idee … Also. Sie kommt nicht von mir. Das heißt, doch, sie kommt schon von mir. Aber sie war tief in mir unter so viel anderem verschüttet, ich wusste gar nicht, dass sie existiert. Um mir darüber bewusst zu werden, musste ich zuhören.« Sie holte tief Luft. »Meinem … Garten.«

Niemand sagte ein Wort.

Miriam schaute unsicher zu Lucian. Er war der Einzige, mit dem sie ansatzweise darüber gesprochen hatte, dass sie die Kräuter flüstern hörte, und – wie sie seit dem Nachmittag wusste – auch die Bäume, die Erde, den Fluss.

Liebevoll ruhte Lucians Blick auf ihr.

Miriam erinnerte sich an den Sommertag, als Lucian und sie sich über Phyllis und Plotin unterhalten hatten, über Phänomene, die man rein wissenschaftlich nicht erklären konnte, die Lucian deshalb aber keineswegs für verrückt hielt. Diese Erinnerung verlieh ihr den Mut fortzufahren.

Also erzählte sie.

Wie es im März begann, als Percy sie zu dem Cottage geführt hatte. Von dem Garten, der sie angelockt, und von den Hexenkräutern, die ihr zugeflüstert hatten, von ihren Essenzen und Wirkungen, von Rausch und Vision …

»Deshalb sind die Leute also alle so wild auf unsere Tees«, sagte Kate fasziniert. Sie wies mit dem Zeigefinger auf Miriam. »Hey, das hättest du mir ruhig mal früher sagen können.«

»Ich hatte Angst, du findest das … äh …«

»Ach Gott«, brummte Bob, »wir sind doch alle auf die eine oder andere Weise exzentrisch. Nicht wahr, Liebes?« Er tätschelte seiner Frau die Hand.

Carol erhob sich und warf ihren grauen Zopf über die Schulter. »Mit Verlaub, es ist keineswegs exzentrisch, wenn eine Tochter der Göttin mit der Natur kommuniziert. Was glaubt ihr, was *ich* höre und fühle, wenn ich …«

»Schon gut, schon gut.« Hastig zog Bob sie wieder neben sich aufs Sofa. »Heb dir das für einen anderen Abend auf. Wir wollen unsere Freunde doch nicht ermüden, hm?«

»Aber was ist denn jetzt mit deiner Idee?«, fragte Brandon ungeduldig. »Kräuter, die flüstern, sind ja schön und gut, aber noch mehr würde mich interessieren, wie meine Mutter aus ihrem ewigen Finanzloch herauskommt.«

»Brandon!«

»Ist doch wahr.«

Miriam nickte. Wieder wurde es ganz still. Sogar Percy hob den Kopf und schaute sein Frauchen aufmerksam an.

»Was wäre«, begann Miriam und räusperte sich, »wenn Reedcombe mit etwas Besonderem aufwarten könnte? Mit einem alten Cottage, umgeben von einem großen schönen Garten, in dem Kräuter wachsen und gedeihen, die man nirgendwo sonst findet. Man könnte herkommen und diese Kräuter verkosten, ihre Wirkungsweisen kennenlernen, sich informieren. Auf der Wiese unter den Apfelbäumen, zwischen Thymian und Wildrosen, könnten Picknicks stattfinden, aber auch Meditationen und Yoga. Es könnte Kräuterheilkunde für Tiere angeboten werden, was für Leute mit Hunden bestimmt interessant wäre. In der Scheune im Nachbargarten würden Cremes und Seifen feilgeboten. Im Sommer könnte man dort auch ein Café einrichten mit selbstgebackenen Köstlichkeiten …«

»… und mit lauter fantastischen Kräutertees«, fiel Kate ihr mit vor Aufregung glühenden Wangen ins Wort. »Hey, das ist genial, Miriam!«

»Ich könnte den Leuten beibringen, Hundekekse mit Kräutern zu backen.« Rebecca grinste. »Wird mich zwar nicht reich machen, aber in Kombination mit Homöopathie-Workshops bringt das sicher was ein.«

»Das wäre eine super Werbung fürs Hundehotel«, sagte Brandon. »Dann würden endlich Leute von außerhalb aufmerksam auf uns, Touristen, Ausflügler, Wanderer …«

»Ich kann Kräuterstempelmassagen anbieten. Touristen lieben Wellness!«, rief Carol begeistert.

»Und ich gebe Kräuterkochkurse«, sagte Kate und kicherte. »Das wird sicher spaßig!«

»Wie wäre es mit einem Kunstpfad?«, fragte Freddy. »Der Bildhauer George Plum wohnt doch hier in Reedcombe. Habe ein paarmal im Black Horse mit ihm zusammengesessen. Er ist noch nicht sehr bekannt, aber seine Skulpturen sind wirklich toll.«

»Gute Idee! Specksteinfiguren zwischen den Bäumen …«

»George könnte doch auch Kurse anbieten, oder? Die Arbeit mit Speckstein eignet sich gut für Anfänger.«

»Seine Mutter könnte Kuchen fürs Gartencafé beisteuern. Sie ist eine begnadete Bäckerin.«

»Hat der alte Ruben nicht einen Enkel, der sich auf Webdesign spezialisiert hat? Denn wenn wir Leute von außerhalb und vor allem Touristen erreichen wollen, brauchen wir eine Website.«

»Reginalds Tochter arbeitet in London bei einem Verlag, der Reiseführer herausgibt. In so einen müssten wir es schaffen. Rubrik Geheimtipp. Der Reedcomber Kräuterhof, ein Fest für die Sinne. Oder so ähnlich …«

»Sommernachtskonzerte wären schön. Grahams Band hat was Besseres verdient, als in der Village Hall zu spielen, und …«

»Wie wär's mit Themenbeeten?«

»Eine Broschüre, die den Kräuterhof und seine Philosophie beschreibt. Was meint ihr, wären fünf Pfund für so eine Broschüre zu viel?«

»Aber wo sollen die Gäste übernachten? Ivystone Manor ist den meisten sicher zu teuer. Wollten Heather und Paul nicht immer schon ein B&B eröffnen? Das wäre doch die Gelegenheit! Bed bei Heather und Paul, Breakfast im Hofcafé.«

»Apropos Bett, aphrodisische Würzmischungen wären doch auch sehr verlockend …«

Die Ideen überschlugen sich, sie drängten ans Licht, sprudelten aus Herzen und Mündern. Alle wollten sich einbringen. Jede und jeder kannte jemanden, der etwas zum Erfolg des »Reedcomber Kräuterhofs« würde beitragen können.

»Reedcomber Kräuterhof« – dieser Name hatte wohl in der Luft gelegen, genau wie die Konzerte am Fluss, die Kochkurse, der Kunstpfad. Miriam sah Kate gestikulieren, Carol lachen und Brandon auf dem Smartphone recherchieren. Überwältigt lauschte Miriam den Einfällen ihrer Freundinnen und Freunde, und da begriff sie auf einmal, dass sie es geschafft hatte.

Alle miteinander waren sie Teil einer Vision geworden.

Ihre Freunde hatten sich in kürzester Zeit mit Miriams Idee identifiziert und waren mit Begeisterung bei der Sache. Und Miriam war davon überzeugt, dass sich auch andere im Dorf anstecken lassen und mitmachen würden. Das Projekt würde wachsen, und Reedcombe würde aus seinem Dornröschenschlaf erwachen. Phyllis' Garten und ihre Kräuter würden ihre Bestimmung erfüllen, und sie, Miriam, würde alles tun, was in ihrer Macht stand, um das Projekt zum Erfolg zu führen.

Percy leckte ihr über die Hand. Er lief in die Küche und kratzte an der Hintertür, und Miriam wusste, was das bedeutete: »Wenn du keinen See in deinem Cottage haben möchtest, dann lass mich bitte auf der Stelle hinaus!«

Still verließ sie ihre euphorischen Freunde und ging mit Percy nach draußen.

Der Hund erleichterte sich an einem Busch, dann lief er am Haus entlang, blickte sie auffordernd an und verschwand um die Ecke. Miriam folgte ihm. An der Brandstelle, vor den schwarzen Überresten des Schuppens, blieben sie stehen.

Der Himmel war sternenübersät und klar. Der Sturm der vergangenen Nacht erschien unwirklich wie ein böser Traum.

Jemand trat hinter sie. Ohne sich umzudrehen, wusste Miriam, wer es war.

»Noch heute Mittag dachte ich, all meine Träume seien gescheitert.« Verwundert lachte sie auf. »Und jetzt?«

»Entsteht wie Phönix aus der Asche«, sagte Lucian leise, »der ›Reedcomber Kräuterhof‹.«

»Ich werde mein Erbe dafür verwenden.« Miriam wandte sich um und sah Lucian an. »Weißt du, es ist komisch – all die Jahre über habe ich dieses Erbe gehütet wie meinen Augapfel, habe sogar auf den verdammten Wasseranschluss verzichtet, der den Schuppen gestern Nacht hätte retten können. Doch ich werde keine Minute, nicht mal eine Sekunde lang zögern, mein gesamtes Geld in den ›Reedcomber Kräuterhof‹ zu investieren.«

»Obwohl du das Risiko kennst?«

»Ja«, sagte Miriam fest. »Weil diese Vision es wert ist.«

Gedankenverloren betrachtete er sie.

Dann griff er in seine Hosentasche und zog ein zusammengefaltetes Blatt Papier heraus. »Das wollte ich dir schon gestern Abend geben. Aber dann kam der Sturm und hat uns unterbrochen.«

»Eine Botschaft.« Miriam lächelte.

»Möchtest du sie mir nicht auf die Gartenmauer legen?«

»Ich glaube nicht, dass wir die Mauer noch brauchen«, antwortete Lucian.

»Alles besiegt die Liebe, wollen auch wir der Liebe nachgeben.«

Sie ließ das Papier sinken und schluckte. »Das ist ...«

»Vergil. Klassische römische Antike.« Lucian rieb sich den Nacken. »Ich habe beschlossen, es doch eher mit Vergil zu halten als mit Euripides. In London hast du mir wahnsinnig gefehlt, jeden einzelnen Tag, und mir ist klar geworden, dass ich ... Ich will wieder leben, Miriam. Und zwar mit dir.«

Miriam schaute ihm in die Augen. Sein Blick war offen und verletzlich. Ich liebe ihn, dachte sie. Ich liebe ihn.

Sie nahm Lucians Hand und zog ihn von der Brandstelle fort. Schweigend gingen sie durch den Garten, bis sie die Kräuterbeete erreicht hatten. Die Halme und Blätter lagen braun und tot im Matsch, aber tief unten in der Erde hörte Miriam es wispern. Nichts endete. Alles war Leben und fing neu an, immer und immer wieder.

Sie beugte sich hinunter zu dem Rosmarin, der das Unwetter fast unbeschadet überlebt hatte. Als Miriam einen kleinen Zweig abbrach, verströmte er augenblicklich seinen herben, kräftigen Duft.

»Vergil und Rosmarin.« Sie reichte Lucian den Zweig. »Im Grunde sagen sie uns beide dasselbe.«

Lucian zog Miriam zu sich heran. Sein Gesicht war sehr nah an ihrem, als er raunte: »Und was sagt er, der Rosmarin?«

Dass er Albträume vertreibt, wollte Miriam antworten, dass er uns beschützt. Dass er das, was zwischen uns beiden ist, ewig grün erhält.

Doch Lucians Barthaare kratzten über ihre Haut, und sein Mund legte sich auf ihren. Da schloss Miriam die Augen.

Und im Schatten der Bäume saß Percy, und eine Hand, faltig und durchscheinend wie Gaze, kraulte zufrieden sein Fell.

Reedcomber
Kräuter-
rezepte

Miriams und Kates Creme mit Lavendel, Rose und Myrte

Zutaten

für den Aufguss
1 EL frische Myrtenblüten
1 EL frische (oder 1 TL getrocknete) Lavendelblüten
1 EL frische Rosenblüten
250 ml Wasser

für die Creme
30 g Kakaobutter
4 EL Jojobaöl
ein Glas mit Schraubdeckel

Anleitung

Das Wasser zum Kochen bringen, die Blüten damit übergießen. 15 Minuten ziehen lassen, dann durch ein Sieb abgießen und das Wasser auffangen.

4 Esslöffel davon mit der Kakaobutter in eine feuerfeste Schüssel geben. Im Wasserbad erhitzen, bis die Kakaobutter schmilzt, dann tröpfchenweise das Jojobaöl dazugeben.

Währenddessen ständig rühren.

Wenn das gesamte Öl eingerührt ist, die Schüssel aus

dem Wasserbad nehmen und weiterrühren, bis die Mischung eindickt.

Die abgekühlte Creme in das Glas füllen und gut verschließen. Am besten im Kühlschrank aufbewahren, so hält die Creme etwa 3 bis 4 Wochen.

Für einen stärkeren Duft kann man zusätzlich einige Tropfen ätherisches Rosen- oder Lavendelöl einrühren.

Miriams Gourmet-Mus aus Hagebutten

Zutaten

750 g Hagebutten
125 ml Weißwein
ein Spritzer Zitronensaft
500 g Gelierzucker 1:1

Anleitung

Die Hagebutten waschen und halbieren. Mit dem Stielende eines Teelöffels ausputzen. Danach mit dem Weißwein übergießen, zudecken und 2 bis 3 Tage stehen lassen.

Die durchgezogenen Hagebutten ohne Wein kurz aufkochen, danach durch die Flotte Lotte streichen.

Das Mus mit dem Wein und dem Gelierzucker vermischen, mit Zitronensaft abschmecken und wie normale Marmelade weiterverarbeiten.

Schmeckt gut und hat viel Vitamin C!

Wenn gewünscht, können die Kerne der Hagebutten in einem Mörser zerstoßen und mit Zucker in verschließbare Gläser gefüllt werden. Mit der Zeit geben die Kerne ein sanftes Vanillearoma an den Zucker ab.

Kates Estragonessig

Zutaten

500 ml Weißweinessig
ca. 2 Handvoll frischer Estragon

Anleitung

Den Estragon in eine saubere Glasflasche stecken, sodass die Flasche bis zum Rand mit dem Kraut gefüllt ist. Mit gutem Weißweinessig übergießen.

Dann die Flasche luftdicht verschließen – aber nicht mit einem Metallverschluss, da dieser durch den Essig rosten kann.

Ans Fenster stellen und einen Monat lang ziehen lassen. Dabei ab und zu schütteln, so gibt das Kraut sein Aroma besser an den Essig ab.

Zum Schluss die Flüssigkeit durch ein sehr feines Sieb oder einen ungebleichten Kaffeefilter abgießen und in eine saubere Flasche umfüllen.

Je nach persönlichem Geschmack können Essig und Kräuter variiert werden.

Auf die gleiche Weise wie den Estragonessig kann man z. B. Apfelessig mit Knoblauch und Rosmarin herstellen (zu Salaten mit Linsen oder Bohnen) oder Rotweinessig mit Chiliflocken, Pfefferkörnern und Koriandersamen (zu scharfen Fleischgerichten).

Percys Öl gegen Parasiten

Zutaten

1 EL Fenchelsamen
2 Knoblauchzehen
100 ml Kokosöl

Anleitung

Fenchelsamen im Mörser zerstoßen, Knoblauchzehen fein hacken.

Beides mit dem Kokosöl in eine Flasche geben, diese fest verschließen und das Öl einige Tage ziehen lassen.

Danach das Öl sparsam, aber regelmäßig in das Hundefell einmassieren.

*Tee zur Ermutigung**

Zutaten

20 g Kamillenblüten
15 g Königskerzenblüten
15 g getrocknete Zitronenmelisse

Anleitung

Die getrockneten Kräuter gut mischen, einen Teelöffel pro Tasse mit heißem Wasser übergießen und fünf bis zehn Minuten ziehen lassen.

Regelmäßig getrunken streichelt dieser Tee die Seele.

---

* Der Tee ist auch ohne Phyllis' besondere Kräuter wirksam, wenn auch nicht ganz so stark …

Herzlichen Dank an …

… Rechtsanwalt Joachim Hindennach:
für die Beratung bezüglich Miriams familienrechtlicher Situation

… Tierarzt Klaus Senger:
für Percys Hundeöl

… Prof. Dr. Torsten Jörg Selck:
für Informationen rund um Lucians Beruf

… Dr. Barbara Heinzius vom Goldmann Verlag:
für die immer wieder wunderbare Zusammenarbeit

… Karin Ballauff:
für das sorgfältige und doch behutsame Lektorat

… meine Agentin Petra Hermanns:
für Brainstorming, Geduld und Ermutigung

… Susanne Rauchhaus:
für den freundschaftlichen und professionellen Austausch, der meinen Schreiballtag so viel schöner macht

… meine Familie:
für alles.

Julie Leuze,

geboren 1974, studierte Politikwissenschaften und Neuere Geschichte in Konstanz und Tübingen, bevor sie sich dem Journalismus zuwandte. Mittlerweile widmet sie sich ganz dem Schreiben von Romanen für Erwachsene und Jugendliche. Julie Leuze lebt mit ihrem Mann und drei Kindern in Stuttgart.

Mehr von Julie Leuze:
Der Duft von Hibiskus. Roman
(als E-Book erhältlich)
Der Ruf des Kookaboora. Roman
(als E-Book erhältlich)
Sturm über Rosefield Hall. Roman
(als E-Book erhältlich)